論創海外ミステリ
330

# 弔いの鐘は暁に響く

ドロシー・ボワーズ

友田葉子［訳］

論創社

The Bells at Old Bailey

1947

by Dorothy Bowers

# 目次

# 主要登場人物

バーサ・タイディー……帽子店とカフェを併設する美容室〈ミネルヴァ〉の店主
レオニー・ブランシャール……タイディーの家政婦
ジェーン・キングズリー……カフェの従業員
マリオン（マリー）・オーツ……カフェの従業員
サメラ（サミー／サム）・ワイルド……帽子店の従業員
ジョージ・ワイルド……サメラの夫
クリスタル（クリス）・ベイツ……帽子店の従業員
ケネス（ケン）・ベイツ……クリスタルの夫
エミー・ウィーヴァー……古本屋の店主
ケイト（ケイティー）・ビートン……推理小説家
オーエン・グレートレクス……小説家
ダニエル・バスキン……ロンググリーティング教会の牧師
レイクス……ロンドン警視庁《スコットランドヤード》の警部
レッキー……レイヴンチャーチ警察の警視
ブルック……レイヴンチャーチ警察の巡査部長

# 弔いの鐘は暁に響く

# 第一章

## 昇って降りて　また昇り
## ロンドンじゅうの鐘鳴らせ

### 一

　ロンググリーティング村で五人目の死者が出た時点で、ミス・バーサ・タイディーはようやく警察へ行く決心をした。それも市民としての義務感からではなく、自らの身の危険を感じたからだ。

　並外れた決断力を持つ彼女にしては遅い判断だったが、一度決めたら後戻りするつもりはなかった。

〈ミネルヴァ〉のスタッフには内緒にしておこう。事は慎重を要する。殺人なのか自殺なのかという、このところ出まわっている不穏な噂は、帽子の製作販売をしながら彼女が長年かけて築いてきた慎み深い空気とはまったく相容れないものだった。だから、声をひそめてしきりにその話題に触れる町の人々の様子には一切興味を示さず、周囲に広がるヒステリックな動揺に巻き込まれるのを拒んできたのだ。初めのうちは、これ見よがしに非難の意を顔に出し、公にされている死因審問の話でさえ相手が口をつむがざるを得ない方向へ仕向けようとした。それもうまくいかなくなると、帽子店から同じく常連しか来ない気取った裏のカフェに辺りをうかがうように移動したあと、彼女が最後に加えた最も売上げの大きい美容室へ流れ込むフルコースを辿《たど》る女性客たちが怯えながら口にする内緒話、ささやかれる恐怖やどんどん膨れ上がる憶測を、断固無視し続けた。

美容室の中では噂話が大っぴらに飛び交うことが多かった。肌や眉の手入れをしてもらうあいだは何もすることがないため、どうしてもお客の口は緩みがちで、普段は控えめな態度で人と付き合うタイプの女性でさえ、美容室の狭くて魅力的な小部屋にいるとつい思いがけない打ち明け話を交わしてしまうのだ。タイディーは、いちいちそれを遮るようなことはしなかった。どうせ無駄なのがわかっていたからだ。それに、そういうふうに口を滑らせて出てくる噂は、彼女にとっても役に立つことがないわけではない。

ただ、これまで頑強に沈黙を守ってきたのは、個人的な理由ももちろんあるが、まさにそういう無責任な噂に抵抗するためだった。その沈黙を破るからには、あくまでも公的な見解を貫かなければならない。

その日の営業を終えて店の戸締まりをする前に、帰っていくスタッフの姿を見守りながらタイディーはそうしたことをあれこれと考えていた。現在、従業員は四人しかいない。近頃では、美容室は彼女が一人で切り盛りしていた。カフェの店員のマリオンとジェーンが、いつもいちばん先に店を出た。大聖堂の前を通り過ぎさえすれば年老いた叔母たちと暮らすシスル街《ストリート》に着くマリオンは徒歩で帰宅し、ジェーンは一つ先のストーンエイカー村までバスに乗るのだった。タイディー自身は、決してバスを利用しなかった。季節にかかわらず、レイヴンチャーチの店からロンググリーティングにある自宅までの三マイル弱の道のりを自転車で帰るのが健康維持には最善だと頑《かたく》なに信じていたからだ。それに、行きも帰りもジェーンとバスで一緒に過ごすのは互いにさぞ気詰まりだろう。

フルート・レーンに面した半分開いた窓に目をやると、彼女が密《ひそ》かに「帽子組」と呼んでいる二人が向かいの古書店の裏の路地から自転車を引いて出てくるのが見えた。先に姿を現した小柄で黒髪の魅力的な顔立ちをしたサメラは、まだ帽子店での売り子の仕事を引きずっているかのようにかしこまった表情だった。タイディーの視線を感じたのか、目を上げて真っすぐこちらを見たかと思うと、そこに彼女がいることを予期していたかのようなよそよそしい慇懃《いんぎん》な笑みを浮かべた。それればかりか、生まれつきお喋りの口を開きかけて路地から出てきたクリスタル・ベイツにそっと意味ありげな合図を送ったのをタイディーは見逃さなかった。はっとしたように唇を閉じて素早くカフェのほうに視線を向けたクリスタルに冷ややかに微笑みを返したタイディーは、愛らしいと言えないこともないがいかにも思慮の浅そうな顔だ、と思った。

中世の建築業者が光をほとんど排除して造った狭い小道を前後に並んで帰っていく二人の後ろ姿をタイディーは見守った。一筋のまぶしい陽光がクリスタルの髪を照らし、その燃え立つような金褐色が際立っている。二人とも既婚者で、どちらも彼女に言わせればきわめて無責任な女性たちだった。

それでもやはり、クリスタルが何を言おうとしたのをサメラ・ワイルドが止めたのか聞いてみたかった気もする。

従業員が全員いなくなった〈ミネルヴァ〉は、不気味なほど静かだった。タイディーは、むしろそれを喜んでいた。窓を閉めて、すでにきちんと片付いた店内を必要もなく歩きまわりながらあらためて自分の資産を一人眺め、何もないところからよくここまで事業を築き上げてレイヴンチャーチの地域社会にきらびやかな影響力を与えたものだ、と満足感に浸ることができる。帽子……喫茶……そして美容。彼女だけが、女性にとって抗《あらが》いがたい三つの要素を融合させることを思いついたのだ。

普段から鋭敏なほうだが、今日はいつにもまして頭がはっきりしていた。夏に突入してから今年は特に暑い日が続いていて、六月の陽射しが遅くまで明るく照らすなか、体が疲れているとかえって頭が刺激された。厳しい暑さによって不思議とよい方向に相殺される現象については、前にも人に話したことがある。肉体の疲労と引き換えに、思考力と決断力が研ぎ澄まされるのだ。

時を経て責任が増したうえに、レイヴンチャーチの町の人々から口には出さない反感を買っているとしても、自分の資質や判断の明晰《めいせき》さがいまだ損なわれていないのはたいしたものだ、と彼女は少々悦に入《い》っていた。三日後には六十歳になるが、間違いなく脳は三十年前と変わらないくらいしっかりしている。これまで、持てる洞察力をこんなにも駆使しなければならなかったことはなかったのを思うと、内心まんざらでもなかった。

クリーム色に塗られた丸太造りの壁には、二つの品が飾られていた。一つは歪んだオーク材のフレームに入った、大きなキャンバス地に色付きの毛糸で施された刺繍《ししゅう》の基礎縫いだった。ひどく古いわけではないが、それなりに年代物という感じはする。どうしてそこに飾ったのか、自分でも忘れてしまった――たぶん、単にスペースを埋めようと思ったのだろう――が、みんながそれを欲しがるので、そんな要望をはねつける優越感に浸りたくてそのままにしてあるのだった。もう一つは、シンプルで優雅な、少し染みのあるシェラトン風の鏡だ。掛けてある場所の角度のせいで、不意に何が映るかわからない。フルート・レーンの通行人の姿を捉えたかと思えば、カフェの常連の二人連れがこれ見よがしに送る、タイディーがほとんど相手にしない意味ありげな目配せを切り取ったり、マリオンの疲れた顔や、退屈さを我慢している様子のジェーンを映し出したりするのだった。

今その鏡には、丁寧にセットしたタイディーの白く光る髪が映っていた。彼女は、他人《ひと》からは嫌悪感を抱かれる超然とした目で自分の姿を眺めた。昔は小さな身体が悩みの種だった。飽くなき野心を抱く小柄な女性のご多分に漏れず、若い頃は『ニーベルングの指環』に登場するブリュンヒルデのようなすらりとした体型に憧れていたものだが、雪のように白い頭と濃いブルーの目から小さな足の土踏まずまでの短い身体をこうしてあらためてよく見ると、これが長所なのだろうと思えてくる。身体の小さい人間は、実のところ、めったに無防備にはならない。疑り深い警察を相手にするという点では役に立つ資質と言っていいだろう。

そう、彼女の直観力は今や研ぎ澄まされた状態にあり、さまざまなことを敏感に感じ取っていた。フルート・レーンの向かいで、閉店時間を迎え屈み込んで本の整理をしているエミー・ウィーヴァーの影、クリスタルがのみ込んだ言葉が持つ意味、誰もいなくなった表の帽子店と裏のキッチンの空虚さ、安心感を与えてくれる足音が消えた二階の個室の静けさ、この瞬間にもハンドバッグの内ポケットの中で不快に膨らんでいるように思える二通の手紙、人気《ひとけ》のないカフェのテーブルのあいだからじわじわ迫ってくる得体の知れない大きな「恐怖」。

辺りの空気は、昼間の暖かさをすっかり失っていた。タイディーは身震いし、小道に面したドアまで行くと素早く閂《かんぬき》を掛けた。とたんに「恐怖」が巨大な姿となって目の前に現れる……。

「ばかね」彼女は吐いて捨てるように自分に言った。

基礎縫いのフレームに歩み寄って、「一八四二年、アデレード・バスコム八歳の作品」と記された「ロンドンの鐘」の冒頭部分の刺繡に震える指で触れた。

「昇って降りて――また昇り……」

無鉄砲さが陽気なものであったならいいのに――だって〈ミネルヴァ〉は、無鉄砲さの上に築き上げられたものなのだから。

「愉快な手紙の差出人が望むとおり本当に降りてしまうつもりなら」と、彼女は厳しい顔でささやいた。「話は簡単だわ……でも――そんなことはしない――絶対にするもんですか！」

二

スイカズラがぶら下がり、立派に修繕されたせいで趣のなくなった、タイディーが十二年間暮らす〈キープセイク〉と称される持ち家はヘイドック・ヒルの麓に位置していた。麓とはいえ、ロンググリーティングの村を見下ろすことのできる十分な高台だ。「見下ろす」というのはまさに的確な表現だった。暑い陽射しを遮るため所どころブラインドが下ろされた家は、下から見ると、関心のない町の営みを冷然と監視しているような印象を受ける。

帰宅したときには、タイディーはすっかり自信を取り戻していた。両側にタチアオイの花が咲く小道を上りながら覚えのある感覚がよみがえってくるのを感じ、愉快なものだったとみえて頬が紅潮して特徴的な青い目が輝いていた。それは危険な兆候だった。敵意のあふれる世界の中で断固として自分のやるべきことを遂行するバーサ・タイディーという人間を、自ら信じきっている顔だ。〈キープセイク〉を所有しているおかげで、このところレイヴンチャーチを騒然とさせている疑念は家に帰ってくるたびに払拭《ふっしょく》された。慣れ親しんだ田舎の風景を見ると、ここは絶対に安全な場所なのだという安心感が湧いてくる。キンギョソウの中を飛びまわる蜂、雛《ひな》に与える餌をくわえてスズランの花壇とポーチの下の巣を素早く行き来するコマドリ、キッチンから漏れ聞こえる、レオニーが夕飯の支度をする愉《たの》しげな音……どれも変わらず繰り返されてきた光景だ。レオニー、夕食、わが家。自分の身と財産が安泰だと思わせてくれるものがあるとすれば、それは二十年以上そばにいて批判も詮索もしない、頼りになるブルターニュ人家政婦の存在だった。

タイディーは背筋を伸ばし、颯爽《さっそう》とした足取りで家に入った。

「手紙は？」年老いた家政婦のレオニーは近頃耳が遠くなり、聞き慣れた声以外は聞き取りにくくなっているので、必要以上に大声で呼びかけた。それに、昨日届いた二通の手紙に動揺したところを彼女に見られたこともあって、余計に快活さを装う気持ちがはたらいたのだった。

レオニーは、のろのろとしたぎこちない歩き方でキッチンから出てきた。有能な家政婦にもかかわらず、その歩き方のせいで、背が高く男性のようにしっかりした体つきをした姿はどうしても疲れているように見えてしまう。

「手紙は来ていません」耳障りな低い声で話す英語には抑揚がなかった。「でも、彼女がいらっしゃいました」

「彼女？　いったい誰のこと？」タイディーは苛立ちを覚えた。レオニーは相手が何でも承知しているものと決めてかかって、名前ではなく代名詞を使うことがよくある。

「ビートンさんです。会いたいので、また来るそうです」

「珍しいわね」と、タイディーは怪訝そうに言った。めったに訪ねてくることのないケイト・ビートンの来訪はお世辞にも歓迎できるものではなく、できれば今回は勘弁してほしかった。特に、黙っていたことをとうとう公にしようと決意したこのタイミングで彼女を招き入れるのは適切ではないと思う。バッグの中の手紙が少し膨らんだような気がする……いや、そんなはずはない。

二階の寝室に上がり、気分を落ち着けて化粧を直した。疑念はさておき、こんな嫌な気持ちになるのは、ケイト・ビートンの不愛想な態度と不格好なツイードの服、荒れるままに放ってきた赤ら顔の中で光る鋭い目だけが理由ではないはずだ。だとしたら、何なのだろう？　ロンググリーティングはもちろん、どんな町の人々の生活にも関係のない犯罪小説を書いて充分な収入を得るビートンの才能は、タイディーに言わせれば不埒《ふらち》なものだった。しかもなお悪いことに、オーエン・グレートレクスが彼女のもったいぶった作品に一目《いちもく》置いていた。ところがビートンのほうは、海外でも評価の高い偉大な小説家であるグレートレクスのあら捜しに徹していて、二人が互いに激励し合う仲ではないのは誰の目にも明らかだった。もちろん、ライオンにはジャッカルの執拗《しつよう》な関心を受け流す余裕があるのかもしれないが、グレートレクスは自分からビートンの辛辣な言葉を誘っているように思える節があった。それにしても、ビートンはなぜここへやってくるのだろう。すでに今、向かっているのだろうか。

木綿更紗のカーテンのあいだから、見慣れているはずなのに近頃どこか不気味に思える景色に目をやった。穏やかに広がるブナ庭園の先に、珍しい木造の鐘楼が増築された光り輝くサクソン教会ににじり寄るように、イチイの木に埋もれた牧師館がある。その向こうの、数本の煙突の先だけが見える〈ロンググリーティング・プレイス〉の屋敷が立つ下りの傾斜地は遠くの木立をより近く感じさせ、さらに奥に位置する、心和む初夏の空を背に先端を覗かせているレイヴンチャーチの尖塔や大聖堂の塔さえも実際より近い気にさせる。暖かく穏やかだが、今や安らぎは覚えない。狭い墓地の周囲を守るようにこんもり茂るイチイの隙間から四つの真新しい墓が白く輝いて見え、新たに五番目の墓が立つことを思い出すと背筋が寒くなって、三十分前にカフェで味わったのと同様の震えが身体を走った。

慌てて〈ロッガーヘッズ〉というパブ兼ホテルの横を通る埃っぽい道路と、その道沿いに立つやや大きめの家々に視線を移したものの、心の平静は得られなかった。ホテルの裏手には牧草地と干し草用の畑が広がり、茂った葉に隠れて見えにくいが、ヤナギとハンノキの木立の中を縫うように川が流れている。いっそのこと、まったく見えないほうがましだった。明るく晴れ上がった空の下に広がる板金のように輝く川面は、今では誰もが死を連想するものになったからだ。

弾力がよみがえることはないであろう肌にローションを軽くはたきながら、タイディーは急いで再び目を逸らした。不機嫌な気持ちを駆り立てるものすべてが腹立たしかった。

不意に赤い色が見えたかと思うと、レイヴンチャーチから勢いよく走ってきたバスが〈ロッガーヘッズ〉の前に停まった。化粧テーブルの上の時計にちらりと目をやる――五時五十分。毎日この時間には、町で働く四人組がここで降りるのだった。平日の夕方ロンググリーティングで目にする光景に急に新たな好奇心を掻き立てられ、彼女は乗客たちがそれぞれの自宅で待つお茶のテーブルを目指して散っていくのを見守った。ハンドバッグの中の手紙……あれは、ひょっとして……。

〈クレイ〉で食料の卸売りをしている小柄なベリル・ヒックリンだろうか？　彼女は最後に死んだアイリスの親友だった。いつものように車掌に二言、三言話しかけてから、ほとんど車の通らない道で轢《ひ》かれるとでも思っているのか、しきりに左右を見ている。手紙の送り主が彼女かどうかは、なんとも言えなかった。

それともシシー・アッシュウェル？　シシーは一年半電話交換手をしていて、ロンググリーティングでは情報通として知られている。彼女の線はあり得るかもしれない。

〈パイク・ハウス〉に住む若いウィリアムズ夫人はどうだろう。家具店〈ナサニエル〉の簿記係で、大きな体格のせいで〈ミネルヴァ〉の美容室に近づこうとしないのだとバーサが見ている彼女は、案外ダークホースのようにも思える。今のところは、疑わしきは罰せずというところか。

よろけたり、軽やかだったり、重そうだったりと、女性たちがそれぞれの足取りで路面に降りたあと、最後に姿を現したのは、レイヴンチャーチのブル・リングにある〈バナーマン・バナーマン・アンド・ウエイト弁護士事務所〉のシニア弁護士、バナーマン氏だった。バナーマンはどうなのか？普段と変わらずこぎれいな小さな鞄を下げて、ティータイムを楽しみに一定の小幅な歩調でいそいそと帰っていく。性別、年齢、仕事の評判などを考えると、それだけで完全に除外すべきでないのはわかっていても、リストから外していい気はする。

今日は、〈ロッガーヘッズ〉の周囲で一、二度見かけたことのある浅黒く日焼けした若い男がバナーマンの背後からバスを降りてきた。夏にホテルに泊まる客は珍しくなく、村人は外部の人間にあまり関心がないため、名前も知らない相手だと思ったとたんタイディーはその男に注意を払うのをやめた。

彼女は、ケイト・ビートンに見られないよう絶妙のタイミングで窓辺から身体を引いた。やはりビートンは、真っすぐ〈キープセイク〉に向かってきていた。土手に作られた階段を上るがっしりしたその脚は、丘の上り坂をものともしないように見える。汗だくになったみっともない格好で門を開けるビートンの姿が見えた。

自分でも無意識のうちに、タイディーは手紙の入ったハンドバッグを化粧テーブルの引き出しに押し込んだ。そして、小さな身体を狭いカーテンの陰に寄せてじっと立ち、訪問者が家に近づいてくるのを隙間から見守った。その姿がポーチの陰に隠れても、彼女はまだそこに立ち続けていた。

ノックに応えて、レオニーが足を引きずって玄関へ行った。いつもそうなのだが、ドアを開けると少し片側に寄り、痩せた節だらけの手を体の前で緩く握って立った。

「どうぞお入りください」と、レオニーは感情のこもらない声で言った。「バータさんはお戻りです。今お呼びします」

帽子をかぶらず、タイディーの目には残念としか映らないだぶだぶのワンピースを着たビートンは、意地悪そうな目つきでレオニーを見た。

「あなたったら、へとへとの婆さんね」と歯に衣《きぬ》着せずに言う。「悪いこと言わないから、少しのんびりしなさいよ」

ビートンは高価な家具が備わったタイディーの居間にどこか落ち着きなく足を踏み入れ、レオニーは幅広の青白い顔に一切の興味を浮かべることなく無言で階段を上っていった。

人を待たせるのが常のタイディーが五分近く遅れて現れると、ビートンは部屋に背を向けて〈ロンググリーティング・プレイス〉の煙突を眺めていた。

「すてきなところに住んでるのね」ビートンは唐突に振り向いて言った。「丘の麓のはずなのに、この窓からの眺めは、さしずめペルシャの宰相ハマンが見ていた高みからの景色に匹敵する」

「ずいぶん嫌な喩《たと》えね」と、タイディーは冷ややかに答えた。「まあ、あなたの仕事を考えれば……」眉を上げて呟いた言葉が尻すぼみになる。

ビートンが笑いだした。荷馬車馬のようだ、とタイディーは思った。「そりゃあ、彼が絞首刑になったの周知の事実よ。だけど、私たちに何が起きるかは誰にもわからないでしょう？　事実が小説より奇妙な展開になっている今の状況じゃ、なおさら先のことなんてわかりゃしないもの」

「あなたの意見は訊いてないわ」タイディーは、いつになくむきになって厳しい口調で言い返した。「でも訪問目的は教えてもらおうかしら。まさか、近所でぞっとすることが起きていると言うためだけに来たわけじゃないでしょうから」

「『死』って、はっきり言ったらどう？」と、ビートンが正した。「ええ、そのとおりよ。ちょっと報せておきたいことがあってね」と言ってから無遠慮に付け加えた。「座ってもいいわよね？」

タイディーはきっぱりした態度で立ち、ビートンが許可を待たずに大型のソファーに腰を下ろすのをじっと見つめた。

「ビートンさん」毛を逆立てた闘鶏を思わせるはっきりとした甲高い声で言う。「世間の噂話にあなたが何を付け足そうが、私はこれっぽっちも興味がない。レイヴンチャーチの人たちはどうかしてしまってるんだわ」

ビートンは彼女に視線を注いで笑みを浮かべたが、目は笑っていなかった。

「あら、知っておいたほうがいいと思うけど」と曖昧な言い方をしながらも、譲らない態度を示すように顎を突き出した。「アイリス・ケインが書き置きを残してたって知ってた？」

タイディーは真っ青になった。急に顔から血の気が引き、激しい怒りを感じた。心構えをしていたつもりなのに、綻《ほころ》びが生じているのが自分でもわかる。

「葬儀のあとで見つかったんですって」

「知らなかったわ」タイディーはテーブルセンターの位置を直し、落ちていたバラの花びらを指でつまんだ。「知らなかった。それに、私には関係ない——あなたにもね」

「そう？　だったら、別のことなら関係あるかも。今日はアイリス・ケインの書き置きのことじゃなくて、私自身の手紙のことを話しに来たの。実は匿名の手紙が届いたのよ」

　相手を見るタイディーの目が異様な光を帯びた。彼女はいくらか落ち着きを取り戻していたが、二階にあるハンドバッグの中の手紙がバッグを吹き飛ばすくらい大きく膨れ上がった気がした。

「ちょっと、ビートンさん！　あなた、わざとイラつかせようとしてるの？　なんだか非難してるように聞こえる。匿名の手紙を受け取るなんて不愉快なことだし、普通はおおっぴらに話したりしないでしょう。黙っておくか、それとも――親友に打ち明けるかだわ」

「そうかしら。でも私は、こうしてあなたのもとへ来た」

「何のために？　いったい私に何ができるっていうの？」

「そんなこと言わないで、これをどうにかしてくれない？」ビートンはいびつな形になったワンピースのポケットに手を突っ込んで、たたんだ薄い封筒を取り出すと、座ったままタイディーに向かって差し出した。「まずは中身を読んでみてちょうだい」

「お断りよ」タイディーは身体をこわばらせて、ぴしゃりと言い放った。「知りたくなんかないもの――嘘だろうと事実だろうと、あなたのことなんて」

「私のこと？」

「ええ、そうですとも。私、あなたに興味はないの」

「どうやら勘違いしているみたいね。私に今日届いた手紙は、あなたに関するものなのよ」

「なんですって？」

「本当よ。書かれている内容はすべて――あなたのことなの」

# 第二章

## 「オレンジとレモン」と、セント・クレメントの鐘が鳴る

「マザーグースにあるでしょ。女の子は砂糖とスパイスでできているって。私もそう」サメラは左の眉毛を抜きすぎたのではないかと心配になって、ごそごそとコンパクトミラーを捜しながら言った。「それに、こんな朝早くからそういう嫌な話を聞くのはごめんだわ!」

〈ミネルヴァ〉の店は鍵を開けたばかりだった。コーヒーを提供するまでにはまだ一時間半ほどあるが、ジェーン・キングズリーはすでに出勤していた。田舎育ちで朝が早いのと、本数の少ない面倒なバスで通わなければならないからだ。一方、午前中の飲み物を準備し始める出勤時間の十時に向けて、五分前に大聖堂の芝生を横切れば充分間に合うマリオン・オーツはたいてい直前に現れる。クリスタルとサメラは、開店後一時間近くは帽子店に客が来ないにもかかわらず、いつも先に来て店の鍵を開けていた。

〈ミネルヴァ〉のスタッフにとって、この朝のひとときが一日のうちでいちばん楽しい時間だった。午後も半ばを過ぎると彼女たちの頭は家とティータイムと帰りの交通手段のことでいっぱいになり、

店員としての社交性はくたびれた制御不能《ソーヴ・キ・プ》のような状態に取って代わられて、会話をするのが億劫《おっくう》になる。今は三人とも元気でくつろいだ気分で、ミス・タイディーが思いのほか事情を知っているのではないかというクリスタルの話に耳を傾ける余裕があった。

「みんな、そうよ」ジェーンはスタンドに載せてある帽子をくるくる回しながら、ゆったりとした優しい声で言った。前から時々思うのだが、帽子というのは、紅茶やコーヒーやサラダランチよりも魅力的なものなんだろうか。丈夫そうな脚を持ち、量が多くてまとまりにくい黄褐色の髪をいつもショートカットにしている彼女は、大柄で快活な女性だった。「誰だって、実際に知っていることを全部口に出すわけじゃないし」

知り合いの中でいちばんずけずけものを言うジェーンからそんな言葉が出たので、サメラは目を瞠《みは》った。

「いいえ、ジェーン、それは違う。女はいつだって、知っている以上にたくさんのことを喋るものよ」

そばで聞いていたクリスタルは帽子販売員としては優秀なのだが、その想像力はあくまでも仕事のみに限定されているため、サメラの言葉の意味がよくわからず、ゆっくり反芻《はんすう》してみた結果、理解するのを諦めた。「何を言ってるのかよくわからないわ、サミー」と、彼女は言った。「でも、もし私が何か――ええと――手がかりになりそうなことを少しでも知っていたなら」わからないなりに、なんとかコメントを捻《ひね》り出そうとした。「すぐに言うと思う。ほかの人の話が聞こえないふりをして、口を閉ざしたまま歩きまわるなんて絶対しない！」

「ええ、それは私だって同じ」サメラはあきれたように眉をひそめて言った。「バーサは必死にとぼけてるのよ。だけど、ほかの人の話が耳に入っているのに聞こえていないふりをするからといって何か知っているとはかぎらない。たぶん、彼女は私たちと同じようにさっぱり見当がつかないんじゃないかしら」

「同感」ジェーンがのんびりした口調で答えた。「二か月余りのあいだに五人も自殺した真相を解明するには、バーサと同じくらい見栄えがいいだけじゃなくて、もっと頭のいい人じゃないと無理ね」

「自殺ですって！」と興奮した声を上げた拍子にクリスタルが落としてしまった洒落たファーフェルトの小さな帽子が、偶然ジェーンの足元まで転がっていって止まった。「そんなふうに顔を立てることばかり並べるんなら、もうこの話はやめる！」

「しーっ」ジェーンが子供をあやすような口調でなだめた。「きっとすぐ近くで耳をそばだててるわよ」

「いいえ、それはないわ」と、サメラが言った。「悪口を言ったって大丈夫。上で美容室の準備をしている音が聞こえるもの。でも、顔を立てるってどういうこと？　誰の顔？」

「もちろん、警察の連中よ」と、クリスタルは言い返した。髪の毛が逆立ちそうな勢いだった。「レイヴンチャーチ警察は全然仕事をする気がないの。ずっと今の地位にあぐらをかいてるだけ」

「ああ、そういうこと。あなたにしてはずいぶん頭を使ったわね、クリス。つまり――殺人事件なんじゃないかと思っているわけね？」

「そうよ。自殺はあり得ない。警察だってそう思ってるはず。殺人だなんて怖いわよね」

「そういう見方もあるけど」ジェーンはあくまで懐疑的だった。「私は信じない。警察が話をでっち上げたりしないでしょう――かわいそうに、みんな自殺したのよ」

「それに」と、サメラがジェーンの肩を持った。「殺人だとしたら犯行がずさんじゃない？　三人は溺死で一人は首吊り、あとの一人は頭を打ち抜いたショットガンを手に持ったまま……」

「ねえ、もうそのくらいにしない？」商品を少しだけ並べてあるショーウインドーの外に見える通りをぼんやり眺めながら、ジェーンが呟いた。

「嫌よ！」恐ろしいリストを口にしても、ボッティチェリの絵のような繊細さが少しも揺るがないサメラが食い下がった。「女が得意技にしている毒とか睡眠薬の過剰摂取とか――もっと簡単で楽に死なせるものがいくらでもありそうなものなのに。クリスの言う殺人犯っていうのは、よっぽど荒々しいのが好きなのね！」

「目眩《めくら》ましのつもりなんじゃないかな」と、クリスタルは自信なげに説明した。これまでも的を射た試しのない彼女の推理は、サメラの反論を前にもう綻びを見せ始めていた。「ええと――犯人が全員自殺だったと思わせたかったのかもしれないでしょ」

「ねえ」と、サメラが言った。「推理小説の読みすぎなんじゃない？　料理本は読まないのにね」

「それにしても」と、ジェーンがおっとりした口調で割って入った。「どうしてタイディーが何かを知っていると思うの？　そりゃあ、あの人たち――リヴィングストン＝ボール夫人とご主人の元大佐、ミス・ドレイク、ベアトリス・グレーヴズ、そして今度はアイリスなんとかっていう女の子が誰かに殺されたんだって言う人はいる。ばかげた話だけど、そういう噂が立っても仕方ないと思う。でもバーサが犯人のわけがない――サミーが言う女の得意技の薬とやらを使ったんじゃなければね。そんなこと絶対あり得ないけど。川で突き飛ばして溺れさせる？　重たい銃で撃ち殺して自殺に見せかける？　ロープを手にして――そして――ああ、想像しただけでも恐ろしい！　考えてもごらんなさい。

タイディーはネズミみたいに小さいのよ！」

「確かに」サメラは頷いて当惑顔のクリスタルのほうを見ながら、すんなり認めた。「でもジョージは、小柄な人だって時にはびっくりするような力を出すことがあるって言うけど。彼がいた病棟の小さくて華奢《きゃしゃ》な看護婦は、まるで曲芸師がお手玉を操るかのように楽々と彼の身体をひっくり返したんですって」

「看護婦は特別よ」六フィート二インチもある筋肉質のジョージ・ワイルドの姿を思い出してクリスタルは一瞬驚いたのだが、顔には出さず、サメラと同じように何気ない調子で言った。だが、サメラがジョージの話を出してくれたのはありがたかった。崇拝する夫を彼女が引き合いに出すのは、考えを正当化したいときだけだからだ。従軍する前は新聞社の優秀な校閲者だったジョージはビルマの戦いで片脚を失い、日本軍の捕虜収容所に収監されて、もう少しで命と正気まで失うところだった。今は、「ジョージが独り立ちするまで」と言いつつもう何年も帽子店で働くサメラの稼ぎに頼りながら、もはや関心を抱いてはいない昔の仕事を、なんとか気持ちを奮い立たせて細々とやっていた。

「言っとくけど」と、クリスタルは口を尖らせた。「二人とも結論を急ぎすぎ。私はバーサが人殺しだなんて言ってない。ただ、ここミネルヴァで何かが起きていて、彼女が事情を知っていたとしてもおかしくない、って言ってるの」

「どうしてそう思うの？」と、ジェーンが訊いた。

「根拠ならいっぱいある。昨日言ってた郵便のこともそう」

「何のこと？」

「サメラが聞いたの。サミー、あなたの口から話して」

「ああ、あれ」と、サメラが言った。「なんてことないの。殺人の証拠でもなんでもない。ミネルヴァがますますワンマンショーみたいな場所になるってことを示すほんの些細な出来事。午前中と午後の二回配達される郵便物に、私たちには触れてほしくないんですって。これからはバーサが自分でチェックするから、って。それだけのことよ」

「妙ね」と、ジェーンが言った。「でも、そもそもバーサは誇大妄想ぎみだから。年寄りの独身女性には多いでしょ。特別なことじゃないわ」

「彼女って、そんなに年寄りなの？」と、クリスタルが口を挟んだ。

「少なくとも七十にはなってると思う」ジェーンはすんなりとそう答えたが、サメラは疑わしそうに首を振った。

「とにかく」クリスタルは、したり顔で続けた。「その話で別のことを思いついた。サムがワンマンショーって言わなかったら忘れるところだったけど、バーサはここを一人で切り盛りしようとしてるんだわ」

「彼女が本当にそのつもりだとしたら、私たちクビになっちゃう」と、ジェーンが言った。

「実際、美容室はそうなったじゃない。ヘレン・メイソンはクリスマスに辞めて、若いローダも——腕はよかったのに——三月にクビになったでしょ。で、もう六月になるっていうのにバーサはいまだに一人でやってる——しかも、残業しているのは美容室だけ」

「そうね」サメラが同調した。「人手が足りていないのは明らかだわ。クリス、何かがおかしいっていうあなたの意見は当たってるかも。だとすると……」と口ごもった。

「何？」ジェーンとクリスタルが声を揃えた。

「もしかすると、帽子店を閉めるつもりかもしれない。近頃はヘアスタイルを見せたがる女性が多くなって、帽子の売れ行きがいまひとつだから。そうしたら、私たちも魅力をここでくすぶらせていないで上の階に行けるんじゃないかしら」

「どうして私たちが厚化粧部門に行くわけ？」と、クリスタルが不満げな声を上げた。

「だって、みんな美人だもの」サメラは反射的に答えた。

「まあ、そうだけど。特にサミー、あなたはそうよね」

「あら、私はちょっと痩せすぎ。最近は痩せているのが流行《はやり》になってきてはいるけど。私たちの中ではジェーンがいちばんね」

「ジェーンみたいなタイプは、時代とは関係なく魅力的だもの」クリスタルは友人の魅力をうらやむでもなく、冷静にジェーンの姿を見ながら同意した。

「ハリエニシダに似ているのよね」と、サメラが言った。「素朴な雰囲気が絶妙なの。私はどっちかというとドライだし、クリスはちょっとぼんやりしてるでしょ。ジェーンのような手足と茶色い卵みたいにつやつやしたきれいな肌ほど素朴な魅力は二人とも持ってない」彼女はやや眉を寄せた。「でも気をつけたほうがいいわよ。あなた、少し太ってきてるから」

「そろそろいいかしら」と、ジェーンが穏やかに言った。「マリオンが来たわ。もうキッチンに行かなくちゃ。無駄話は終わり」

チリンチリンという小さな音をたててドアが開いた。入ってきたマリオン・オーツは、背が高く器量は並で、薄茶色の髪を首元できっちり結って肩を丸めた娘だった。落ち着いた目元には知的な雰囲気が漂っている。まだ十六なのだが、内気な感じと青白い顔のせいで大人びて見える。

「どうも」と、マリオンは気のない挨拶をした。「なんか妙な空気ですね。悪巧《わるだく》みの相談をしている人たちみたいですよ」

ジェーンが笑いだした。「マリオン・オーツ様の推理を聞きたくて待ってたのよ。ここで何が起きてるんだと思う？　クリスタルが興味津々でね」

マリオンは肩をすくめた。「強盗じゃないでしょうか」

サメラがわざとらしくよろめいてみせた。「勘弁してよ。こんなの耐えられない。殺人、自殺、そして今度はミネルヴァで強盗だなんて！　いったいどういうことなのか説明してちょうだい」

急に注目が集まっても、マリオンは動じなかった。

「ただの推測です」と平然とした口調で言う。「本当に起きるかどうかは知りませんけど、それを恐れているから店長はここで寝る日が増えているんだと思います」

「なんですって？」と、ジェーンが声を尖らせた。

「どうして、そんなことを知ってるの？」と、クリスタルも訊いた。

「夏はここで寝たりしないでしょう」と、サメラは異議を唱えた。

天気が悪い日や、夜遅くなって家に帰るのが億劫になったときなどにタイディーが〈ミネルヴァ〉に寝泊まりすることがあるのは、みんな知っていた。そういう夜には、カフェの壁際に置かれたソファーベッドと、二階の戸棚にしまってある毛布とパジャマが役立つのだと本人が話していたのだ。もちろん別の理由があるのではないかと邪推し、サメラなどは淫らな憶測を提示したのだが、残念ながら証明できずに渋々その説を取り下げた。それにしても六月に〈ミネルヴァ〉で寝泊まり？

「店長がお店に泊まるようになったのは――ええと、そう、五月の初めでした」と、マリオンが断言した。「ウィン叔母さんと私は夜の散歩が好きなんですけど、週に二、三度カフェの明かりがついているのを見ました。ここのブラインドはいつも下ろしていないから、外からよく見えるんです」

「びっくりね」と言ってから、サメラは望みを託すように付け加えた。「きっと男よ」

「やめて」と、ジェーンがたしなめた。「七十代の人がそんなことするわけないでしょ」

「バーサは七十歳じゃないと思う」と、サメラは言い返した。「それに、八十をすぎてもモテモテだったニノン・ド・なんとかっていう人だっているじゃない」

「口を慎んで」と、クリスタルがせっついた。「子供の前よ」

「私のことなら気にしないでください」マリオンは唯一の大人のような口調で言うと、驚くべき言葉を口にした。「年齢で女性が萎《しお》れることはないと思いますけど、店長は習慣のせいでずっと前から干からびているんです」

「あなた、彼女が好きじゃないんじゃない？」と、サミーが冗談めかして訊いた。

マリオンの口元が微かに歪み、その瞳が一瞬、不気味に輝いた。「大嫌いです！」と泣きだしそうな震え声で言う。

「あら、まあ」ジェーンは片手を伸ばし、少女の細い手首を握った。それから名残惜しそうにその手を放し、腕時計にちらっと目をやった。「大変、もうこんな時間！　マリオン、アンナヴァン《前進》あるのみ。キッチンへ行ってコーヒーを淹れて……」

「クッヒェ《台所》へ、キンダー《お嬢ちゃん》」去っていく二人の背中に向かってサメラが呟いた。「そして二階にはカイザリン《女帝》がいる」

冷ややかな沈黙が流れた。

「知らなかった。あなた、知ってた？」クリスタルがぼんやりと言った。

「なんとなくね。時々、ジェーンが小娘のただのお守り役じゃない気がしてたわ」

「ジェーンが？　そりゃあそうよ！　あの二人は相棒だもの」クリスタルはため息をついた。「それにしても……マリオンみたいないい子が急にあんな顔をするなんて。あんな――あんな――」

「敵討ちをする人みたいな顔？」

「ええ、まあ」

クリスタルは、荒れ地に咲くサボテンのようにまばらに点在して見える位置に帽子を動かし、すでにこざっぱり整頓されている部屋をけだるそうに整え始めた。

彼女は茶化すように口ずさんだ。「『砂糖とスパイス、砂糖とスパイス』……私たちは違うわよね、サミー！」

サメラはにやりとした。「あら、私たちだってある意味そうよ。いいものには何でも甘さと苦みがあるものなの。ともあれ、ジェーンについての言葉は撤回する。彼女は根っから甘さでできているんだもの」通りを横切る人影が二人目になったところで、サメラは素早く切り替えた。「雑談は終わり。二人こっちへ来るわ。帽子店のお客は片方だけみたいだけど、私の麦わら帽をじっと見てる。残念ね、十五歳若ければ似合うのに。でも、そうとも言い切れないか。ウォードル＝フロックス夫人は、近頃ずいぶんきれいになってきてるものね……」

「知ってる」と、クリスタルが言った。「あのお喋り婆さんでしょ。彼女、泥パックをしに来たのよ」

「そうなの？」サメラは、ドアにはまったガラスに赤黒く映るところまで近づいてきた人影のほうに嫌悪感のこもった目を向けた。「まったく、ここにはいろんな人が集まってくるわね」

チリンチリンと、言い訳するようにドアが鳴った。

「おはようございます、奥様」クリスタルはその愛らしい顔に、あらかじめ用意していたそつのない歓迎の表情を浮かべた。「これですか？　ええ――すてきでしょう？　とても魅力的で……ええ、きっとお似合いになると思います……」

「おはようございます」と、サメラは黒い瞳を無邪気に見開いて輝くような笑みを見せた。「お二階へどうぞ。店長がお待ちです」

ウォードル＝フロックス夫人は取り澄ました笑みを返した。この娘《こ》がいちばん美人で、いつもうれしそうに自分を迎えてくれる。この娘が既婚者だなんて……時代かしらね……タイディーさんは彼女に美容室を任せればいいのに。こんな娘が施術してくれたなら……タイディーさんの手はごわついていて、近頃全然愛想がないし、どう見ても過重労働だわ。どうしてその状況を変えようとしないのかはわからないけれど。それに、どこか投げやりな感じがして――しかも、なんていうか――ひどく――口が重たいっていうの？　いいえ、そうじゃない。タイディーさんは決して気後れするような人じゃないから。不機嫌？　ええ、そうなのかも。とにかく、前みたいに打ち解けて話をしてはくれない。でも、「店長がお待ちです……」という言葉は、なんて甘い響きかしら。

ウォードル＝フロックス夫人は、リューマチの腰が耐え得るかぎり威厳のある歩き方を意識して階段を上った。きっと今朝は、ミス・タイディーが自分の予約に備えて特別な心づもりをしてくれているのだという期待に胸を膨らませながら。

# 第三章

## 「的と中心」と、セント・マーガレットの鐘が鳴る

### 一

警察署のレッキー警視のオフィスで、バーサ・タイディーは三人の男と向かい合っていた。彼女の考えを明かすには程よい人数だとタイディーは思った。

実を言うと、彼女は警察官たちの前のめりの反応に少し驚いていた。冷淡さや疑り深さ、あるいは敵意さえ向けられるかもしれないと想定し、女の魅力と具体的な証拠を駆使してそれらを跳ね返す覚悟をしていたからだ。とにかく、自分に届いた手紙を見せれば少しは説得力があるはずだと考えていた。ところが蓋を開けてみると、流れに逆らって泳ぐくらい大変な目に遭うだろうという予想に反して、あっけないほどの歓迎ぶりだった。話に耳を傾ける、というのはまさにこういうことを言うのだろう。流れに逆らう？　とんでもない。今や彼女は勢いよく流れに乗っていた。だが、話の仕方には細心の注意を払わなければ。足元を確認するように一歩一歩様子を見ながら、極力、具体的な名前は

出さないようにしよう。ほのめかす程度はいいけれど、詳細な説明をしてはいけない。

地元警察の警視と直接対面するのは初めてだった。テーブルを挟んで座る彼は痩せ形のブロンドで、じろじろ見るタイディーの視線を気にする様子はなく、吸い取り紙と鉛筆からほとんど目を上げなかった。タイディーが口ごもったり同じ内容を繰り返したりするたびに低い声で話の先を促しながら、ゆっくりと何やら落書きのようなものを描いている。

背後にある少し離れたデスクでは、若い巡査部長が熱心にメモを取っていた。最初に警視が紹介したとき、ハッサルと呼ばれていた刑事だ。それ以降、その存在には誰も気を留めず、彼は時々タイディーのほうをぼんやり見て、鼻をこすったり鉛筆で机をトントンと叩いたりしながら話の内容を書き取っていた。それでも、タイディーはほかの二人の言葉よりもむしろ若い刑事の一歩距離を置いた関心の寄せ方のほうに励まされていた。彼女が口にする言葉とハッサル刑事が書き取るメモとの目に見えないつながりが、自分がその場を取り仕切っているという尊大な気持ちにさせてくれ、ひょっとしたら失うかもしれないと感じていた永続的な地位を取り戻せる気になるのだった。話す内容をほかの人が恭《うやうや》しく記録しているというのは悪い気がしないもので、自分の言葉が後世まで残るような錯覚さえ覚えた。

興味を惹かれたのは三人目の男だった。警視が座るテーブルの左奥にあるオーク材のカーバーチェアにゆったりもたれて座っている。黒髪で色は浅黒く、仕立てのよいくだけたスーツを着た気取った雰囲気の二枚目だ。タイディーは部屋に入ってすぐ、〈ロッガーヘッズ〉に泊まっている男だと気がついた。よく見ると、思っていたほど若くはない。たぶん三十八歳くらいだが、運動神経のよさそうな身のこなしのせいで若そうに見えたのだ。タイディーは初め、不快感を抱いた。警官ではない人間がなぜかそこにいて、くだけた雰囲気を漂わせていると思ったからだ。ところが誰も彼のことを紹介しないまま、急にその場の空気が変わった。椅子に座ったタイディーにいきなり満面の笑みを浮かべて煙草を勧めてきたのは、レッキー警視ではなくその男だった。時折、優しい声で彼女が想定していたとおりの質問を差し挟んでくるので、自信を持って堂々と答えることができた。何よりも、彼女の話に真剣に耳を傾けてくれているのがありがたい。彼はやはり警察の人間で、しかも階級は決して低くないとタイディーは当たりをつけた。

彼女はテーブルを挟んで、見栄えは悪いが座り心地のいい肘掛け椅子に横向きに腰かけていた。頭を少し動かさないと、何者かまだ不明なその男の目は見えなかったが、明らかに心ここにあらずの警視の顔は常に目に入った。彼の意識はタイディーではなく、手元のいたずら書きに向けられている。ハンドバッグから取り出した二通の手紙はすでに警視ともう一人の男が目を通し、テーブルの中央に広げられていた。タイディーは、自分の見た目は完璧だと自負していた。豊かな白髪に巧みに載せた小さな紺色の麦わら帽子、端に行くほど濃くなるブルーの輝く瞳、ウエスト部分がくびれた落ち着いた雰囲気のワンピース、紺と白のパンプス。どれも彼女の小柄な体型と女性らしさを強調する、身を護るために計算された装いだった。

顎を引いたまま視線を上げたレッキー警視の顔が、急に温和なブラッドハウンドに見えた。

「ありがとうございます。大変参考になります。要点を整理しますので、合っているかどうか確認してください」

警視は頭を上げ、テーブルに肘を乗せて身を乗り出すと両人差し指をトントンと合わせた。ハッサル巡査部長がペンを持つ手を止め、初めて椅子の上でこちらに身体を回した。正体不明の男は特に動きを見せなかった。

「第一に」警視はなだめるような口調で話し始めた。「近頃レイヴンチャーチ近辺で命を落とした五人はあとの出来事から見て、死因審問の結論とは別の方法で死んだと考えていらっしゃるんですね？」

苦心して遠回しな言い方をしたのがおかしかったのか、浅黒い男の顔が綻《ほころ》んだ。

タイディーは眉をひそめた。「警視さん、『第一に』というのは違います。私のいちばんの心配は、私自身の命が危険にさらされているということなんですから」

名前のわからない男が同情するように声を漏らし、レッキー警視が頭を下げた。

「もちろんです。『第一に』と言ったのは、あくまで時系列においてという意味です。捜査のうえでは常に時系列が重要ですので」

「でしたら、おっしゃるとおりです。あの人たちは自殺したのではないと私は確信しています」

「つまり、殺害されたとお考えなんですか？」

タイディーは微かに身震いした。「口にするのも恐ろしいですけど、ええ、そう思っています――今は」

浅黒い顔の男が静かな口調で言葉を挟んだ。「最初からではなかったのですか？　初めはあなたも自殺だと思っていらしたのでしょうか」

好感は持てるもののいかにも鈍い刑事たちに何度も説明しなくてはならないことに、タイディーは苛立ちを感じるどころか、むしろそれを楽しんでいた。今のところ、望んでいた以上にうまく事が運んでいる。

「そりゃあそうですよ」タイディーは少し身体を回し、男の目を見て答えた。「そんな恐ろしいこと、初めから考えるわけがないじゃないですか。ただ、何か別の理由があるんじゃないかとずっと思っていました――あの人たち自身のせいではなくて――彼らの汚名をそそぐ説明が。そうしたら一昨日この手紙が届いて、彼らが殺されたのだとわかったんです」

「わかった？」レッキー警視が繰り返した。しまった、とタイディーは思った。

彼女は訳知り顔に頷いた。ここで慌てるのは賢明ではない。

「なるほど」と、警視はほとんど反射的に言った。「彼らが殺されたとわかったわけですね」本当は苦労して聞き出したいことを、わざと流して知らないふりをする手法を使う人なのだとタイディーは気づいた。彼が続けた。「リヴィングストン＝ボール夫人とは親しかったんですね？」

その言葉に意義を唱えたかったからではなく、急な話題の転換にタイディーの顔が熱くなった。

「ええ――といっても、しょっちゅう会っているわけではありませんでした。彼女はその――私と同年代で――まあ、少し上でしたけど」と、急いで言い添えた。「うちでマッサージコースを受けたこともあります。よく店に立ち寄って、ちょっとした美容相談なんかをしていました。憶えていらっしゃると思いますけど、とてもおきれいな方でしたでしょう」

〈ミネルヴァ美容室〉の功績をさらに連ねるのではないかと刑事たちは身構えた。

「ええ、そうですね」と、レッキー警視は気のない返事をした。「彼女のことはほかの人たちよりよくご存じだったので、評決が間違いだと自信を持って言えるのですね？」

「間違いなんてもんじゃありません！」と、タイディーは鋭い声で言った。「そもそも、彼女はとても敬虔な人で、ご主人の大佐を心から愛していたんですから」

浅黒い男が愛想のいい表情で身を乗り出した。

「タイディーさん、あなたがこの結論に至った根拠は、被害者の人柄なのですか？」

「いけません？」と、タイディーは詰め寄った。

「そんなことはありません」と、相手は優しい口調で言った。「実に真っ当な根拠です」

「溺死というのは」レッキー警視が内密な話をするかのように声を落とした。「疑いの余地の残る死に方ではありますが、殺人よりも事故のケースが多いものです。ただ、一か月後のリヴィングストン＝ボール大佐の死は、評決を疑う理由はほとんどないと思いませんか？　奥さんに深い愛情を抱いていらっしゃったことを考えればなおさら」

「そりゃあ、銃を使った死は話が違いますよ！」と、タイディーは大声を出した。「しかも、その場に銃があったんですよね……そんな恐ろしい男っぽいやり方ですべてを終わらせるなんて！」警視が噛み殺した笑いにはおかまいなしに、彼女はあくまで持論を展開した。「でももし、私はそうに違いないと思っていますけど、リヴィングストン＝ボール夫人の死が他人の手によるものだとしたら、同じ犯人がご主人を殺した可能性だってあるんじゃないですか？」

するとm、浅黒い男が関係のない質問をした。「ロンググリーティング・プレイスが今も空き家なのか、ご存じですか？」

「違いますよ」と、タイディーは即答した。「大佐の妹さんが住み始めました。私は面識がありませんけど」

刑事たちは、にこやかに頷いた。彼女が何をほのめかし提案しようと、どんな意見を言おうと、彼らはとても愛想よく応対した。何もかもが予想以上にスムーズに進み、タイディーは、過度に警戒せずに話せばいいのだと思い始めていた。

「次に思い出されるのは」レッキー警視はリヴィングストン＝ボール大佐の殺人犯の件を脇に押しやって打ち解けた口調で言った。「ミス・エディス・ドレイクの件です。彼女はこの数週間で亡くなった人たちの中で三番目に命を落としましたが、自殺という線は疑いようがありません」

「でも、どうして？　いったい動機は何だっていうんですか」

刑事たちは驚いた顔でタイディーを見た。

浅黒い男が沈黙を破った。「その質問に答えられる人がいればいいのですがね。人が自殺を決意するに至る気持ちは本人以外にはわかりません。とかく人間の心は不可解なものです」彼は真面目な顔つきでタイディーを見た。「亡くなった人が残ったわれわれに完全に説明を委ねることもあれば、どう見ても誤った動機だとしか思えないこともあります。たとえ正当な理由があるように見えても、それが自殺の動機のすべてとはかぎりません」

「結局――本人の心のバランスなのでしょうね」話をまとめようとするかのように警視が言った。

刑事たちの丁寧な対応に気を許したタイディーはあからさまに舌打ちをし、女性ならではの感性から、話を一般論から具体例に引き戻した。「エディス・ドレイクは心のバランスを崩してなんかいませんでしたよ！」

「彼女をよくご存じなのですか？」と、警視が優しく訊いた。

「誰だって知ってます。彼女はレイヴンチャーチ演劇サークルやなんかを運営していましたから、人と知り合うのが仕事みたいなものでした。結構なやり手でね。ヘイドックス・エンド校のようなぱっとしない村の学校長にしておくのはもったいないっていう評判でした」

「ですが、本人は仕事を楽しんでいましたよ」と、レッキー警視が言った。

「きっとそうだったんでしょう」

タイディーの言葉の中に含まれた何かに気づいた警視が、その真意を尋ねた。

「だって」彼女は辛抱強く答えた。「ご存じのとおり、悠々自適の暮らしができるようになっても仕事を辞めなかったんですもの」

「ああ、なるほど。富くじ競馬《アイリッシュ・スウィープ》で獲得した賞金のことをおっしゃっているのですね?」

「もちろんですとも。何年も前のことですけど、忘れている人なんていません。ヘイドックス・エンドのしがない校長が、たった一度の富くじ競馬で一万二千ポンドも当てたんですよ!」

「富くじ競馬ねえ」ハッサル巡査部長が精いっぱいの抵抗を示すように呟いた。

「しかも、さらに驚くことに」ハッサルの声など聞こえていないタイディーは続けた。「まるで何もなかったかのように、うんざりするおきまりの仕事を続けたんです! ここらじゃ、もっぱらの噂でした」

「ほう」警視は冗談めかして言った。「教職というのはそんなに大変なものなんですか」

「私も昔、教鞭を執ったことがあるのでよくわかります。間違いありません」毒を含んだ口調だった。

警視はタイディーの紅潮した頬を黙って見た。

「心のバランスだなんて」タイディーが嘲笑するようにあらためて繰り返した。「ごめんなさい、警視さん」と、やや勝ち誇った口調で付け加える。「ですけど、彼女を知る人なら誰だってそんなのはばかげているって言うでしょうよ。富くじ競馬でも揺らがなかった彼女の心が、ほかにどんなことで掻き乱されたっていうんです?」

答えを持たない警視ともう一人の男は、この問いをやり過ごした。

「しかし、首吊りというのは」と、レッキー警視がやんわりと言った。「殺人の手口としては稀です。自殺に用いられることはあっても、殺人にはめったに使われません。そして、ドレイクさんは首を吊った状態で発見されたんです」

タイディーは言い返さなかった。だが、論理的な思考を気にも留めない彼女は口元を頑固に引き締め、こう結論づけた。「とにかく、ドレイクさんが自殺したはずがありません」

「ミス・グレーヴズとミス・ケインについても同じ考えをお持ちなんですね？」警視が話の続きを促した。

「そのとおりです」と答える彼女の言葉には、ためらいが感じられた。「ベアトリス・グレーヴズはいい職に就いていました。フリップ・アンド・ソルトマーシュのデザイナーだった彼女は実質的に店を切り盛りしていて、一年近くその仕事を続けていました。その地位を確立しつつありましたけど、まだ完全とは言えない段階でした――つまり彼女は、そのポストを確実なものにしようと意欲を燃やしていたんです」

称賛の目でタイディーを見ていた正体不明の男が口を開いた。

「実に鋭い心理分析ですね。自殺説を覆すに足る見解です」

タイディーは顔を輝かせた。「私は初めからそう感じていました」

「しかし」と、レッキー警視が異議を挟んだ。「それですべて説明がつくわけではありません。現段階でわれわれが把握しているのは、成功した表の顔とは別に、暗く悲しいものを抱えていたということです。そうでなければ、そもそも自殺を疑ったりはしませんから。要するに、自殺がこれだけ明らかである以上、たとえわれわれからすれば曖昧に思えるものであっても、本人にとっては充分な動機になったかもしれないと考えるべきでしょう」

タイディーは憤然として顔を真っ赤にした。まるで妨害行為だ。自分の思ったように会話が進まない。話がこれ以上まずい方向に行く前に、とにかく主導権を握ってしまおう。彼女は、警視の左奥で黙って聞いている若者に向かって話すことにした。

「それにアイリス・ケインに関しては」と口早に言う。「自殺の動機なんてまったく考えられません！　自分よりずっと家柄のいい男性と婚約していたんですよ。しかも相手は彼女にぞっこんで――高価なプレゼントを山ほど贈って、ちょっとやり過ぎなくらいでしたけどね。とても美しいお嬢さんで、みんなからもてはやされていました。ちやほやされすぎて多少頭が変になったってこともあるかもしれませんけど、それにしたって、愛情の強すぎるフィアンセがいるから入水自殺したなんてこと、あるはずがないじゃないですか！」

「ええ、われわれもそうは思っていません」と、レッキー警視が同意した。

奥歯に物の挟まったような言い方に、タイディーははっと言葉をのんだ。アイリスが書き置きを残していたという話を思い出したのだ。警視がそのことを切りだすのを待ったが何も言わないので、彼女は仕方なく自分からまた口を開いた。

「この件については自信があります。アイリスはロンググリーティングの娘さんです。もちろん、リヴィングストン＝ボール夫妻も同じ村の出身です。エディス・ドレイクだって、ヘイドックス・エンド校が教区内にあったからここの教会に通ってましたけど、すぐ近くに住んでいました。グレーヴズさんだけはレイヴンチャーチの人でしたけど」

ロンググリーティングについての彼女の話には、妬みの感情がにじみ出ていた。もしこれらが殺人なら、レイヴンチャーチの人間が交じっているのが悔しいのだろう。とんだ偏見だ、とレッキー警視は思った。

「タイディーさん」彼はおそるおそる尋ねた。「五件の死は、偶然の出来事ではないとお考えなのですか？」

まるで彼が手品の道具でも出したかのように、タイディーはじっと相手を見つめた。

「偶然ですって？」あからさまな嫌悪感を浮かべた疑り深い表情で声を張り上げた彼女を、浅黒い男は面白がっているようだった。「そんなのあるわけがないじゃないですか」

警視はため息をついた。彼女の期待とは裏腹に、先ほど無言で目を通した手紙をトントンと叩いた。

「こういう――その――匿名の脅迫状というのは――ご承知かもしれませんが、受け取る側が鋭い洞察力を発揮できる場合があります。タイディーさん、脅迫のネタについて何か心当たりはありませんか？」

黙ってそれについてじっくり考えているタイディーを見て、反応の薄さは話したくないからだと警視は勘違いした。

「こうした話し合いでは」と、彼は促した。「何でも思うとおりにお話しくださっていいんです。あなたのためだけではなく、警察が差出人を捜し当てる助けになるかもしれませんから、どんなに些細でも何か知っていることがあるならぜひ正直にお聞かせください」

「知っ、て、い、いることなんてありません」タイディーはわずかに否定の言葉を強調して慎重に答えた。

「でも、うすうす感づいていることさえないと言ったら不自然ですよね――そうでしょう？」

「そのとおりです。どうぞ気になっていることを話してください」

この励ましの言葉を聞いて、タイディーは狡猾《こうかつ》そうな顔つきになった。「脅迫状から引き出した私なりの結論をお話しすることで、なんとなく疑いを抱いていることくらいはお伝えできるかもしれません。私は、この二通を書いたのは別々の人間だと思います。同じ日に届いたのは不思議ですけど。もしかすると共謀関係にあるのかもしれません。そして、匿名の脅迫状というのは普通、男の仕業ではありませんよね？　男性はそんな手の込んだことはしませんし」——弁解するように小さく笑った——「そこまで意地が悪くありませんもの！　女だとすると——ある程度教養のある人間ではないかと思います——推理小説好きで、多少なりとも私の自宅を知っていて、私に悪意を持つ女性。ロンググリーティングに住んでいて、近隣で起きた悲劇のことを充分承知している人です」

「つまり」浅黒い男が口を挟んだ。「自殺ではないと仮定すると、その人物は死に関わった人間を知っていると？」

タイディーは小さく手を挙げて制止した。「待ってください。そんなことは言ってません。ただ手紙に書かれている内容からすると、書き手が今回の件に関心を持っていて、しかも自殺だと考えていないのは明らかです！」

「ひょっとして」と、浅黒い男がやんわりと言った。「そうお思いになるのは、あなた自身が五件の死についてよく知っているからではありませんよね？」

レッキー警視が、タイディーが気づかないくらい素早く男を一瞥《いちべつ》した。

「まさか——もちろん違います」タイディーは憤りと困惑の入り交じった口調で答えた。「知っていること——というか、考えていることはすべてお話ししました。彼女——この脅迫状を書いた犯人は、残念なことに、この状況を悪用しようとしているんです。中傷文を書く人間というのはそういうものでしょう?」

「ええ、確かに」レッキー警視は同僚の言葉が相手に与えた動揺を鎮めようと、愛想よく言った。

「それにしたって、どうしてこの私なんです?」タイディーはなおも訴えるように訊いた。

警視は肩をすくめた。「その点はあまり心配なさらなくていいんじゃないですかね」と、やや重苦しい微笑みを浮かべた。「両方の面がある気がします――実は無意識にあなたの存在を認めているんじゃないでしょうか。中傷文というのは、無名の人に対して書かれることはありません。タイディーさんのもとへ送られてきたのは、あなたがなんというか――影響力を持っていらっしゃって、ロンググリーティングの住民の中で目立つ存在だからでしょう」

「なんてこと」と言いながらも、タイディーは少しも嫌そうな顔をしていなかった。「そんな理由で標的にされたら、たまったものじゃありませんよ!」

「気になさることはありません」と、まだ名乗っていない男がうまく取り繕った。「おそらく、ターゲットはあなた一人ではないでしょうから。ほかにも一人、二人、ロンググリーティングで同様の手紙を受け取った人がいると思います」

「実は」――タイディーは眉間に皺《しわ》を寄せて声をひそめ、かぶせるように言った――「実際にいたんです――ひょっとして警察はもう知って――もしかして彼女が……?」質問を最後まで言い終えずに、困惑したように口を閉じた。わずかに腰を上げるそぶりを見せる。彼女の訪問は明らかに歓迎され、予想以上に首尾よくいった。そろそろ家に帰って、より有利に事を運ぶにはどうすればいいかをじっくり考えたい。

レッキー警視は引き留めようとはしなかった。男たち三人とも、彼女が言いかけたことをあえて聞き出そうともしない。

警視が手紙を手に取った。「とりあえず、これはお預かりしておきます。適切な部署で詳しく調べさせれば、役に立つだろうと思うので――きっと大いに助けになるはずです」

タイディーが席を立つと、レッキー警視と浅黒い男も立ち上がった。警視がテーブルを回り込んで、おもむろにドアまで彼女に付き添った。

「とにかく」と、彼はにこやかに言った。「やきもきしたり必要以上に恐れたりなさらないことです。といっても、あなたはしっかりした判断力をお持ちの冷静な方ですから、その点は心配ありませんね。匿名の手紙を送りつけてきた犯人の目的が何であるにせよ、警察に話しに来てくださったのは最善の予防策になります。こういう脅迫状は、たいてい言葉だけで終わるものです。こうして迅速にわれわれの手に委ねてくださったからには、あなたに害の及ぶことがないよう全力を尽くしますよ」

その時点では、まさか二十四時間後にその安易な言葉を痛切に悔いることになろうとは知る由もなかった。

二

ロンドン警視庁《スコットランドヤード》のレイクス警部は浅黒い顔を輝かせ、同様に物言いたげなレッキー警視の目に視線を合わせた。

「馬脚を現しましたね」警視が静かに言った。

「ほんの少しですがね」と、レイクスは微笑んだ。「おそらく、これが初めての脅迫状ではないでしょう」

「最後でもない」と言いつつも、警視はゆっくりとかぶりを振った。「わかりませんけど――まだ今のところは」彼は慎重に言葉を継いだ。「ですが、彼女は差出人をかなりはっきり特定しているようでしたね」

「小説家ですか」

「ええ。二人の女が書いた可能性があるのに迷わず一人に絞りました。教養のある女性――ロンググリーティングに住んでいて――タイディー女史の自宅のキープセイクを多少なりとも知っている人物。しかも『推理小説好き』という、あの決定的な言葉を聞けば、答えは――彼女が考える答えは――ビートンさんしかいません」

「ですよね」レイクスの声は明るかったが、心なしか考え込むような響きが感じられた。「それにしても、なぜ彼女は『教養のある』と言ったんでしょうね。二通の脅迫状に、特にそういう印象はなかったと思いますが。むしろ……とはいえ、ちらっと見ただけでしたから、もう一度きちんと読んでみましょうか」

一見したところ、二通の手紙には少しも類似点がなかった。だからこそかえってレイクスは、違いをわざと強調しようとした人物が両方とも書いたのだと推測した。

「書いた」というのは正確ではない。一通は、新聞から切り取った文字を丹念に貼りつけたものだったからだ――横に並んださまざまな活字が新聞のものだということは素人目にもわかる――宛名にさえ同じ手法を用いてあった。中身よりも整然と貼られているのは、レッキー警視の言うとおり、配達員の注意をできるだけ惹きたくなかったからだろう。
レイクスがトイレットペーパーと呼ぶ、戦後出回っている粗悪な便箋は、ぞんざいに塗られた糊のせいでいっそうごわついている。句読点のない文面は次のような文章だった。

*YOU THINK YOU GET AWAY WITH THE CRIME WAIT SEE THE EYE OF GOD IT IS ON YOU DEATH MAY BE NEXT FOR YOU WHO KNOW.*

「ピリオドがいくつか抜けていますね」と、レッキー警視が言った。「こうすればどうでしょう」
「子供の頃」便箋にピリオドを打つ警視の鉛筆を見つめながらレイクスは言った。「よく『句読点のない文章』というゲームをやったものです。物語や逸話を句読点なしに書くんです。ちょっとした工夫で面白くなるんですよ。上品さを削って、かなり下品な言葉に代えてね……」顔を近づけてじっくり見る。「ふむ、それだと、だいぶ意味が通りますね」

*YOU THINK YOU GET AWAY WITH THE CRIME. WAIT. SEE THE EYE OF GOD. IT IS ON YOU. DEATH MAY BE NEXT FOR YOU. WHO KNOW?*（お前は罪から逃れると思っている。待て。神の目を見ろ。それはお前を捉えている。次に死ぬのはお前かもしれない。誰にわかるだろう？）

レッキー警視は眉を寄せた。「ええ――でも、まだ何か変ですね。どう思います？」

レイクスはテーブルに広げた便箋の上に屈み込んだ。

「クエスチョンマークはどうでしょう？　最初の文のあとが疑問符なら『罪から逃れると思っているのか？』と取れます。それにしても、なぜそんな回りくどい言い方をしたのでしょうね。『罪からは逃れられない』とするほうが時間も糊も節約できるのに」

「たまたま手に入った文字の都合だったんじゃないですか？」

「かもしれませんね」と、レイクスは答えた。「ですが、どこかわざとらしい気がします。おかしいとは感じても、それが何なのかすぐにはピンとこない類いの違和感といいますか。『WAIT』と『SEE』がくっついているとしたらどうです？　つまり『いまに見ていろ』ということです。まあ、その場合、本来あいだに接続詞があったほうがわかりやすいんですが」

警視は納得していない顔だった。「すべての文字を揃えられなくて接続詞を抜いたということは考えられます。ただ、その二つがくっついているとすると、『EYE OF GOD』という言葉が浮いてしまいます――そちらのほうが、私は違和感を覚えますけどね」

「どちらにしても奇妙です。最後の文は、なおさらおかしい。この『WHO』は、ひょっとして『誰』という意味ではなく、『お前』に係る関係代名詞なのかな。だとすると、こうです。『次に死ぬのは、知っているお前かもしれない』」

「何を知っていると？」と、警視が尋ねた。

「すべてです」と、レイクスはもたいぶった答え方をした。「例えば、五人がなぜ、どのように死んだか、とか」

「あり得ますね」警視は抑揚のない口調で言った。「そのせいで脅されたということでしょうか」

それには答えず、レイクスは腹立たしげに言った。「もし『WHO』が関係代名詞ではないなら、本来『KNOW』の最後にSがつかなければいけませんよね？　いずれにせよ、苦労してこの手紙を作ったあと、もう一通も同じように切り貼りする気にはならなかったんでしょう」

「どうですかね」警視は手紙を取ると、さらに手直しした文を読み上げた。

*YOU THINK YOU GET AWAY WITH THE CRIME? WAIT. SEE. THE EYE OF GOD. IT IS ON YOU. DEATH MAY BE NEXT FOR YOU WHO KNOW.*（お前は罪から逃れると思っているのか？　今に見ていろ。神の目。それがお前を捉えている。次に死ぬのは、知っているお前かもしれない。）

レッキー警視はレイクスを横目で見た。「気に入りませんか？」

「だめですね――全然しっくりこない」と、レイクスはきっぱり言った。「目で文章を見たときよりも、耳で聞くと違和感が増大します。もう一通のほうは？」

警視は二つ目の封筒から、折りたたまれた薄い便箋を引っ張り出した。封筒も便箋も、先ほどのものよりも多少紙質がよかった。こちらは文字が貼りつけられてはおらず、斜めに傾いたひょろ長い筆跡で次のように書かれていた。

お前が客間に座って眺めるとき。柔らかなベッドで眠るとき。用意された美味しい料理を食べ、ベッド脇の戸棚の写真を見るかもしれないとき、どうだ、恐怖を感じないか？　五人が死んだ。だが六人目も死ぬかもしれない。よく考えることだ。手遅れにならないように考えるのは今かもしれない。

「教養なんて感じられますかねえ」と、警視が呟いた。

「気取った文章ではありますね」と、レイクスは言った。「暗示的というか――そうだな、何と言ったらいいんだろう。単に意地が悪いというのではなく――いや、意地が悪いというレベルではないな――邪悪ささえ感じます。だが、それでいて繊細で、どことなくシンプルかつ率直な印象もある。脅迫状を書く人間のイメージとは違いますね」

「きっぱりしていますが、野蛮ではありません」と、警視も同意した。「こちらも句読点の付け方が不規則で、ところどころ文体が変わっています。『どうだ』の部分や最後の文を見ると、もう一通と似ている気がします」

「私は同じ人間が送ったのだと思います」

「同感です」と、レッキー警視は力強く言った。「しかし、そう感じさせる要因は何でしょうか」

「一つ言えるのは」レイクスが説明した。「二通の手紙の内容は模倣的というより補足的だということです。巧妙に書き分けようとした同じ人間の手によるものだからでしょう。そして言うまでもありませんが、ぎこちない手書きと新聞の切り貼りという別々の手段を用いたのは、筆跡の特徴をつかまれないようにするためです」

レッキー警視は頷いた。「おそらく、手書きのほうが先に書かれたのだと思います。こちらを一番目と呼びましょう」

「いいでしょう。でも、なぜこっちが先だと？」

「脅迫というより警告だからです。非難の要素のほうが強い。ところが二通目になると、犯人の熱量が上がっています。二番目は明らかに脅迫です」

「確かに」と、レイクスは言った。「だが、消印は同じ日だ。熱量が上がるスピードがいやに速かったということになりますね。それにしても、どうして二通書いたんだろう？　二番目の手紙で、それほど何かが変わるとは思えないんですが」

当惑顔のレッキー警視を見て、レイクスはすかさず続けた。「おっしゃりたいことはわかります。おそらく彼女――脅迫状の差出人は、タイディーに複数の人間からのプレッシャーを与えたかった。本人が言ったとおり、一人ではなく二人から脅迫状が来たら恐怖はさらに増します。だから、違う紙でスタイルも変えて、別の人間が送ったと思わせたんです。ただ、辛抱しきれずに同じ日に投函した。それで余計に二通の手紙の違いを強調したのでしょう」

少々推測がすぎる気がして、レッキー警視は頭の中で自分なりの意見をまとめた。

「はっきり言えるのは」と、彼は言った。「ビートンさんが犯人ではないということです。二通とも彼女の文体ではありません」

「そうなんですか？」

「ええ、わざと装ったのでなければ違います」

「それだと話が違ってきますね。わざと装ったのでなければ、ですか」

「何がおっしゃりたいんですか？」レッキー警視が怪訝そうに訊いた。

「本当にそうしたのかもしれませんよ――自分とは全然違う文体だと思わせるよう狙ったとか」

「そうは思えません」

「小説家なら、決して難しいことではないでしょう」レイクスは引き下がらなかった。

「そうは思えません」警視は、つっぱねるように繰り返した。「警部は、ありそうもないプロットを思いつく作家としての彼女しかご存じないのでしょうが、私は本人を知っています」

「というと？」

「彼女は歯に衣着《きぬ》せず物を言う、つっけんどんで非常にはっきりした人です。ぶしつけな態度を取ることも多くて、こんな回りくどいことを思いつくタイプではありません。小説の中でならまだしも、現実世界で匿名の手紙を書こうなどと考えるとは、とても思えません」

レイクスはため息をついた。「自信がおありのようですね。でも手紙が書かれたのは事実なんです。警視の主張なさることもわかりますが、私はただ、さまざまな可能性を探ろうとしているだけです。実は、バーサ・タイディーが書いたのではないかと考えています」

「そっちの線のほうが、まだわかります。少々驚きではありますが。しかしその場合、動機は何でしょうか」

「二つ考えられます。いちばんの目的は、脅迫状によって疑いを逸らすことです。アイリス・ケインの死で世間が騒ぎ始めたので、思いきって自分からわれわれの注意を惹くことにしたんです」

「なるほど。もう一つは？」

「こちらは二次的で、中傷文を書く人間にありがちな理由——要するに逆恨みです。タイディーはビートンに嫉妬しているのです。グレートレクスが関係しているように思いますが、ほかにもわれわれの知らないことがあるのかもしれません。だからタイディーは脅迫状を捏造《ねつぞう》して、ビートンに疑いの目が向くようなことをほのめかした」

「その推理を信じたいところですが」と、レッキー警視が言いにくそうに口を開いた。「一つ盲点がありますす。個人的な恨みを晴らすのなら、匿名の手紙の中でわざわざ一連の自殺の件に触れる必要はないんじゃないですか？」

レイクスは愉《たの》しげな笑みを浮かべた。「諦めてはいけません。それこそ『今に見ていろ！』です」

二通の手紙をそれぞれ封筒に戻すと、タイディーの話を聞いているあいだ警視がぼんやり落書きをしていた紙を手に取った。

「これは何です？」

警視の顔が急に曇った。「たぶん――蜘蛛《クモ》の巣の中にいる蜘蛛――だと思います」

三

レイヴンチャーチ警察署に果たして蜘蛛の休憩室があるかどうかはさておき、タイディーが立ち去ってから二時間後、ケイト・ビートンがずかずかと署内に入ってきた。

少し待たされたあと、彼女は警視のオフィスに案内された。レッキーをよく知っているだけに、自分を招き入れてからずっと彼が気まずそうな空気を漂わせていることに少なからず驚いた。面白がるような顔をして黙って隅のデスクで書類をいじっている、こざっぱりしたスーツ姿の浅黒い男にも見覚えがある。じっと男に注ぐビートンの視線は、まったく彼女に関心を示さない様子を見てますます鋭くなった。

「やっぱりね」と小さく呟き、以前彼をどこで見かけて、そのときどう思ったかを思い出し、やや満足げに頷いた。

「今、何と？」不意を突かれて、レッキー警視は思わず尋ねた。

「こっちの話」ビートンは、警視がまごつくほどきっぱり言った。「今日来た用件とは関係ないわ」

先ほどタイディーが座っていた椅子を引き、無遠慮に腰を下ろす。

「いいこと――私は、些細なことを大げさに騒ぎ立ててあなた方の時間を無駄にしに来たわけじゃないの。こんなばかげたことをやめさせるには警察に持ち込むのがいちばんだと思ったから――最大の関係者に大急ぎでどうにか許可を得て、ここへやってきたってわけ」

彼女は、一通の手紙を無造作にテーブルの上に置いた。

「匿名の手紙なんて、ずいぶん使い古された手を使うわよね。物語に辛辣さを加えるために少なくとも私はよく使うけど。でも、さすがに他人が書いた現物を見たのは初めてだわ！」

微かに冷笑するようなレッキー警視の慎重な対応を、ビートンは胡散臭《うさんくさ》そうに見た。

「どうやら、警視さんにとっては初めてじゃないようね」彼が投げかけた不可解な目つきに彼女は驚いたようだった。「どうぞ、読んでみて」

レッキー警視は、大仰な手つきで封筒から薄っぺらな紙を取り出した。ゆっくりとした動きになったのは、急に頭に浮かんだ別の推理に気を取られたからだった。それでも、紙質と傾いた弱々しい筆跡がバーサ・タイディーの手紙と似通っていることには気がついた。不揃いな行間で紙の端から端まで文字が綴られている。

ロ、ン、グ、グ、レ、ティ、ン、グ、での死について、いつすべてがわかるのかと何度も考えただろう。ミス・タイディーに訊け。彼女の身は安全ではないと教えてやるのだ。あと一人の死で犠牲がつ、く、な、わ、れ、ることになる。

綴りを間違えた「つくなわれる」という言葉だけは、大文字になっているばかりか、紙が破れるかと思うほど強い筆圧の二重線で強調されていた。

レッキー警視の困惑顔をビートンは穴があくほど見つめた。

「ね、妙な手紙でしょう?」と、普段と変わらない口調で言う。「だいたい、どうして直接タイディーさんに警告しないのかしら。そう思わない?――私はすぐに思った。それに、あの人の私に対する評価を考えたら、この私を仲介者に選ぶなんておかしいわ」

「それで、あなたは」その話題に深入りするのを避けようと、警視はわざとらしくユーモア混じりに訊いた。「ロンググリーティングでの死について、いつすべてがわかるのかと何度も考えたんですか? 差出人は『ロンググリーティング』の綴りを間違えていますが」

「いいえ、全然。私が考えるのは小説の中での死についてだけ――遺体の処理方法とかなんかをね。現実は、あなた方警察に任せるわ」

「誰もがそうだとありがたいんですがね」警視はむっつりした表情で言った。「そうすれば、こんなものが届いたりはしないでしょうに」

「その手紙は」と、ビートンは続けた。「昨日の朝届いたの――見てのとおり消印はレイヴンチャーチだけど、もちろんロンググリーティングのポストに投函した可能性もある。最初は暖炉で燃やしてしまうつもりだったのよ。でもそのあと、やっぱり考え直して。タイディーさんが私を嫌っているのはみんな知ってるから、黙っていたためにエスカレートしては困ると思ったの。一通無視したら、やがて二通目や三通目が来ることになるんじゃないか、ってね。それに、村の人たちのひそひそ話には、いい加減うんざりしていたし」

彼女の率直な物言いを警視は信用したようだった。

「それで、われわれのもとへいらっしゃることにしたのですね？」

「といっても、警察より先にキープセイクへ行ったんだけど。だって、脅されているのはタイディーさんなんだもの。本人が何も知らないでいるのはよくないと思って」

「彼女の反応はどうでした？」内心抱いた興味を隠してレッキー警視は尋ねた。

「まったく相手にしてくれなかった」ビートンの答えはあくまで単刀直入だった。「私についての手紙に関わるなんて、まっぴらご免だ、って言って。彼女に関する内容だと説明したら、ようやく読んだの」

「それで？」

「激怒したわ。まるで私に責任があるみたいに。だけど、彼女を脅迫するためにわざわざ自分宛てに手紙を書いてそれをふれまわるなんてばかなこと、いくら私でもするわけがない！　でも女っていうのは論理的に考えるのが苦手だから——私たち二人ともそう。ただ、彼女は怒っただけじゃなくひどく動揺して、手紙を警察に渡すよう私をせっついたの。というより、あれはもう命令ね」

「『動揺した』というのは、手紙を見て明らかに驚いたということですか」

「ええ、そのとおり」と言いながら、ビートンは目に警戒感をにじませた。「妙なことを言うわね。

私は、まさか彼女が驚くなんてこれっぽっちも考えていなかったのに」

「なぜです?」答えはわかっていたが、レッキー警視はあえて訊いた。

「正直言って、タイディーさんが書いたと思っていたから」

彼女の言葉を警視は落ち着き払って受け止めた。「本当は、そのことを本人に突きつけたかったのですね?」

「そうよ。もし差出人が彼女じゃないとしても——何者かが自分の名前を勝手に使ったと知るのは悪いことではないと思ったし」

「では、今はタイディーさんが書いたとは考えていないと?」

「よく——わからない」ビートンはゆっくり答えた。「手紙を見たあとのショックときたら——読んだとたん、本当に呆然としていたんだもの。最初に手紙の話をしたときにはけんもほろろで少しも動揺した様子がなかったのに、手紙の内容を読んで初めて驚いたように見えたから、彼女が書いたんじゃないのかも。ただ……」

「はい?」

「匿名の手紙が届いたと最初に伝えたときの態度は正反対だったの」

「ビートンさん、詳しく説明していただけますか」

「それが、まるで私がその話をするのを予期していたみたいだったのよ」

「なるほど。興味深くはありますが、それだけではなんとも言えませんね。ところで、タイディーさんが書いたのではないかというあなたの第一印象についてですが、彼女が自分で書いたにしては奇妙な手紙だと思いませんか?」

「ええ――確かにそうね」と、ビートンは素直に認めた。「私にはほとんど触れていなくて、敵視している対象は彼女ですものね。でも、こういうのって、ちゃんと説明するのは無理でしょ。だって、匿名の手紙を送りつける人間っていうのはどこか捩《ね》じ曲がっているわけだから、そういう方法でしか目的を遂げられないと思い込んでいる可能性も否定できないし。とにかく、私はよく分析していないわ。もちろん、スペルミスにはすぐ気づいたけど、九分九厘わざとだと思う」

レッキー警視は頷いた。「それでも、あなたは手紙の指示に従ったわけですね」と朗らかに言う。「脅迫状の差出人はあなたからタイディーさんに安全ではないと告げてほしかったわけで、その任務をあなたは直ちに実行した」そして、さりげなく付け加えた。「村の別の場所に同じような手紙が届いているかどうかご存じですか？」

「そうだったとしても、私は知らないわ」

赤レンガ色の顔をしたビートンは少しのあいだ口をつぐんで、澄んだ瞳で傍らのレイクスを観察し、どんな人物か見定めようとした。彼はたくましい指で細い髪をかき上げ、もう一方の手で熱心に書類をめくりながらこちらに背を向けており、あまり多くは読み取れなかった。

「ビートンさん、この手紙を受け取ってから」と、目の前で警視が話しかけていた。「そこに書かれている死について考えてみましたか？」

「死因のことを言っているのなら、私は考えを変えてないわ。あなた方が考えているとおり、彼らは自殺だと思う。そうだとしたら、理由を言い当てるのは不可能に等しいでしょう」

「おっしゃるとおりです。ところが、世の中にはそういう分別を持たない人が多い。だから、こんな騒ぎになっているんです」

「そんなの知ってる。平凡な人間にありがちな欠点ね」ビートンは冷笑を浮かべた。「警察が結論づけた自殺よりも殺人のほうが好奇心を満たされるってわけ。自分は関係ないと高をくくっている人間は、綴りを知らないこの手紙の差出人がつくなわれるって書いたような結末を思い描いているのかもしれないけど——もしそれが殺人だったら——犯人は絞首刑になるのよ！」

図らずもビートンの予言は的中した。その夜まだ生きていた二人の人間が、やがて死ぬことになったのだから。

# 第四章

## 「レンガとタイル」と、セント・ジャイルズの鐘が鳴る

### 一

　ジェーンは再度力を込めてドアを押したが無駄だった。取っ手を回しても何も起きない。明らかに閂《かんぬき》が掛かっている。なんとなく苛立ちを感じて眉を寄せた。別に不思議なことではない。ここで働き始めた二年ちょっと前から、毎朝出勤したときには必ず鍵が開いていたのだが、例外があってもおかしくはないだろう。ロンググリーティングから自転車で来る店主のタイディーが必ずしも自分が乗るバスより早く着くとはかぎらない。彼女もさすがにもう若くはないから、寝過ごしたのかもしれないし、体調を崩したとも考えられる。

　ジェーンは、はっと背筋を伸ばした。数分間ドアと格闘しているうちに、昨夜小耳に挟んだ話を思い出したのだ。「昨夜」というのは正確ではないかもしれない。五時以降はカフェに客が来ないので、マリオンと彼女は洗い物を終えると、いつも六時前かそれより早い時間に帰るからだ。

スタッフの更衣室として使っている二階の小部屋から下りてきてフルート・レーンに面したドアへ向かおうとカフェに足を踏み入れると、タイディーが開け放った戸口に立って古本屋のウィーヴァー夫人と話しているのが目に入った。そこでカフェではなく帽子店を抜けることにしたのだが、そのときタイディーが口にした言葉を耳にしたのだった。「朝まで店にいるから、それを見せてもらおうかしら」

というこことは、彼女はまたここに泊まったのだろうか。マリオンの言ったとおりだ。でも、それなら店内にいるはずだから、やっぱり寝過ごしているのかもしれない。そう、きっとそうだ。慣れない場所で寝ると目覚める時間がずれてしまうこともある。けれど、この件に詳しそうなマリオンによれば、どうやら最近のタイディーにとって慣れていない場所ではなさそうだ。まったくもう！　中にいるのなら、出てきてドアを開けてくれればいいのに。

柱についている旧式のベルを引っ張ったジェーンは、思いのほか大きな音が店の中に響いたのを聞いてびくっとした。タイディーに怒られるかもしれない。

ドアが開いて不愉快そうなよそよそしい顔が覗くのだろうと三十秒ほど身構えて待ったが何も起きず、ふと思いついてフルート・レーンに出るとカフェのほうへ回った。だが、カフェの入り口も同様に施錠されていた。戻る途中、古本屋の窓の向こうでエミー・ウィーヴァーが作業をしているのが見えた。陳列用に古びた色の地図を広げている。目が合ったので困惑をしぐさで伝えたつもりだったが、若い娘の大げさな身振りをもともと理解しない痩せこけた老女は、微笑んで頷いただけだった。仕方なくジェーンが古本屋へ向かおうとしたとき、サメラが自転車を引いて角から姿を現した。

「追い出されたの？」地元の人たちに〈スリップ〉という愛称で呼ばれている細いフルート・レーン

にいるジェーンを見て、サメラが尋ねた。

「いいえ、閉め出されたの」と答えて、ジェーンは事情を説明した。

サメラは鼻に皺を寄せた。「一杯飲みに出かけるには早すぎるわね。まあ、それは冗談としても、いったいどうしたのかしら。あなたの言うように、ゆうべ店に泊まって今頃いびきをかいているか――もしかしたらベルを鳴らしたとき、まだ寝間着姿だったのかも」自転車を古本屋の裏通りに停め、ジェーンの腕を取った。「どんな連合作戦を取ればいいか考えましょうよ」

だが、玄関ドアへ行く代わりにサメラは窓のそばで足を止め、店内に飾ってある帽子のあいだから中を覗き込みながらジェーンを引き寄せた。

「ジェーン、見て――あれって日光じゃないんじゃない？　カフェに明かりが灯ってるんだわ」

確かにそう見えた。明るい朝日が窓を照らし、帽子店とカフェを分けているガラスの仕切りに反射していて初めは判然としなかったが、手で庇《ひさし》を作ってよくよく目を凝らした結果、二人ともカフェの明かりがついていることを確信した。

「さっきスリップに面した窓の前にいたとき、気づかなかったの？」と、サメラは訊いた。

「ええ。カーテンが掛かってたから。近頃はいつもカーテンを閉めてあって、毎朝マリオンか私が仕事の前にまず開けなくちゃならないの」

「夏なのに変ね」サメラが思案ありげに言った。「だって、そもそも夏はここで寝ないし――どうやら実際にはたまに泊まっていたみたいだけど――私たちより遅く帰るとしても明かりをつけっ放しにするわけないもの」

ジェーンはしきりに考えを巡らせていた。サメラの体型を見てサイズを冷静に見積もる。「サミー、瓶が並んだキッチンの裏窓を知ってるでしょう？　私は途中でつっかかっちゃうけど、あなたなら――私が足を持ち上げてあげたら、できると思う？」

「もちろんよ」自分に提示された型破りな案に、サメラはうれしげな声を上げた。「私ね、ミネルヴァを新たな角度から見たら愉《たの》しいだろうな、って前から思ってたの。盗賊みたいなまねをしても、これならちゃんと言い訳が立つわよね！」

店の裏側に庭はなく、隣家の裏塀を利用して吊るしてある破れかけの旗に囲まれた薄暗く細長い土地に、フルート・レーンの袋小路に直角に面した鍵の掛かっていない鉄の門があるだけだった。サメラは忍び足ながらも小走りに、みすぼらしい灰色の窓に向かった。ゴミ箱が二つと湿っぽいレンガ塀しか見ることのできない小窓だ。片方のゴミ箱には「キッチンのゴミ」と書かれている。窓枠に指先を掛けてジェーンを振り向いた。

「この窓も鍵が掛かってるんじゃない？」

「ええ」と、ジェーンは即答した。「掛け金を外すには窓を割らなくちゃならないわ」

「まあ、なんて悪い子かしら。さっきはそんなこと言わなかったじゃない」

「忘れてたの。とりあえず、窓を割る前にキッチンのドアをノックしてみましょうよ」

「『起きろダンカン、ノックの音で目を覚ま――』」

「しっ」『マクベス』の一節を持ち出したサメラをジェーンが制した。「縁起でもないこと言わないの」

二人は代わる代わるノックしたあと、一緒にドアを叩いた。苛立ったサメラにせっつかれてジェーンが鍵穴から中を覗き、サメラ自身は「タイディーさん！」と甲高い声で呼びかけた。

「ねえ」急にサメラの口調が真剣味を増した。「やっぱり、中に入ったほうがいいと思う」

小ぶりのレンガを拾い、しかめ面でジェーンにちらっと目をやった。

「近所の人がびっくりしませんように――これでもしバーサが寝坊しているだけだとしたら、ミネルヴァ王国での私の日々は終わっちゃうでしょうけど！」

「サミー、ちょっと待って！　まだロンググリーティングの自宅にいるってことはない？　キープセイクに電話してみない？」

「だって、ここに泊まったはずだって言ったじゃないの！」

「そうなんだけど、気が変わったかもしれないし」

「何言ってるの！　明かりをつけたままにして？　あり得ない。さあ、行くわよ！」

「あ、クリスタルが来たわ」掛け金を外すためにレンガが窓に打ちつけられたのと同時に、ジェーンがややほっとしたように言った。そして、ほかの二人が目を瞠《みは》るほどの勢いで、まくしたてるようにクリスタルに事情を説明した。

「まあ、すごい！」窓の外に粉々に落ちたガラスに目を落として、サメラが息をついた。「やればできるもんね」

危険なガラス片を押しやって掛け金を外し、軋み音をたてながら下の窓を押し上げる。

「もしも」すぐさま窓枠によじ登ったサメラを押し上げようとしているジェーンを見ながら、クリスタルがしかつめらしい顔で言った。「バーサが中で眠っているんだとしたら――」

「今頃、最高に不機嫌な目覚め方をしてるわね！」と、ジェーンが神経質な笑い声を漏らした。

ジェーンがクスクス笑いをするのは珍しいのでクリスタルが怪訝そうに見やると、見たこともないほど蒼白で引きつった顔をしていた。二人は口を閉ざし、サメラが店内に入っていくこもった音に耳を澄ました。

だが五分近くが過ぎ、クリスタルは苛立ち始めた。

「サメラは何をやってるの？　すぐに私たちを入れてくれるんだと思ったのに、きっと一人であれこれ嗅ぎまわってるんだわ」

「それなんだけど」と、ジェーンが言った。「あなたは背が高いから窓に届くんじゃない？　通り抜けられそうにないのは私だけで――」

だが、さらなる不法侵入の必要はなかった。キッチンのドアの閂《かんぬき》がぎしぎしと音をたて、サメラの小柄な姿が戸口に現れた。

「サミーったら、てっきり――」と文句を言いかけたクリスタルだったが、真っ青な顔を見て続きをのみ込んだ。

サメラは何かを言おうとするものの言葉にならず、ただ弱々しく微笑んでみせた。

「サム」と、ジェーンが言った。それだけで充分だった。三人は無言で、視線も交わさずに店内に踏み込んだ。言い知れぬ恐怖が募ってくる。ひんやりとした狭くて暗いキッチンの先にあるカフェは、朝と夕方特有のほの暗さの中で寂寞《せきばく》とした空気に包まれていた。フルート・レーンに面した窓のカーテンが閉まっているせいでいつも以上に陰気さが増し、見慣れているはずの空間が妙にがらんとして感じられる。カーテンの隙間や帽子店とのあいだにあるガラスの仕切りを通して差し込む日光が、きれいに磨き上げられた殺風景なテーブルの所どころに当たって反射している。

「明かりがついていないわ」と、ジェーンがささやいた。

「私が無意識に消しちゃったの」と、サメラもささやき声で答え、明かりのスイッチを入れ直した。

室内はよく見えるようになったが、相変わらず静まり返っていて生気がない。今抱いている印象を言葉にするなら、とジェーンは思った。レイヴンチャーチの上流婦人たちが集って紅茶やコーヒーをすすり、キュウリのサンドイッチをかじりながら噂話に興じていた店とはまったく別の場所だわ。

突き当たりの壁際に置かれたソファーベッドはいつでも寝られるよう準備が調っているが、使われた形跡はなかった。一、二フィート先のテーブルに挟まれた床の上に、頭をキッチンのドアへ、足を帽子店のほうへ向けて、タイディーがうつ伏せに倒れていた。外出用の服を着たままで、顔は少しも見えない。後頭部に殴られた痕があり、もつれた髪のあいだから覗く首元に、何か太いものがかなりきつく巻きついていた。

沈黙が単なる序奏にすぎないことをサメラは悟っていた。きっと、このあと起きる音を必死に止めることになる。ジェーンに目をやると案の定、可愛らしい口元に両手を押し当てて懸命に悲鳴を抑えようとしている。クリスタルのほうは直立不動で、どういうわけかぼんやりした目つきをして、考え込むような厳しい表情を浮かべていた。徐々に動揺が大きくなってきたサメラは、気を取り直すために動くことにした。ジェーンの肘をつかんでソファーベッドに誘導する。彼女がおとなしくなったのを確認してから、帳場代わりの小さなテーブルの上の電話に歩み寄った。

「すぐにマリオンが来るわ」と、クリスタルが呟いた。

まるで事態を変えてくれる言葉を聞いたかのように、サメラとジェーンは黙って彼女を見つめた。

それからサメラは、警察に電話をかけたのだった。

# 二

「凶器はどこだ?」ヘアー医師が再び訊いた。

ミス・タイディーの遺体は、クリスタルが引っ張り出してきた古いレインコートを敷いたソファーベッドに横たえられていた。無神経な警察医と同じくらい冷静に状況を受け止めたマリオンも加わって四人になった従業員たちは、あとになってサメラが、色目を使う品のない男だと表現した刑事の指示で二階に移動していた。レイクス警部——地元警察の警部ではないということは彼女たちにもすぐにわかった——と名乗ったその男は、巡査に四人の見守り役を命じ、いちばん落ち着いているマリオンに、コーヒーを淹れるよう頼んだ。

カフェでは、恰幅がよく如才ない、レイヴンチャーチの人々には好まれるタイプのブルック巡査部長をミラー巡査が手伝っていた。ミラーは内心、退屈そうな二階の担当にならなかったことに感謝しながら、ロンドン警視庁《スコットランドヤード》の刑事と一緒に仕事ができる興奮を隠し、控えめな態度を崩さずに動きまわった。あらゆる場所の指紋採取をした際に見たかぎり、特になくなったものはないように思われた。その後、記録係が現場写真を撮り、店内と遺体周辺での作業が黙々と完了すると、いよいよ警察医の出番だった。

作業効率を重んじるレイクス警部は、医師の淡々とした手際のよい検死を感嘆の念を覚えながら見守った。ヘアー医師は張りのある肌をした小柄な人物で、抜け目なさそうなぎょろ目は、見据える相手にどんなものも見逃さない超然とした印象を与える。

「死因は――窒息」と事務的な口調で言った。「これで――背後から首を絞められたことによるものだ」彼は刑事たちが遺体の首からほどいた青と白のウールのスカーフを指さした。

「後頭部の傷はどうなります?」レイクスが何も言わないのを見て、ブルック巡査部長が尋ねた。

「少しは頭を使ったらどうだ」と、ヘアー医師は吐き捨てるように答えた。誰に対してもそういう話し方をするのだが、めったに反感を買うことはなかった。「周囲の床の状態に気づかないのか?」

「ちっとも汚れていません」と、ブルックは正直な感想を述べた。

「それに荒らされてもいない――つまり、死んだあとで殴打されたということだ。そうでなければ、血液の量がこれほど少ない説明がつかない――局所的な出血にとどまっているのが見てわかるだろう。それにしても、頭を殴りつけた凶器はどこなんだ? どうやら、犯人が持ち去ったようだな」

「どんな凶器だと思われますか」屈んで眉を寄せ、耳の上の傷をじっくり見ながらレイクス警部が訊いた。

ヘアー医師はその質問に直接は答えず、代わりにレイクスが覗き込んでいる傷の輪郭をなぞってみせた。

「ここを見てみろ。それにここ――そして、この打撲痕。君なら、どう考える? 湾曲した形のもの――尖ってはいないが、先端に充分な強度のあるものだろう」

レイクスは頷いて、「それなら、すでに見つかっていそうです」と静かに言った。

「どこだ?」ヘアー医師が不機嫌そうな声を上げた。「私に隠し立てするな」

ミラー巡査がレイクスの視線の先を目で追い、キッチンとカフェを隔てる壁にしつらえられた、緩やかにカーブしたアンティークの炉棚がある暖炉に向かった。

「触るなよ」と落ち着いた口調で声をかけながら、レイクスも歩み寄った。「有益な証拠が残っているかもしれないからな」

ポケットから取り出した大判のハンカチを振って広げ、炉床に置かれていた古い銅の花瓶の取っ手をくるんだ。高さは約一フィート、底が広めで胴体は丸みを帯び、下部の膨らみから細い首と水差しのような口にかけて急にすぼまっている。花瓶を持ち上げ、期待を込めて見つめている面々のほうに向けると盾を掲げるように底面を突き出してみせた。その縁の状態を見て全員が納得した。

「こっちもだ――見てください」近づいてきた医師たちにレイクスは言った。「コーン用の古い測り升です。昨夜、これで遺体を殴りつけてから元に戻したのかもしれません。殺人犯は使い慣れない凶器をわざわざ持ち込まないものです」

「店員たちに訊けば何かわかるかもしれません」とは言ったものの、ブルック巡査部長の口は重かった。そもそもレイヴンチャーチ周辺の町に殺人事件は似つかわしくないのに、まさか遺体を殴るなどという卑劣な犯行が起きるとは。

「ひどいことをする」と、レイクスが続けた。「犯人は――」ふと言葉を切って、医師に訝《いぶか》しげな目を向けた。「男でしょうか、女でしょうか」

ヘアー医師はうんざりした顔をした。「頭を使え。被害者はかなり小柄だ。それに、凶悪犯罪において性別は実はあまり関係ない。被害者より背が高く――今回の犯行に関してはその可能性が高い――体力的に勝《まさ》っていれば、男だろうと女だろうと中性だろうと犯行は可能だ」

「ご親切にどうも」レイクスはため息をついた。「死後どれくらいですか」

ヘアーは素早く腕時計に目をやった。「今、十時半か――そうだな、十二時間は経っていない――

十時間以内だろう。犯行時刻は午後十時から十二時のあいだだ――だが、それ以上のことはわからん」

「充分です」と、レイクスは言った。

帽子店に目を光らせていたミラー巡査が振り向いた。「救急車が来ました」

「よし、入ってもらえ」

ミラーが正面ドアを開けに行き、救急隊を招き入れて再び鍵を掛けるあいだに、ブルック巡査部長がレイクス警部に語りかけた。

「今回は自殺じゃないんですか？　そいつは驚きだ」

ヘアー医師が鋭い視線を向けた。「何を言ってるんだ。被害者が自分で首を絞めたあとで暖炉に頭を突っ込んだとでも言うのか？」

レイクスは笑みを浮かべた。「いいえ、そうじゃありません。彼は四月以来の五件の自殺のことを言ってるんです――自殺じゃないというもっぱらの噂ですけどね」

「どうせ、お喋りなご婦人方の勝手な噂話だろう」と、ヘアーは一刀両断した。

「被害者もその中の一人でした」と、レイクスが指摘した。

「というと？」

「昨日の午後、タイディーさんは警視のもとへ、自殺とされた五件は殺人だと言いに来たんです」

ヘアーはむっつりした小さな口を疑わしそうに曲げた。「女という生き物はまったくわからん！彼女は私の患者でな。折に触れてこの小さな町にまつわる話をしたが、自殺という判断に異を唱えたことはなかった――少なくとも私にはな。だが、君の言うとおりなんだろう――信じるよ。ご婦人方は自殺じゃ満足できんのだ。どうしても殺人事件にしたいんだな。そういう人種なんだ!」

ヘアーは入ってきた救急隊に、レイクスのためにスカーフはソファーベッドに残して、遺体だけをそっと運び出すよう指示した。

忌まわしさが軽減されたカフェの店内は、急に閑散とした。

「従業員たちを呼んでくれ」と、レイクスは手短にミラー巡査に指示した。「一人ずつだ——今朝最初にここへ来た店員から始めよう」

# 第五章

## 「お前に五ファージングの貸しがある」と、セント・マーティンの鐘が鳴る

### 一

ソファーベッドを避け、ジェーンは居心地悪そうに身体を捩《ね》じってカフェのテーブルの一つに座った。椅子の背に茶褐色の腕を乗せ、別のテーブルにいるレイクスのほうを見てはいるものの、頭はほかのことを考えていた。

誰かに話したい切迫した、ただならないことがある。でも、それを打ち明けたい相手はこの警部じゃない。二階でサメラかクリスタルとどんなに話したいと思ったことか！　なのに、見張り役のあの無愛想な巡査がそうはさせてくれなかった。それにしても、どうして私しか気づかなかったのか。ほかの二人も見たはずなのに。誰の目にも見えるところに無防備な状態であったのに。もしも彼らが――この警部とブルック巡査部長と二階の二人が気づいていたなら――どんな推理をするだろう。私と同じ邪悪な結論を導き出すかしら？

「なぜ」と、レイクスが質問を始めていた。「タイディーさんの自宅に電話をする前に窓を割ったんですか？　少々手荒い手段だと思いますが」

ジェーンは乾いた唇を舐めた。「中の明かりが灯っていたんです」

「ええ、それはお聞きしました」彼女の目が大きく開き、日焼けした肌が青ざめていることにレイクスは気がついた。「でも明かりがついていたのを見る前から、あなたは中に入らなければ、と思っていらしたんですよね？」

「ええ——はい、そうです」ジェーンは、うわの空であることをごまかすように呟いた。

「キングズリーさん、それはなぜですか。閉め出されたとわかった時点でロンググリーティングに電話をかけて、自宅にいるかどうかを確認するのが手っ取り早いと思うのですが」

「そんなことはありません」ジェーンは懸命に質問に答えた。「だって、前の晩にタイディーさんがミネルヴァに泊まるつもりだって言うのを聞いたんですもの」

気づいたことについて解明しようと一生懸命考えているのに、どうしてこの人は放っておいてくれないのかしら——それとも、実はみんな知っていて、どういうわけか黙っているのかもしれない。少し離れたソファーベッドの端に腰かけて、見るからに真新しい大きめのメモ帳に何やら書き込んでいたブルック巡査部長と目が合った。彼は真面目くさったまなざしで彼女を見たあと、めくったページに視線を落とした。

「それは珍しいことだったんですか？」ソファーベッドの様子から、そんなはずはないとレイクスは踏んでいた。

ジェーンはためらいがちに、タイディーさんは夜間に自転車で帰るのを嫌がることがあったのだと説明した。「でも」と言いつのる。「明るい夏の夜を怖がるとは、みんな思っていなかったんです」

「そうですか。彼女がここに泊まると言ったのは、あなたに対してですか？」

「いいえ、カフェの片づけを終えて帰ろうとしたときで、店長はそこに——戸口に立っていて、ウィーヴァーさんに言っていたんです。ウィーヴァーさんというのはスリップ沿いの古本屋さんです」

「スリップ？」

「フルート・レーンのことです」と、ブルックが低い声で言った。「地元の住民はそう呼んでいるんです」

「なるほど。そのときのタイディーさんの言葉を正確に思い出せますか？」

「ええ——たぶん。最初にウィーヴァーさんがかけた言葉はわかりませんでしたが、それに対して店長が答えたのは聞こえました。『朝まで店にいるから、それを見せてもらおうかしら』って言ってました」

「何を見せてもらうと？」

「わかりません」

「それを聞いた方はほかにいましたか？」

「それもわかりません。もちろん、みんないましたけど」

「『もちろん』というのは？」

「最初に店を出るのが私だからです。いちばん遠くに住んでいるもので。どうしても乗りたいバスの便があって」

「タイディーさんが言ったことを、ほかの店員のみなさんには言わなかったのですか？」

「そんな必要がありますか？」

レイクスは笑みを浮かべた。「みなさんでお話しになった内容を説明してくれとお願いしているわけではありません。タイディーさんが口にしたことをミネルヴァのほかの方に話したか、あるいは誰かがあなたにそのことを話したかをお訊きしているのです」

「どちらもありません」と、ジェーンは即座に言った。「そんな時間はありませんでした。すぐに店を出ましたから。それに、彼女が店に泊まろうと泊まるまいと、特に話題に上るようなことではありません」

レイクスは走り書きした手帳にちらっと目をやった。「ストーンエイカーにお住まいなんですね。お一人で？」

「農家をやっている兄夫婦と一緒です。両親は亡くなりました」

「村にご友人はいらっしゃいますか？　女友達とか若い男性とか」

ジェーンは顔を赤らめた。なんて頭の悪い――ずうずうしい男なんだろう。「ストーンエイカーにはいません。友人ならここにいます――サミー――ワイルドさんとベイツさんです」

「オーツさんは違うんですか？」まるで尋問されているようだ。

「そんなことありません」ジェーンは慌てて答えた。「もちろん仲良しです。ただ、彼女は私たちよりだいぶ若いので」

「だいぶ？」レイクスは口調を和らげた。「私が何を訊きたいのか、おわかりでしょう――あなたの職場以外でのお知り合いのことです。タイディーさんの昨夜の居場所をワイルドさんとベイツさん以外に話したかもしれませんよね」

「話してません」と、ジェーンは断言した。「本当です。ラルフもエルシーも興味がありませんもの」懸命に辛抱強さを装いながら言った。「二人ともミネルヴァに来たことはありませんし、タイディーに――いえ、タイディーさんに道で出会ってもわからないと思います。兄は絶対に気づかないはずです」

「じゃあ、家で職場の話はしないんですか」

ジェーンは急に親しげに話しだした警部を遮るように言った。「警部さんだって、私たちと同じ立場なら、職場の話をするのは一緒に働く同僚だけだってことがわかるはずです！」

「わかりますよ」と、レイクスは話を合わせた。「非常に深い真理です――どんな職場にも当てはまる。私も仕事の話をするのは警官仲間だけですから」

「もしも」ジェーンは警部の歩み寄りを無視して興奮気味にたたみかけた。「タイディーさんがゆうべここで一緒に過ごした人をお捜しなら、ミネルヴァのスタッフ以外に当たったらいかがですか。噂話なら、ほかの人だってしています。自宅の家政婦はどうなんですか？　それか、ウィーヴァーさんとか。ロンググリーティングの人なら誰だって、タイディーさんの習慣を知っていてもおかしくありません」

「おっしゃるとおりです」と、レイクスはわざと神妙な顔をつくり、曖昧なユーモアを解さないブルックは顔をしかめた。「キングズリーさん、これは私の勝手な意見ですが、タイディーさんに最近変わったことはありませんでしたか？　不安そうだったとか、怖がっていたとか、何でもいいんです。普段と違うことはなかったでしょうか」

だが、またもや何かに気を取られた様子のジェーンは、協力するそぶりを微塵も見せなかった。本当に勝手な意見だわ！　この人は悪い話を聞きたがってる。噂話なんて証拠にならないんじゃないの？　確か、そんなことを前に誰かが言ってた。この警部には、サミーやクリスタルの考えも、マリオンのことも打ち明けないほうがよさそう。だって重要な点を見逃してしまってるんですもの。そうでなかったら、とっくにそのことを私に訊いているはずだわ。

「何か普段と違うことに気づいたか、ですか？」彼女は警部の質問を繰り返した。「いいえ。いつもと同じでした――少なくとも私にはそう見えました。変わった言動があったとしても――その、店長はそういう人でしたから」

「なるほど。彼女の死の状況について思い当たることはありませんか？」

ジェーンは大きく息を吸い込んだ。今話すか、ずっと黙っておくか。話に耳を傾けているブルック巡査部長の生気のない顔つきと、一瞬せせら笑うような表情を浮かべた警部の顔をちらっと見る。やっぱり黙っておこう。

「いいえ」自分でも驚くほどよどみなく答えた。「すみません、わかりません」

だって――レイクスが開けてくれたドアから出ながら、ジェーンは心の中で言い訳を考えた――だって、この二人も私と同じ観察と推察の機会があったんだもの。それを逃したのは私のせいじゃない。そのことをきちんと訊かれなかったんだから、こっちから情報提供する義務なんてないわ。

自分から話すのはやめよう。サミーにもクリスタルにも――もちろん、マリオンにも。私がつかんだのは、たぶん大きな手がかりだと思う。今はまだどんな結論にたどり着くかわからないけれど、たとえ犯人ではなかったとしても、とても重要な証人を示しているに違いない。

何ができるか、一人でやってみよう。

あの無愛想で感じの悪い警官が互いに話をさせないようにしてくれたのは、かえってよかった――サミーとクリスタル――そしてもちろん、マリオンと。

二

「ジェーンを悩ませないでください」と、サメラはやんわり釘を刺した。無言で目を見開いた刑事たちの視線を感じながらも、たっぷり口紅を塗った唇を開いて説明する準備は整っていた。「彼女はこういうことに向いていないんです。でも、私なら平気です」

「つまり」そこはかとなく色気の漂うサメラをじっと見ながらレイクスが言った。「弱い者いじめをするな、ということですか。なぜ、私がキングズリーさんを悩ませたと思われるのですか」

サメラはにっこり笑って、この警部がどういう人物かを慌てて評価しないことにした。頭のいいタイプは本性をつかみにくい。でも、彼が本当に何もつかんでいないのだとしたら、自分のほうに分《ぶ》がある。

そこで、彼女はジェーンのほうに非があると聞こえそうな言い方に変えた。「ジェーンが動揺しているみたいだったので。きっと聴取が長すぎたんでしょう。遺体を発見したのは、この私なんですよ」

クリスタルとジェーンのためにドアを開けたときに真っ青な顔で震えていたサメラを見ていなかったレイクスは、彼女の言葉にやや無神経な印象を受けた。

「もちろん、わかっていますよ、ワイルドさん。それだけではありませんよね。裏の窓によじ登る前に、ここの明かりがついているのに気がついた。それなのに、ほかの方々を招き入れたときに中が暗かったのはどうしてですか」

サメラは一瞬固まり、哀れを誘うような目つきでレイクスを見て眉を上げた。

「私が消したんです」と幼い少女のような声で言う。

「なぜです？」

サメラは口ごもった。きっと大丈夫。誰もが必ずしも罪の意識から口ごもるとはかぎらないんだから。「それは――その――なんとなく――そのほうがふさわしい気がしたから」

「ふさわしい？」レイクスはわざと不審そうに繰り返した。

「だって――タイディーさんが――あんなふうに倒れていたんですもの」

「しかし、どうせまた明かりをつけなければならなくなることはわかっていたでしょう」

「でも、もうすっかり日が昇ってましたし」

「それはそうです。だったら、なぜカーテンを開けなかったんですか」

サメラは眉根を寄せた。この人は何を言いたいのだろう。窓に目をやったが、外にいる制服警官のがっしりした背中がちらっと見えただけだった。「私、開けてませんでした？」

「通報を受けてわれわれが到着したとき、あなた方三人は明かりの灯ったこのカフェの店内にいて、ブラインドは下りたままでした」

「私たちったら、なんて忘れっぽいのかしら！」と、サメラは大きく息をついた。

その口調に何かを感じてレイクスが鋭い目で彼女の顔を見ると、長い睫毛《まつげ》の奥からこちらを凝視するまなざしの中に、どこか冷めた嘲《あざけ》りのようなものが見て取れた。

「あなたにとって、暗がりにはどういう意味があるんですか?」と、レイクスは彼女に質問をぶつけた。

サメラはほんの少し考えた。「平穏と静けさです」

「ほかにもいろいろありますよね」

彼女は小さく頷いた。「でも私にとっての意味は、今言ったとおりです」

レイクスは身を乗り出した。「ワイルドさん、暗がりには隠し事をしやすくするという性質があるんです。見られたくないものを自分たちや他人の目から隠してくれるというね」

ブルック巡査部長は非難の色を浮かべて顔を上げた。地元の人間は、若い娘に向かってこんなやり方はしない。

サメラは、困惑も敗北感も見せずに膝に目を落とした。

「先に警告なさるべきなんじゃありません?」と、あえて機嫌のいい声で言う。「私が口にすることは証拠として用いられることがある、って。でないと私は――強要されて具体的に話してしまうかもしれないじゃないですか――警部さんがおっしゃるような暗い部屋の効果について」

レイクスが答えずにいると、彼女は再び彼を見た。警部の口元は微笑んでいるが、目は笑っていない。

「存在しない罠《わな》を勘繰ってはいけません」レイクスは静かに言った。

「私が引っかからないから存在しないだけでしょう」あくまであどけない態度でサメラが言い返した。

レイクスはその言葉を無視した。「暗かろうと明るかろうと、とにかく現場に最初に入ったのはあなたです。ワイルドさん、あのドアが」――フルート・レーンに面した入り口を顎で指す――「内側から施錠されていたのに、鍵が発見されない理由を説明してもらえませんか」

「私が見つけました」

「どこで?」

「床の上です」

「それは今、どこにあるんですか」

サメラはハンドバッグを開けると、無言で鍵を差し出した。

「なぜ、こんなことを?」レイクスの口調が厳しくなった。「殺害された遺体を発見したとたんに室内を暗くし、鍵を隠すなんて。愚かにも程があります。あなたが鍵を拾うのを、ほかの人は見ていましたか?」

「いいえ。みんなを店に入れる前に拾ったので」

「ますます愚かな行動です。なぜ、そのままにしておかなかったんですか」

「無意識に拾ったんです。明かりのスイッチに触れたのと同じで、条件反射みたいなものです。床に鍵が落ちているのは不自然だから。何か問題がありますか?」

「大ありです」と、レイクスはきっぱり言った。「鍵が床に転がっていたことを証明してくれる目撃者がいないんですからね。ところで、その鍵はどこに落ちていました? あった場所を教えてください」

彼が鍵を渡すと、サメラは一瞬考えたのち、それをドアから四、五インチ離れたところに置いた。

「この辺りです。内側の鍵穴に差してあるのしか見たことがなかったので、すぐに気づきました。毎晩、最後に店を出るのはタイディーさんでしたから――店を出た日は、っていう意味ですけど。彼女は正面の入り口から出るので、このドアはその前に施錠して閂《かんぬき》を掛けていました」

サメラは急に立ち止まり、屈んでドアを見た。

「閂が掛かってない」と、彼女は言った。「でも――」

「でも、自分たちが来たときには鍵が掛かっていたのだから、誰も触れたはずがない、と言いたいんですね?」と、レイクスが割って入った。「だから閂は掛かっていなかったのだ、と。そのとおりです。そこで、鍵が重要になってくるんです」椅子に戻るサメラに手を差し出して鍵を受け取る。「タイディーさんを殺害した犯人があのドアから出て施錠し、郵便受けから鍵を投げ入れたのは明白です。しかし、殺人だということは一目瞭然なんですから、わざわざ床に投げ入れたりせずに道端に捨ててもよかったと思いますがね。ですが、そこは重要ではありません。問題は、鍵が落ちていたというのがあなたの証言だけだということです。ほかに見た人はいないんですよね? だとしたら、別の場所にあった可能性も考えられます」

「違います」と、サメラが言い返した。

「可能性、と言っているんです」

「いったい、どこに――あったかもしれないっておっしゃるんですか?」

「犯人が持っていたのかも。身に着けていたか、ひょっとするとハンドバッグに入れていたとか」

一瞬訪れた重たい沈黙を破ろうと、ブルック巡査部長が咳払いをした。

「豊かな想像力をお持ちなんですね」と言うサメラの声は引きつっていた。

「あなたこそ、すばらしく軽率な行動に走る癖がおありだ」レイクスは急に話題を変えた。「ワイルドさん、こちらで働いてどのくらいになります?」

「戦時中から勤め始めて、今までずっと――七年になるでしょうか」

「ほかの人たちより長いんですか？」

「ええ。ジェーンは四年ほどで、クリスタルも同じくらいですし、マリオンは一年にもなってません。学校を卒業して間もないんです」

「七年ですか」レイクスは考え込んだ。「でしたら、いろいろな事情をよくご存じでしょうね。例えばですが、タイディーさんに以前と変わったところはありませんでしたか？　あったとすれば、どんな点でしょう。よく思い出してください」

質問の方向性にサメラは心から驚いていたが、顔には出さなかった。少し考えてから答えた。「はい――確かに彼女は変わりました。ええ、とっても。ますます人を信用しなくなって。気づいているのは私だけじゃありません。こういう小さな店で一緒に働いていると、長くいればいるほどお互いの理解や信頼が育まれた人間関係になると思うでしょうけど、タイディーさんは違いました。知れば知るほど距離ができるんです。うまく説明できないんですけど、なんていうか彼女はだんだんと、ひどく――近寄りがたくなっていきました。当然、働きやすい環境とは言えませんでした。まだありますし」と言って言葉を切った。

「続けてください」

「お店はどんどん忙しくなりました――帽子店だけじゃなくて、私がこの店に来たのと同じ時期に始めた美容術のビジネスを通じてお客さんが増えたからです。なのに――今よりも従業員を増やしたのは、まだビジネスの規模が小さくて店の認知度も低かった頃なんです。しかも彼女たちはずいぶん自由にさせてもらってて。実は、美容師が三人もいたんですよ――今はタイディーさんが一人でやってますけど――あ、ええと――やってましたけど」

「彼女が一人で美容室を切り盛りするようになったのはいつですか」

「春先です。その頃、最後の娘《こ》が店を辞めたんです。クリスマスにも一人クビになりました。タイディーさんが彼女たちに不満を持っていたとは思いません。もしそうだったとしても、辞めた娘たちは知らなかったでしょう」

「何かしらの落ち度をでっち上げたりはしなかったんですか？」

「いいえ、まさか。タイディーさんは、事情が変わったとだけ伝えたんです。彼女は表面上、いつもスタッフといい関係を保つようにしていましたから」

「『表面上』というと？」

サメラの顔がさっと紅潮した。「ちょっと口が滑ってしまいました。こんなことを言ったら、深い意味があるんじゃないかって勘繰られてしまいますよね。私が言いたかったのは、タイディーさんは従業員の誰ともあまり親しくは付き合わなかったってことです」

「彼女のことが好きではなかったんですか？」

「そんなことは言ってません」

「でも、そうなんですね？」

「いずれわかることですから言いますけど、従業員はみんな店長が好きじゃありませんでした」

「なぜです？」

サメラはため息をついて、哀れむような目つきでレイクスを見た。「警部さん、あなたは会う人全員の好き嫌いを分析なさるんですか？　私たちはみんな彼女が嫌いでしたし、彼女のほうもそうだったと思います」

「四人ともですか？」

「ええ」サメラの態度が急にふてぶてしくなった。「全員漏れなくです。タイディーさんは、周囲の人間に愛情を抱かせる人ではありませんでした。けなしているわけじゃありません。もともと冷たくて打ち解けない人なんだから仕方ないんです。そのせいでお互いに無関心になったというだけのことです。だから、事件に遭遇してみんなショックを受けてはいます――正直に言うと私は恐怖も感じてます――けど、心から悲しんでいる従業員は誰もいません」

「何に対して恐怖を感じているのですか」と、レイクスが尋ねた。

サメラは目をまん丸くした。「そんなの、わかりきってるじゃありませんか。だって――こんな恐ろしい死に方をしたんですよ？　なぜ殺されたのか見当がつかないから、なおさら怖いんです。しかも町で噂になっている自殺騒ぎの直後ですもの。些細なことでくよくよするタイプではない私でも、さすがに少しぞっとします。次は誰だろう、って」

「ばかばかしい」バーサ・タイディーの殺害によって警察も同じ疑問を抱かざるを得ないからか、レイクスの言い方がついきつくなった。「それにしても、なぜあなたは関連性を疑うのですか。一連の自殺と、今回の明らかな――」

「殺人と」レイクスの言葉を締めくくって、サメラは肩をすくめた。「私はただ、ほかの誰もが言いそうなことを代弁しただけです」

「しかし、なぜみんながそう言うだろうと？」

「なぜ、なぜ、なぜ！」サメラは小さな拳をもう一方の手のひらに打ちつけて苛立ったように繰り返した。「ごめんなさい、警部さん――そう言ったところで許してはいただけないかもしれませんけど

――でも、よそから来た人はなんて鈍いのかしら、って思ってしまって。ここは治安もいいし、住民の評判だって悪くない小さな町なのに、六人もの人間が悲惨な死を遂げたんですよ！　どうしたらまったく関係のないただの偶然だと思えるっていうんです？　そんなの、詭弁だわ！」

「まあ、まあ、落ち着いて」レイクスは自分が引き起こした感情の爆発にむしろ満足した様子で相手をなだめた。「そういう印象を抱かれるのもわかりますが、少なくともある程度立証できないかぎり、噂は噂でしかありません。証拠もなしに、一つの出来事が別の件と関連しているといくら主張したところで、偶然の可能性に対して反証することにはならないんです。そこから一歩踏み込んで、これらの死にまつわる噂が示唆する共通項をほんの少しでも示さなくてはなりません」

「私たちは刑事じゃありませんもの」

「それは違います」と、レイクスは反論した。「真相のわかっていない出来事について仮説を立てる時点で、誰もが刑事と同じなんです。あなたがおっしゃりたいのは、事件解明の責任を負いたくはないということですよね。レイヴンチャーチの人たちが興味を持っているのは、非科学的な詮索や、根拠のない噂や、匿名の手紙に書かれた謎めいた暗示といったものなんじゃありませんか？」

「おっしゃってる意味がわかりません」と言うサメラの呼吸が速くなっていた。

「そうですか？　この店のほかのスタッフの方々はどうです？」

「ご自分でお訊きになってください」

「そうします。もう結構ですよ、ワイルドさん」

　サメラは立ち上がった。顔色が真っ青で唇が乾いていた。「これだけは言っておきますけど、私は誰がどうしてタイディーさんを殺したのか知りません。犯人は私じゃありません。彼女が殺された時間のアリバイをお知りになりたいなら住所をお教えしますから、主人に訊いてください」

「どうしてご存じなんですか」と、レイクスは静かに尋ねた。「タイディーさんがいつ殺害されたかを」

これ以上蒼白になりようがないのがわかっていたサメラは、敢然と言い返した。「夜だったんじゃないんですか？」

「朝キングズリーさんが出勤される前にも、不明な時間が数時間ありますよ」

「でも彼女は――明かりがまだ灯っているあいだに殺されたはずです」

これには答えず、レイクスはサメラのためにドアを開けた。

三

クリスタル・ベイツは内心、楽しんでいた。ジェーンやサメラより悲しそうな顔はしていても、愉快な気分が損なわれていたわけではない。本人は知らないが、前日、タイディーが警察を訪ねたときに味わった満足感とそっくり同じ感情を抱いていたのだった。自分で推理する頭のない彼女は、このところ起きている一連の事件の詳細について語るわけではないため、事情聴取する刑事はほとんど質問をすることなく彼女の話に耳を傾け、時折相槌を打つだけで、やんわりと話の先を促してくれる。

すらりと背が高くて堂々としたクリスタルの雰囲気と金褐色の髪が気に入ったレイクス警部は、サメラのときのように敵対心を煽る気にはならなかった。のみ込みの遅い彼女は、一般的な話題に及んだときだけ、協調性を発揮して熱のこもった反応を見せた。

「みんな、その話しかしないんですよ！」彼女は繰り返した。「五人も自殺ですって？　信じられません――ただ」と息を継ぐ。「変な話、今回の恐ろしい事件が起きたので、これまでの自殺の件は以前ほど重要な気がしなくなりました――少なくとも私には、って意味ですけど。もちろん、昨日までは違いました。帽子を選んで試着したり、美容室で施術を受けたり、お茶を飲んだり――そういうところから、みんな口が緩んでお喋りを始めるんです。この店はそういう場所だと誰もが思ってます。でもタイディーさんは違った。あの人だけは、何も言おうとしませんでした。ひと言もです。だから私、考えたんです」

「ほう？」

「わかりませんか？　彼女のそういう態度を、みんな居心地悪く感じてました。ただ鼻であしらうっていうのとは違うんです。みんな死因審問やなんかの話で盛り上がっているのに、タイディーさんは何を振られても頑《かたく》なにだんまりを決め込んでました」

「それであなたは、どうお考えになったんですか？」

「私ですか？　誰だって、考えることは一つでした」クリスタルは芝居がかったように言葉を切った。

「というと？」

「そりゃあ、タイディーさんが五人の死についてかなり知っていたんだってことです。実際に何かを知っていたら、井戸端会議に加わりたくないのも頷けるでしょう？」

「なるほど。ほかの人がこぞって死の真相をあれこれ推理し合っているのにタイディーさんが沈黙を通したのは、彼女が事情を知っていたからだと？」

「ええ、そのとおりだと思いません？」クリスタルは勢い込んで言った。

「現時点ではなんとも言えません」と答えたレイクスは、あくまで寛容な態度を崩さなかった。「ほかに何か思いつくことはありませんか?」

「どんなこと?」

「それは私にはわかりません。例えば、自殺について——あなたご自身が提示なさった推論とか」

「タイディーさんにですか?」

「誰に対してでも」

「噂話を嫌っているのに気づいてからは、彼女の前でその話題を持ち出すのを避けていました。アイリス・ケインが溺死したときだってそうです。あの事件は、それまで以上にみんな騒然となりました——なんといってもアイリスが結婚間近だったから。それに、五件目だったからかもしれません。でも、私は一つ二つ口にしただけです。お客様と会話をするのが仕事ですから、みなさんがあまりにも同じ話題に固執なさっているときには——」

「話を逸らさなくてはならなくて、ご自分の思うようには話せないんですね」と、レイクスが端的にまとめた。「わかります。で、一つ二つ口になさったのは、どんなことだったんですか?」

警部に遮られて、クリスタルは思考が一瞬止まった。レイクスをぼんやり見る。「ああ、それ」曖昧だが大げさなしぐさをしながら言った。「もちろん、自殺じゃないって言いました——どれも本当は違う、って」

「そうなんですか?」レイクスは素直に受け止めたかのような明るい調子で訊いた。「それはなぜです?」

「そんなこと、普通の人はしませんもの」クリスタルの答えはきわめて単純だった。「こんなふうに次から次に自殺するなんて」それぞれの自殺のあいだに充分な時間が空いていないことに憤るような言い方だった。

「しかし、こうは考えられませんか?」と、レイクスが切り込んだ。「これほど相次いで五件も殺人が行われるのは、なおさらあり得ないのではないか、と」

クリスタルはしばらく考えて、ようやく話の意味を理解した。

「そういうふうに考えたことはありませんでした」と率直に答える。「どちらにしても、五人は目眩《めくら》ましです」

「何のための?」

「もちろん、六番目の殺人ですよ——タイディーさんのね!」

「どういう意味かご説明いただけますか」

クリスタルは驚いたように愛らしい顔をしかめてレイクスを見た。「それは——だって、そんなの簡単じゃありませんか」一瞬口ごもってから、彼女はこれまでにないほど大きく想像の翼を広げて声を張り上げた。「殺したい相手は一人なのに、ほかの何人もの関係のない人を殺して動機をごまかしたのよ! ケネス——私の夫ですけど——彼もそう言ってます」

「ベイツさん」気を取り直したレイクスが訊いた。「ご主人のお仕事は何ですか」

「誰——ケンですか? 『デイリー・スクリード』やなんかの新聞を印刷する技師です。彼が言ってました。きっと一人の殺害のために本当は意味のない大量殺人を企てた、ジャック・ザ・リッパー並みの卑劣な犯人の仕業だろう、って。タイディーさんが死んだんだから、もう誰も殺されないと思います」

だが、クリスタルのこの考えは間違っていた。

### 四

午後十二時半、シスル街《ストリート》の自宅に戻ったマリオン・オーツは、数分後に昼食の食卓に着いた。ティーンエイジャーらしくむっつりと黙ったまま食事をする彼女の傍らで、〈ミネルヴァ〉で起きた恐ろしい事件のことを数時間前に知った叔母のヒルダとウィンはパニック状態に陥って食事どころではなく、しきりに考え事をしているようだった。

「ねえ、ウィン叔母さん」ようやく空腹が満たされて落ち着いたマリオンが口を開いた。「このチーズ、先週手に入れたときほど美味しくないわね」

「そ――そうね」異常事態をどうにか普段の日常に戻そうともがいている自分と姉の懸命の努力を意に介さない姪の言葉に、ウィン叔母さんは急に疲労感を覚えた。

すると、「配給量が少なかった頃のほうが、質がよかった気がするわ」と、ヒルダ叔母さんも気が抜けたような声で同意した。

「変だと思わない？」マリオンが不意に話題を変えた。「ロンドン警視庁《スコットランドヤード》の刑事は、どうして私の聴取をしないのかしら。ジェーンとサメラにはかなり長い時間話を聞いてたし、クリスタルにだってそれなりに時間を割いたのに」

「まあ、マリーったら」と、ウィン叔母さんが言った。「そんなこと考えちゃだめ。どうして刑事があなたに聴取なんかするの？」

マリオンはしげしげと叔母を見た。「それを言うなら、どうしてしないの、でしょ。私が証言できることだってあるんだから。でも、うちの住所は知ってるから、そのうちにやってくるかも」

「何てことを言うの、マリー」と、ヒルダ叔母さんが咎《とが》めた。「このとてつもなく恐ろしい事件に関わらなくて済むことに感謝しなくちゃ。あなたの聴取をしないのは当然よ。ほかの人たちは店の中に入って遺体を発見したんでしょう？　でもあなたは、ずっとあとに出勤したんですもの」

「わかってないわね」マリオンは冷静に言った。「私は無関係な立場じゃないの。もうカフェに関わらなくて済むのだけは確かだけど――今日の午後も、明日の午後も、それ以降も行かなくていい。最高だわ！」

「マリオン！」二人の叔母が同時に叫んだ。「なんて薄情なことを！」と、ヒルダ叔母さんが言う。

「この子は動揺してるのよ」と、すかさずウィン叔母さんが擁護した。

その口調の中に、なんとなく自分に動揺してほしいと願う気持ちを感じ、マリオンは微笑んだ。まるで、可愛がってはいるが時々ばかなことをしてしまう二人の生徒を見守る、女校長のような笑みだった。立ち上がって、二階の自室に行くためドアに向かった。

「そうだ、ウィン叔母さん」と、彼女はおもむろに言った。「万が一誰かに訊かれたら、いつも一緒に夜の散歩に出かけてるって、ちゃんと答えてね。私が一人で行ったことはないって」

五

ジェーンは椅子に腰かけ、昼間もつれた髪に丁寧にブラシを入れていた。夏至が近いとはいえ、二階の部屋は明かりをつけないとすでに暗い。この時間のストーンエイカー村で動くものといえば、夜風にカーテンが静かに揺れている窓にぶつかる、大きな蛾くらいだ。

誰かがドアをノックした。エルシーだった。

「大丈夫？」エルシーがおざなりに訊いた。乳搾り人と家畜に囲まれた一日の重労働を終えたあとでは、五マイル先で起きた殺人は彼女にとって現実とかけ離れたものにしか感じられなかった。だが、義妹《いもうと》は事件と大きく関わっているのだ、と思い直した。

「ええ、大丈夫」ジェーンは笑顔で振り向いた。「やっと落ち着いた。ほんの少しだけど。どう考えても、注目されるのはサメラだわ。最初に現場に入ったのは彼女だもの。ねえ、エルシー」声が明るくなった。

「何？」

「もし――警察に訊かれなかったら――何も話さなくて済むんだから、隠し事をすることにはならないわよね？」

エルシーは眉を寄せた。「ジェーン、何言ってるの？　誰が警察に隠し事をするっていうの？　そんなことをする人はいないでしょう」

「ええ、そうよ」ジェーンはもどかしそうに言った。「だから、そう言ってるじゃないの。訊かれなかったことを言わなくたって、悪いことをしたことにはならない」

「よくわからないわ」と、ニワトリや牛乳に関係のないことに興味のないエルシーは答えた。「夜のこんな時間は特に頭がはたらかないの。ラルフに訊いてみる」

「いいえ、それはやめて」ジェーンは苛立ったように遮った。いつもそうだ。兄夫婦の生活はごく狭い範囲に限られていて、深い話ができない。ことに高尚な話題はからっきしだめだ。彼らのアドバイスはまったく頼りにならない。だからサミー……機転の利くサム……が、いつだって頼みの綱なのだ。でも今回、彼女は頼みの綱にはなっていない。

自分の名前を小耳に挟み、ラルフが寝室から出てきた。彼は時々、愛情を注ぐ十二歳年下の妹の相談にもっと乗ってやったほうがいいのではないかと思うことがあった。もちろん、〈ミネルヴァ〉の事件は自分には関係ない。だがよく考えてみると、自分はジェーンの私生活についてほとんど知らないのではないか。

答えに戸惑っているエルシーの背後から、彼は妹をじっと見た。

「だがな、ジェーン」話の要点を聞いた彼は呟いた。「殺人事件となれば、訊かれるのを待ってちゃだめだ。知っていることがあれば自分から何でも言わないと」

「ほんの少ししか知らないとしたら？」と、ジェーンは何食わぬ顔で訊いた。

「何でもだ」ラルフは司教のようにもったいぶった口調で断言した。「事後共犯と取られるといけないからな」

「そのことなんだけど」と、ジェーンは言い返した。「私ね、レイクス警部ともう一度話す前にいくつか確認したいことがあるの！」

その夜、床に就く頃には、これからどうすべきか彼女の決意は固まっていた。

# 六

　静まり返った暗闇の中、大きな身体を横たえている夫の隣で、サメラは窓の隙間から見える空に浮かぶ、輝く星を見つめていた。

「アルデバラン」どういうわけか、その名が口から出た。「たぶん牡牛座のアルデバランだわ……なんてすてきな名前の星かしら」

「ん？」ジョージが寝返りを打った。

「起きてたの？」サメラは小声で言った。「あのね、レイクス警部は私のことが好きじゃないんだと思う」

　ジョージが曖昧な返事をした。

「何て言ったの？」

「別にいいじゃないか、って言ったのさ」

　闇に紛れて、サメラは夫の耳たぶをそっと噛んだ。「ねえ……警部から何か訊かれたら、私は一晩中家にいたって言ってくれる？」

「もちろん」と、ジョージはのんびりした声でもごもご呟いた。「お前は、かなりのおばかさんだったけどな。そう言っただろ」

　彼はサミーを抱き寄せて目を閉じた。六月のイギリスの夜気に包まれた部屋で妻を抱いていられるなんて、今でも彼にとっては夢のように思えた。

## 七

昼食に戻ってきたレイクス警部を見て、悔やんでいないまでも気落ちしているようにレッキー警視には感じられた。そもそも、田舎と都会が混ざり合った落ち着いたレイヴンチャーチには不向きなタイプだと彼は見ていた。結局、警部には先導役をやってもらって、実際には自分が動きまわるしかないのだろう。

「午後、例のご婦人から話を聞きます」と、レイクスは言った。「そのあと、ロンググリーティングの家政婦にも会いに行かなくては。フルート・レーンに警官を配置してあるので、二時まで下手なインチキはできないでしょう」

レッキー警視が憮然として眉を上げた。「私の知っているウィーヴァー夫人は、そんなことをする人じゃありません」刺《とげ》のある物言いに気づいたらしく、レイクスが「それはどうですかね」と言い返した。

「町の人たちをよくご存じだと思っていらっしゃるようですが、本当にそうですか?」と、レイクスは続けた。「確かに、その線も捨てきれません――レイヴンチャーチとロンググリーティングとストーンエイカーに怪しい点は一つもなく、この地で育った住民はみんな申し分のない人たちで、犯人捜査の対象を外部に広げなければならない可能性はあります。ですが、私にはそうは思えない。すべてを陰で操っている頭のイカれた人間がいるのではないか。田舎町で起きる犯罪では、そう考えるほうが筋の通ることが多いんです。警視は住民を知りすぎていると言えるかもしれません」

「何がおっしゃりたいんですか」レッキーはできるだけ愛想を取り繕って訊いた。

「深い意味はありません――住民と近い関係にある場合の捜査において必要なことを申し上げているまでです。まさか、リヴィングストン＝ボール夫人の入水自殺以降、誰かが巧みに目眩《めくら》ましをしていたなどはおっしゃいませんよね？」

「確かなんですか？」レッキーは精いっぱいの皮肉を込めて尋ねた。「彼女が自殺だったというのは」

「ほぼ間違いないでしょう」と、レイクスは一も二もなく頷いた。「自殺という事実に疑いは持っていません。そうでなければ殺人狂がいるということですから。殺人狂の中にめったに天才はいないと思いますし、五件もの殺人を明白な自殺に見せかけることなど、天才でなければ無理です」

「だったら、何が気になっているんです？」

「五件の関連性です――それと、その五件と明らかな殺人事件である六件目とのね。おそらく、そこに何かがあると思っています。なぜか？　タイディーさんとビートンさんの二人ともが、事件に関わるある側面について警察に報せるべきだと考えたからです――そして二十四時間後、そのうちの一人が殺されてしまった」

「バーサ・タイディー本人が例の脅迫状を書いたという線はどうなりました？　今でも彼女が書いたとお考えですか？」

「それは――わかりません」と、レイクスはゆっくり答えた。「あの手紙は、そこまで重要ではないのかもしれないという気がします。ところが、彼女たちはわざわざ地元警察に話しに来た。そして――まったく悪気はないので聞き流していただきたいのですが――タイディーさんは、手紙のことをあなたに話しに来たのだと思います。彼女もビートンさんも私が同席するとは予想していなかった

――地元の人間と昔から顔馴染みのタイディーさんの来訪は、私が突き止めようとしている五件の自殺の関連性から警察の目を逸らすためだったのでしょう。追跡を逃れるために自分から注目を浴びに来たわけではありません」

「誰も」レッキーは無意識に冗談めかした口調になった。「タイディーさんを追ってなどいませんでしたよ」

「あなた方はそうでしょう」と、レイクスは返した。「ただ、警察ではない何者か、あるいは何かに追われていたんだと思います。彼女は明らかに精神的に追い込まれていて、次の被害者は自分だと考えていました。五人の自殺という案件を抱えたわれわれは殺人が起きる可能性を想定していなかったのに、彼女は違った」

レッキーは答えなかった。別れ際にタイディーを安心させようと口にした自分の言葉を、苦い薬を飲むように、この先毎日思い出しては長いこと抱えていくことになるのだろう。

「従業員の女性たちについては」と、レイクスは続けた。「一人も容疑者から外してはいません――全員、犯人の可能性があるということです。物理的な面から考えてもそうです。タイディーさんは非常に小柄な女性でしたよね――ベイツ夫人や健康そうなキングズリーよりは、かなり小柄だ。ワイルド夫人は同じくらいの背格好ですが、被害者のほうがずっと年上です。それに絞殺ですからね。女性にもできないことはありません。カフェの明かりについての話も怪しい――ずっと明かりがついたままだったというのは、押し入るための口実じゃないでしょうか。窓を割る前にロンググリーティングの自宅に電話をかけてみなかったのも妙です。店に泊まるつもりだという会話をジェーン・キングズリーが耳にしたのは知っていますが、彼女が自宅にいないことをそんなに簡単にワイルド夫人が信じたとは思えない。サメラ・ワイルドはスタッフの中でいちばんの古株なんですから、あんな押し入り方をする前に、店主と連絡を取る手立てをもっと試せたはずです――彼女が死んでいるのをすでに知っていたのでなければね。鍵の件ですが――あれはおそらくでっち上げですよ。最初からハンドバッグに入れていたと考えていいでしょう」

「犯人がしまい込むには適切な場所とは言えないんじゃないですか？」と、レッキーは感情を押し殺した声で言った。「すぐに取り出して警察に渡せてしまうような隠し場所ですよ」

「それに」レイクスは警視の言葉を無視して続けた。「従業員が正面玄関の合鍵を持っていたとしたらどうです？　その場合、カフェのドアの鍵が床に落ちていようがいまいが関係なくなります」

レッキー警視はため息をついた。「動機がつかめれば犯人が絞れるんでしょうがね」

「むしろ」と、レイクスはあくまで言い張った。「犯人を突き止めれば動機がわかるでしょう」

「最年少の娘にはお会いになりましたか？」

「どの娘です？」

「オーツという名です」

「まだです。十六歳でしたよね？　すでに私は、ブルック巡査部長から厳しい尋問をする嫌なよそ者だと思われているようなので、立会人が付き添ってくれる自宅で話を聞こうと思います。いずれにせよ、今朝彼女が店に来たのはわれわれよりあとでしたし」

「ほかの従業員以上のいい情報を彼女から聞き出せなければ、われわれは窮地に立たされます」

「かなりまずいですね」と、レイクスも同意した。「小銭しかない貧しい状態と言えます。ですが、塵《ちり》も積もればいつか山となるかもしれません」

# 第六章

## 「パンケーキにフリッター」と、セント・ピーターズの鐘が鳴る

### 一

フライパンが急にはねて、ガスコンロの上に屈み込んでいたエミー・ウィーヴァーは慌ててのけぞった。彼女にとって食事作りは常に厄介な仕事だった。たいてい時間がずれ込み、今日の昼食も遅くなってしまって残り物の卵を適当に作り直したものだ。料理上手を気取るつもりはさらさらなかった。日々の生活と古書店の経営のほうが、鍋やグラタン皿よりよっぽど面白い。とはいえ、一人暮らしの彼女は、料理から目を逸らすわけにもいかない。隣人のミス・タイディーが殺害された今も、食べることは必要不可欠な行為だ。

ウィーヴァー夫人は青と白のチェック柄のクロスをテーブルに素早く広げ、引き出しからナイフとフォーク、食品棚から薬味瓶、戸棚から皿を取り出すと、お世辞にも美味しそうには見えない料理をフライパンから冷たい皿の上にひっくり返して載せた。形は悪いしふんわりもしていないパンケーキ

は端が焦げて、まるで怒っているかのように黒っぽかったが、ウィーヴァーは穏やかな目でそれを一《いち》瞥《べつ》すると、日常生活の中に突然降って湧いた死について想いを巡らせた。

一つよかったのは、料理のために店から離れたおかげで景色が変わったことだった。帽子店の店員たちが自転車を停めている薄汚い小道を見て、まさか満ちたりた気持ちになるとは。けれど午前中フルート・レーンと店の正面に群がる警官たちの姿を目にしたあとでは、このひっそりした薄暗い眺めがかえって安心感をもたらしてくれる。警官というのは、どうしてあんなに暗い印象を与えるのだろう。

彼女が導入している数少ない現代的な装置の一つである電動のフロアーベルがうるさく鳴り響いたので店に戻った。戸口に立っていたのは、彼女の見張りについている警官と同じくらい厳《いか》めしい顔つきをした無帽の男で、まるで嚙みつかれでもしたかのように入り口のマットからいきなり足を離した。確か、午前中〈ミネルヴァ〉にいた人物だ。

「ウィーヴァーさんですね？」彼女のほうへ近づきながら言った。「ロンドン警視庁《スコットランドヤード》のレイクス警部です。なかなかいい本を揃えておいでですね」

その言葉に、ウィーヴァーの顔がぱっと輝いた。この人は自分の本を認めてくれた。彼女にとって本は子供同然だった。しかも、ただ一人の子だ。母親の誇りが強烈に胸に湧き上がってきた。彼女の子供を褒めた男はあっという間に店内の中ほどまで入り込んできていて、追い払うのは難しそうだった。レイクスは表面上、堂々とした書棚に並ぶ古い革表紙の書籍や、本の背に金色の文字で書かれた書名に見入っているふりをしていたが、いろいろなサイズの本をじっくり吟味している様子を見せながらも、観察していたのは実は書籍ではなく、痩せこけた店主のほうだった。

六フィート近い長身で、筋肉質だ。痩せているからといって力が弱いとはかぎらない。ひょろ長い腕は充分なリーチがある。タイディーと同じくらいの年齢だろうか。地味にしているので年上に見えるが、ひょっとするとタイディーより若いのかもしれない。大事なのは精神面だ。さしあたって、肉体的な特徴は無視していいだろう。狂信的な一面があるのだろうか？　あり得ないことではない。

レイクスは声に出して言った。「お察しのとおり、お隣で起きた事件のことで伺いました。お話を聞かせていただければと思いまして」

それに対するウィーヴァーの答えに、彼はやや戸惑いを見せた。「でも、警部さんはタイディーさんが殺される少し前からレイヴンチャーチにいらっしゃいましたよね」

レイクスは微かに笑みを浮かべた。「もちろん、私がここへ来たのは別件です。その件と昨夜の殺人は関連があるかもしれないと考えています」彼は冗談めかした視線を送った。「ウィーヴァーさん、あなたはお仕事柄かなり情報通でいらっしゃるようですね。でも、それはかえってありがたい――今朝、正式に私が捜査の指揮を命じられたので」

ウィーヴァーは話の流れがわからないまま頷いて微笑んだ。彼が言うようなことを口にしたつもりはないのだが、話の展開が速くて頭がついていかなかった。

「昼食の途中なんです」と、彼女は言った。「かまいませんよね？　それにどうやら――お客さんも来そうにありませんし」背の高い書棚に挟まれた中央の通路を、レイクスのそばをすり抜けてつかつかと入り口まで歩き、ドアに掛かっている札を裏返して「準備中」にした。

「一人で店を切り盛りしているので、時々こうするんです。私の商売は、よそほど景気が悪くないんですよ」と胸を張る。「本は人間みたいなもので――いつもそばにいてくれる存在ですから。特にうちに置いてある類いの本は、売れ行きが安定しているんです」

香りの充満するキッチンにレイクスを案内すると、テーブルの向かい側の椅子を引いて彼に勧めた。そしてシンクにあったやかんに水を入れ、ガスコンロに載せて火をつけた。

「すぐにお茶を淹れますから」と言って自分も座り、食事を再開した。「すっかり冷めてしまうとお皿にくっついて食べにくくなってしまうので、今いただかせてくださいね。何をお訊きになりたいんですか?」

「ほかの方の知らないことをいくつか教えていただければと思いまして」ようやくお鉢が回ってきたことに、レイクスはほっとため息をついた。「お店にお住まいなんですよね。つまり、ここで寝泊まりしていらっしゃる?」

「ええ、そうです」ウィーヴァーは焦げたパンケーキをフォークできれいにすくって口に運んだ。「ここが私の家です。といっても、住居スペースはこのキッチンくらいですけど。屋根裏部屋は倉庫状態ですし、寝室にまで本があふれてますから。ビューウィックの美しい木版画集もあるんですよ──入荷したてで──もしよろしければ──」

「そうですね」と、レイクスは真面目な口調で言葉を挟んだ。「またの機会にぜひお願いします。殺人事件の捜査では端的にお訊きしなければならないのですが、昨夜タイディーさんがどこに泊まったかご存じですか?」

「もちろんです」ウィーヴァーは白髪をかき上げ、茶色い瞳でじっとレイクスを見ながら即答した。「ゆうべはカフェに泊まると言ってました。珍しいことじゃありません──わりとしょっちゅうお店に泊まっていましたから」

「そういう予定を前もってあなたに話すのも、よくあることだったのですか？」

そうではなかったが、昨日は特別な理由があった。タイディーが興味を持つかもしれない、レイヴンチャーチ周辺の十七世紀の色付き地図が手に入ったのだ――いいえ、タイディーさんは、本当は古書に興味なんてありません。残念なほどの趣味の悪さから、良書に出逢う機会をずっと逃していました――それなのに、気まぐれで買って〈ミネルヴァ〉に飾り、誰に頼まれても売ろうとしなかった魅力的な作品に味を占めて、普通の人とは違うものをいつも見つけたがっていた。

「でも、それがあるので、もしかしたら地元のすてきな古地図と対《つい》にしたいと思うかもしれないと考えたんです。カフェに一緒に飾ったら見栄えがしそうですもの。タイディーさんは、以前はカフェのレトロな雰囲気を大事にしていましたから」

レイクスが繰り返した。「以前は、というと？」

「近頃、どうも仕事に身が入っていないように見えたんです」

頷いた彼は、その話題をもっと掘り下げてほしそうだった。

「それで午後、地図をお持ちしました」レイクスの意図を察したウィーヴァーは続けた。「そんなふうに言うとたいそうなことに聞こえるかもしれませんけど、スリップはとても細い小道なので、ミネルヴァの人たちとは廊下を挟んだ隣の部屋に住んでいるようなものなんです。タイディーさんは地図に目もくれようとしませんでした。きっと私は時々、彼女をうんざりさせていたのではないかと思います。熱意が先に立ってしまって、ほかの人が興味を持つとはかぎらないということをつい忘れてしまうんです。タイディーさんは、どこかうわの空で――近頃はよくそういうことがあったんですけど、家には帰らないからあとで見せてほしいと言われました。いいえ」と、ウィーヴァーは訂正した。

「少し違いますね——正確には、一晩中ミネルヴァにいる、と言ったんです」

「それで」と、レイクスが尋ねた。「その会話を聞いた人がいたかどうかわかりますか?」

ウィーヴァーは、言うべきでなかったのを指摘されでもしたかのようにレイクスをじっと見返した。

「それは——わかりませんけど——でも、そういえばいたかもしれませんね。店の女の子たちはまだほとんど残っていましたから。だからといって、どうということはありません。タイディーさんがロンググリーティングの自宅ではなく、ちょくちょくここに泊まるのはみんな知ってますもの。寝泊まりするためのベッドなんかがちゃんと備わっていました。年老いたレオニーは——タイディーさんの家政婦です——少し寂しかったんじゃないでしょうか。家に夜たった一人残されて」

「きっとそうでしょうね」と答えてから、「やかんのお湯が沸いてますよ」と、レイクスは言った。

ウィーヴァーはたしなめるような目で振り向くと、お茶を淹れに立ち上がった。彼女がカチャカチャと音をたててカップを用意し、オートミールビスケットをレイクスの鼻先に差し出すあいだ、彼は話題にしようとしている核心をあえて無視するその態度について考えていた。タイディーに言われたとおりにあとで訪ね直したとしたら、殺人犯を除けば生きている彼女を最後に見たのはウィーヴァーということになる。犯人がはっきりしないかぎり、最後に会った人物としては心穏やかではないだろう。

お茶を飲みながら彼は質問をぶつけた。

ウィーヴァーは骨張った指で熱いカップを包み、冷静にレイクスを見た。「六月のこんな天気のいい日に手を温めるなんて変だとお思いでしょうね。でも、私の手はいつも冷たいんです。四六時中、本に触っているからでしょう。それに痩せてますし。ええ、ゆうべミネルヴァに行きました。夕食後

——正確には九時でした。小道に面したドアを開けたとき、大聖堂の時計が鳴ったので憶えています。ノックをしたらタイディーさんが出ていらっしゃいました」

「いいですか、ウィーヴァーさん。これは重要なことです。タイディーさんに招き入れられたとき、彼女はいきなりドアを開けましたか？　それとも、まず鍵を開けましたか？」

「鍵を開けました」はっきりとした答えだった。「閂《かんぬき》もです。タイディーさんはスタッフが帰ると、いつもすぐにカフェのドア——スリップに面したドアです——に鍵と閂を掛けていました。自宅へ帰るかどうかにかかわらず、毎晩でした」

「なるほど。では、タイディーさんとお会いになったときの出来事をできるだけ詳しく教えてください。何か気づいたことがあったならお聞かせいただきたい。話すほどではないと思われるようなどんな些細なことでもいいですから。ところで、あなたが店内に入られたあと、タイディーさんはドアを施錠し直しましたか？」

「はい。閂まで掛けたかどうかは憶えていませんけど」

そのほかの話に特に注目すべき点はなかったが、調べてみる価値のある内容がいくつか含まれてはいた。店内はきれいに片づいていてがらんとした印象で、夏のその時間、まだ明かりはついていなかった。ソファーベッドに寝る支度はされていなかった気がするものの、自信はない。ベッドに注意を払っていなかったからだが、たぶん普段の昼間と同じ状態だったと思う。タイディーさんはよそ行きの服を着ていて、フルート・レーン側の窓からいちばん遠いテーブルで書き物をしていたようだった。椅子が引いてあり、ピンクの吸い取り紙が書いているものの上にかぶせられていたので、白い紙の端と、そばにある万年筆しか見えなかった。ハンドバッグも横に置いてあった。

レイクスが眉を寄せた。タイディーのハンドバッグは見つかっていない。筆記用具の類いも一切なかった。彼が黙っていると、ウィーヴァーが続けた。

「私が地図を広げると――三枚あって、今うちのウインドーに飾っているんですけど――タイディーさんはうわべだけの褒め言葉を並べました。本当は興味がないのが見え見えでした。ええ、そうですとも――彼女は、ただ私を引き留めたかったのではないかと思います。地図なんてどうでもよかったんです。口には出しませんでしたが、地図よりも、私が来たことを喜んでいるんだと感じました。コーヒーを淹れると言われたんですが、夕食のすぐあとだったので気が進まなくて。実は、店を早く出たかったのは私のほうだったんです――タイディーさんは苛立ちを隠すタイプではないので、昨日は本当に私にいてほしいのだと思いました。理由はわかりません」

ウィーヴァーがカフェにいたのはほんの十分程度だったが、タイディーがいつもの雰囲気と違うことには気がついた。

「なんていうか、少し興奮した様子だったんです。お察しのとおり、彼女は興奮しやすいどころか、とても冷静沈着で打ち解けない人です。だから、しばらく一人きりだったために話し相手が欲しいと感じ始めたところへ私が訪ねたので、心の鎧《よろい》を解いたのかもしれないと思いました」

興奮という表現が適切なのかウィーヴァーは自信なさげだったが、どこかそわそわした態度や脈絡のない話し方だったのは確からしい。珍しく落ち着きなく歩きまわって動きにも発言にも一貫性がなく、彼女が帰る間際に口にした言葉が、今になってみると重要に思えてきたのだと言う。それは、ウィーヴァーが翌週の仕入れで確保したい本の話をしたときだった。

「一人で店をやってるのに、あなたはめげないのね」と、タイディーは苦々しげに言ったのだった。

「近頃、私は手を焼いてる。もう店を閉めようかと思ってるの」

そして大きな笑い声をたてた。その声の中に感じた嫌な響きは、自分の店に戻ってからもウィーヴァーの耳について離れなかった。が、あとになって冷静に考えてみても、彼女の言葉の真意がよくわからなかった。繁盛している帽子店とカフェと美容室を辞める話をタイディーが口にしたのは、これが初めてだったからだ。

黙って聞きながらも、レイクスは大いに関心を寄せていた。この事件におけるウィーヴァーの立場を本人に気づかせるいい機会かもしれない。

「すると」彼はそれとなく方向転換を図った。「あなたが生前のタイディーさんに会った最後の人物ということになりますね？」

ウィーヴァーは空になったレイクスのカップに手を伸ばし、ミルクを注いだ。

「違いますよ」と静かに言う。「私のあと、殺人犯が会ったはずですから」

「はい？」レイクスは一瞬驚いた。「ああ、そうですね。でも残念ながら、今のところ犯行時刻は特定できていないんです」

「それなら、たぶんわかると思います」

「なんですって？」レイクスは大声を上げて身を乗り出し、もう少しで熱いカップをひっくり返しそうになった。「殺人に関するどんな証拠を握っているんですか？」

「どうでしょう」ウィーヴァーは静かに答えた。「殺人と関係があるかどうかはわかりません。ただ、ゆうべ確かに誰かがミネルヴァから出ていく音を聞いたんです――私が帰ったただいぶあとに」

「続けて」と、レイクスが促した。「憶えていらっしゃることをすべて話してください」

ウィーヴァーは早めに床に就き、大聖堂の鐘から考えると、眠りに落ちたのは十時半前だった。

「急に目が覚めたんです」と、彼女は説明した。「それもしっかりと。ほんの少し眠ったらはっと目覚めて、なぜ起きたのかわかりました。寝室の窓は、古い建物がせせこましく並んでいる細いスリップに面していますから、棒でも持って手を伸ばせば向かいの美容室の窓に届くだろうと思います。実際にやってみたことはありませんけど、本当にそれくらい近いんです。美容室で何かがあったわけじゃありません。いかに近くて、音が聞こえやすいかをお伝えしたいだけで。夏の夜は小窓を開けておくので、なおさらです」

「それで、聞こえた音というのは？」レイクスはもどかしさで唸り声を上げそうだった。老女の肩をつかんで揺すりたい衝動に駆られる。

「カフェのドアが施錠される音が聞こえたんです。でも鍵を掛けた人物は最初、かなりもたついていました。ずいぶん聞き慣れない音がしましたから。タイディーさんが鍵を回すときは、いつもカチッという静かな音だけでしたもの。そのあと、いきなり引っ掻くような音に続いてドンという鈍い響きがあったんです。私は横になったまま耳を澄ましていました。そうしたら、含み笑いが――身の毛のよだつような含み笑いが聞こえて、小さな足音がしたと思うと、ぱったり静かになりました」ウィーヴァーはため息をついた。「あることに気づいたのは、ずっとあとになってからです」

「何に気づいたんです？」

「ドアはいつものように内側から施錠されたのではなくて、フルート・レーン側から誰かが郵便受けを通して鍵を中に押し込んだということにです。ゆうべは疑いの気持ちなんてこれっぽっちも持っていなかったんですけど、それでも普段と何かが違う気がして、窓に駆け寄って外を見ました。でも、ドアに鍵を掛けた人物の姿はすでにありませんでした。それで私なりに一つの結論に至ったんです」

「というと?」

「どういう理由からかわかりませんが、タイディーさんは結局自宅へ帰ることにしたのだと思いました。明かりをつけて時計を見ると、零時五分前でした。言っておきますが、彼女がそういう行動を取ったことは一度もありません。暗がりを怖がっていましたから」

今度こそレイクスは露骨に唸った。真相に近づいているようでいて、まだまだ遠い。女性ならではの好奇心でせっかく異変に気づいたのに、残念ながら彼女は事実をつかみそこねてしまったようだ。

「足音ですが」藁《わら》をもつかむ思いで訊いた。「男性のものか女性のものか――どちらだったと思います?」

ウィーヴァーは考え込んだ末、「すみません」と、警部の落胆を感じ取って謝った。「そこまではわかりません。ゴム底だったことだけは確かですけど、それ以上は想像になってしまいます」

「いいんですよ」レイクスはなんとか気を取り直そうとした。「われわれの仕事には、想像の山よりほんの少しの事実のほうが価値がありますから――さっき、あなたが知っている事実が殺人と関係があるかどうかわからないとおっしゃったのはなぜですか。今なら、タイディーさんがロンググリーティングの自宅に帰ったはずがないことはおわかりでしょう。となれば、あなたが足音を聞いた人物が去ったあとにほかの誰かがカフェを出ていったのでないかぎり――」

「まさにそこです」と、ウィーヴァーは即座に言った。「本当にほかの誰かが出ていったとしたら?あのあと私はまた眠って、七時近くまで起きなかったので知らないんです。だって、必ずしも普段どおりじゃないわけではないいんですもの」

「どういうことですか？」

「タイディーさんが店に泊まる夜は、時々変な時間に人が訪ねてくることがあったんです」

レイクスは椅子から飛び上がりそうになった。よし、いいぞ。この情報は脈がありそうだ。

ここ二年ほどは時折だったが、今年の春から夏にかけては頻繁に〈ミネルヴァ〉を訪ねてくる人や出ていく人の気配をウィーヴァーは感じていた。それでタイディーが店に泊まっていることがわかるのだった。おかげで、ドアの内側から鍵を掛ける音と外から施錠する音の違いを区別できるようになった。昨夜まではいつも、訪問客が帰ったあとでタイディー自身が鍵を掛けていた。

「ずいぶん前からそういうことがあったので」と申し訳なさそうに言う。「特におかしいとは思わなかったんです。音が聞こえるのはいつもベッドに入ったあとだったせいもあって、わざわざ起きて見に行くことはしませんでした。ただ一度だけ、まだその音に慣れていなかった頃——去年のことだったと思いますけど——窓から覗いたら女の人が出ていくのが見えました。でもすぐに歩み去ってしまったので、ちらっとしか見ていません。冬でしたし、灯火管制のせいで暗かったですから」

「その女性について思い出せることはありませんか？」少しでも情報を得たいレイクスは粘った。

ウィーヴァーは首を横に振った。「背が高かったのは憶えています——でも、そんな情報じゃ役に立ちませんよね？　なにしろ、だいぶ前のことですし、あれ以来すっかり忘れていて」

「冬の夜にタイディーさんがなぜ仕事場に訪問客を入れたのか、考えもしなかったんですか？」レイクスは驚きを隠さなかった。

「ええ、まあ」独りきりの暮らしがどういうものか理解していない人間にいくら説明しても無駄だと諦めて、ウィーヴァーは言った。「ご近所の人たちの行動にはほとんど無関心なんです。といっても、多少の推測くらいはしますけど。ミネルヴァが閉店したあとで妙な時間に訪ねてくる人たちは、特別な予約枠で美容術を受けに来ているのかもしれないと思ってました」

「夜にですか?」レイクスは戸惑い気味に訊いた。

「わからないじゃないですか」と、ウィーヴァーは弁解がましく口を尖らせた。「女っていうのはおかしなことをするものなんです。中年や年配女性は特に。タイディーさんのお客さんの中に、昼間に美容の施術を受けるのが恥ずかしいと思う人がいても不思議じゃないでしょう。美容のことはよくわかりませんが、女性については多少知っています」

その方面に関して自信のないレイクスは、彼女の意見を素直に受け入れた。

「ですが、タイディーさんは夜の予約について何も言わなかったんですか?」

「ええ、ひと言も。たぶん、私のほうから話を切りだすのを待っていたんだと思います」

おそらくそうだろう、とレイクスは思った。もしバーサ・タイディーが隠し事をしていたとしたら——その可能性がきわめて高いが——そのことに気づけた人間が隣人ただ一人というのはあまりに幸運だ! 幸運? それはもう一つある。どうやらウィーヴァーからすればごく健全な好奇心でしかなかったらしく、一連の出来事のおぞましさとは結びつけていなかったことだ。

レイクスにはもう少し訊いておきたいことがあった。ウィーヴァーの話によると、彼女は隣の店については詳しく知らないうえに、気にしてもいなかった。互いの性格上、二人は親しい話をする関係ではなく、ウィーヴァーはタイディーの自宅を訪ねたこともなければ、招かれたこともないという。家政婦のレオニーは、レイヴンチャーチに買い物に来てたまたま〈ミネルヴァ〉に立ち寄ったのを見かけたので知っていて、年齢相応の献身的な働き者に見えたらしい。だが、ロンググリーティングの自宅での生活は関知していないし、古本屋の常連の二人以外、村人に知り合いもいない。

「ビートンさんが時々いらっしゃるんですが、長居はなさいません」と、彼女は説明した。「グレートレクスさんもよくおいでになって、いつもあれやこれや本を手に取っては立ち読みなさいます」

彼女は、春にレイヴンチャーチで起きた悲劇に関して疑念を持ってはいなかった。報道どおり自殺だと思っていて、静かな田舎町にしては確かに多いとは感じたものの、説明できるほどの情報も持っていない。校長だったエディス・ドレイク以外、亡くなった面々は彼女の店に来なかったからだ。熱を帯びた噂話も、ウィーヴァー夫人の耳にはほとんど届いていなかったようだ。タイディーが五人の死の話をしたがらなかったことは彼女も知っていた。タイディーはそれを、二か月前に溺死したリヴィングストン＝ボール夫人と仲がよかったせいにした。

「とても感じのいい人でした」と、ウィーヴァーは悲しそうに言った。「半年か一年くらい前、よくミネルヴァでお茶を飲んでいました。亡くなる少し前からは来ていなかったようですけど。話によると、しばらく体調を崩されていたそうですね」

レイヴンチャーチで相次いだ死にまつわる噂話に少しも参加していなかったウィーヴァーは、それらの死と昨夜の殺人に関連性があるとは考えていないようだった。タイディーの死に方に恐怖は感じているものの、彼女が死んだ事実は冷静に受け止めている。

感傷には流されないレイクスだったが、古本屋を後にしたとき、タイディーの死を心から悲しんでいる人間に一人も出くわさないことに、背筋が薄ら寒くなった。

## 二

バーサ・タイディーの自宅、〈キープセイク〉に到着したときも、そういう人物には出会わないだろうとレイクスは諦めていた。

そろそろ花の終わりを感じさせる、陽射しに照らされ、周囲を蜂が飛び交う無害で小さな家は、彼を穏やかな気持ちにしてくれた。疑いをも消し去るような、眠気を誘う午後の小道を上がるレイクスの耳に、二日前の晩タイディーを出迎えたのと同じ、皿の触れ合う心地よい音が聞こえてきた。

レオニーは洗い物をしていた。「人間は食べなくてはいけませんから」大きな手を布巾で拭きながらドアを開けた彼女は、陰気な口調で言った。「バータさんがいらしたときほど規則正しくとはいきませんが、それでも料理を作って、食べて、洗い物をしなくては。ネ・セ・パ《そうでしょう》？」

真面目くさった態度で同意を示したレイクスに、レオニーは満足したようだった。ひんやりした短い廊下を先に立って歩き、彼をキッチンへ案内した。だが、調理道具やシンクを見てげんなりしたレイクスは居間のドアの前で立ち止まった。

「ここではどうです？」

足を止めたレオニーは肩をすくめて後戻りし、ドアを開けて一歩下がると、彼を先に部屋に入れた。

「おわかりでしょうが、これは例外です――私にとっては。私のお客はキッチンに来ます。ここにはバータさんのお客様が来ます」

「今は普通の状態ではありません」と、レイクスは答えた。「きっと、ここのほうが話しやすいでしょう。それにしても、大変なショックだったでしょうね」

窓の外の美しい景色にちらっと目をやってから、レイクスは横顔に明かりを受けながら背もたれの細い椅子に硬い表情で腰かける家政婦を注意深く観察した。両手をエプロンの上で組んだ、皺の刻まれたみすぼらしい顔立ちの彼女は、シャルダンの絵画に描かれた中産階級のつましい人物像から朗らかさを拭い去ったような姿に見える。大柄で頑健そうな女性で、たぶん昔は今ほど野暮ったくなかったのではないかと思った。その顔に泣いた跡はなく、突き出した頬骨の上が赤く染まっている。

彼女は古風な家政婦らしい半開きの目をレイクスに向けた。

「どちらとも言えません」と慎重に答える。「今亡くなるとは思っていませんでしたが、私はいつも言っていました。それこそ、しょっちゅう。いつか殺されます、って――ショックですって？　いいえ」

話を進めやすくしてくれそうな断定的な切りだし方に、レイクスは内心、拍手を送った。その一方で、自分のお悔やみの言葉がいきなりもたらした効果に少々驚いてもいた。

彼女が女主人に対して何度もしたという直接的な警告の意味を詳しく説明するよう催促したところ、店に一人で寝泊まりしていると、よからぬ輩《やから》が忍び込んできて殺されるかもしれないからだと言った。たとえ世の中にならず者が大勢いるとしても、動機のない殺人はめったにないとレイクスは思ったが口には出さなかった。

彼は家政婦の名前を書き留めた。レオニー・ブランシャール、六十二歳。タイディーのもとで働いて二十一年になる。

彼女の口から、昨日のタイディーの行動について次のような客観的事実を引き出すことができた。

タイディーは午前八時半、いつものように自転車に乗って〈キープセイク〉を後にした。自宅で夜を過ごした翌朝は、きまってその時間だった。彼女は非常に几帳面で時間にうるさかった。朝食のとき、レオニーにその晩は家に帰らないと告げた。もちろん、店に着いてからどうするか決めることもあり、その場合は電話で連絡があるのだが、昨日は前もって断りを入れてから出かけた――いいえ、何も言わずにカフェに泊まったことは一度もありません。そういう点にはとても細かく気を遣う人でした。ボンテ《思いやり》からではなく、ヴ・コンプレネ《おわかりでしょうが》、ただただ杓子定規《しゃくしじょうぎ》な性格からです――。

　レイクスはすぐに人物像を察した。周囲の人間の証言を聞くかぎり、死んだタイディーには冷酷な雰囲気が冷たい衣のようにまとわりついている。人に対する愛情のない彼女の性質を誰もが強調するように思える。証言者がみな、バーサ・タイディーは殺されてもおかしくない人物だと言いたいからだろうか？　サメラはこう言った。「私たちはみんな彼女が嫌いでした。タイディーさんは、周囲の人間に愛情を抱かせる人ではありませんでした」

「昨日の朝、タイディーさんはどんな服を着ていました？」と、彼は唐突に訊いた。

　レオニーは少し考えた。そしてゆっくりと、被害者に関する警察の記録と符合する服装を口にした。

「スカーフはどうです？」レイクスは軽い調子で尋ねた。「スカーフを巻いていたかどうか憶えていらっしゃいますか？」

　聞こえなかったのかと思うほど長く黙り込んだあと、レオニーは慎重に答えた。「スカーフはお持ちです――何枚か。この天気、今はスカーフを身に着ける天気ではありません」

「わかっています」レイクスは手探りで進むような気持ちだった。「ですが、スカーフが見つかっているんです」

「だったら、持っていたんじゃないんですか？」

「私が知りたいのは」と、レイクスは辛抱強く繰り返した。「彼女が昨日自宅を出たときにそのスカーフを巻いていたかどうかということです。陽射しの強い暑い日だったのに、どうも奇妙な気がして」

「セテンマン《確かに》」と、レオニーは呟いた。「スカーフは巻いていませんでした」

レイクスは、宰相ポローニアスに疑念をぶつけるハムレットになった気分だった。タイディーがスカーフをターバンのように頭に巻いていたとか、ドレスの裾にピンで留めていたと言ったとしても、この老女は同意するのではないだろうか。

「彼女がスカーフを巻いているところを見ましたか？」と、彼は粘り強く尋ねた。

「いいえ」レオニーは首を振った。すると、もっと情報を求められていると察知したのか、こう付け加えた。「巻いていないなら、持っていくかもしれません。持ち物までは知りません」

「彼女の衣装箪笥《いしょうだんす》は確認していないんですか？」

「どうして？」当然のことながら、レオニーは驚いた顔をした。「あなたに聞くまで、バータさんが昨日スカーフを身に着けていることは知りません。ジャンダルメ《警察官》から、彼女が殺されたから、誰かが聴取に来るまでラ・メゾン《家》にいるように聞いています。スカーフのことは知りません。どうして私が服を調べなくてはいけないんですか」

　興奮した彼女をレイクスはなだめた。

「まあ落ち着いてください」と静かな声で言う。「早とちりしないでいただきたい。一緒に考えましょう。ミネルヴァに泊まるつもりのとき、タイディーさんは具体的に何を持っていかれましたか」

「何も」と、レオニーはきっぱりと答えた。「必要ありません。カフェに何でも揃っています」

「とはいっても、スーツケースや、それより小さな鞄などはありませんでしたか？――例えばランチケースとか――そういうときに持って出る荷物が」

「ネヴェール《何もありません》」

「自転車かごも？」と、レイクスはすがる思いで尋ねた。

レオニーが怪訝そうな顔をしたので、彼は自転車のハンドルを握るしぐさをしてみせた。

「だって自転車はあなたも見るでしょう？」と、レオニーは答えた。「そんなものはついていません」

確かにそうなのだが、レイクスは戸惑いを感じていた。昨日タイディーがスカーフを巻いて出なかったという話が事実なら――天気を考えるとその可能性が高いが――彼女はスカーフをどこに隠しておいたのだろう。そして、なぜ？　だが、何らかの理由でいつもカフェに置いてあったのだとすれば、殺人犯が絞殺に使うにはもってこいだったと言える。

レイクスは二階へ行ってスカーフをチェックすることを提案した。ためらう様子のレオニーを見て最初に彼をキッチンに案内しようとしたことを思い出し、自分の立場を説明した。

「現段階では警察が全責任を負っています」と、彼は言った。「ブランシャールさん、これは殺人事件です。許可も妨害もない状態で徹底的な捜査をしなければなりません。おわかりですね？」

「そうですか」レオニーは渋々同意した。「メ、家は《でも》、メナージュ《家事》やここの切り盛りはどうなりますか？　請求書の支払いは誰がしますか？」

レイクスは笑いを噛み殺した。いかにもフランス人の農民らしい取得本能が垣間見える。

「タイディーさんの弟さんが、まもなくヨークシャーからこちらにいらっしゃいます――すぐに到着されるでしょう。弟さんのことはご存じですよね？」

レオニーはぎゅっと唇を引き結んだ。「一週間ここに滞在します――六年か十年前のことです。バ一タさんはほかに身内がいません」

「ええ。ですから、私に彼女の持ち物を調べさせても誰にも咎《とが》められたりはしません。それどころか、彼女を殺した犯人を警察が突き止める手助けをすることになるんです」

立派な行為なのだから高揚してもいいと思うのに、なぜか気乗りしない様子の家政婦にレイクスは少々落胆した。彼女は何も答えず、古くなってはいるがきれいに磨かれた歪んだオーク材の階段を先に立って上り、タイディーの寝室に案内した。

パステルカラーの色合いといい、高価な家具や埃一つなくきれいに整えられたベッドといい、部屋の主《あるじ》の洗練された趣味が反映されているように見える。レイクスはベッド脇にある淡い黄褐色の戸棚に目を留めた。タイディーが持っていた匿名の手紙のことが頭に浮かんだ。さらによく見ようと近寄ったところ、奇妙な点に気がついた。意外にも元々は鍵のないデザインで作られた製品なのに、鍵が掛けられるようになっているのだ。明らかにあとからつけられたものだ。戸棚には触れずにレオニーのほうに顔を向けた。

「これには鍵が掛かっているんですか？」

レオニーは怒ったような厳しい目で戸棚を見てから、視線をレイクスに移した。「ウイ《はい》。鍵の掛からないものはありません」

あらためて部屋を見まわしてみると、衣装箪笥や脚付き箪笥をはじめ、確かにほとんどの扉と引き出しに鍵穴があって、しっかり閉じられている。

「鍵はどこです？」

「マドモアゼルがお持ちです」

「つまり――タイディーさんが持ち歩いていたんですか？」

「ウイ、ムッシュー」

先ほどからレオニーは始終無愛想だった。部屋に入ってからずっと同じ場所に動かずに立ち、レイクスが次に何を言うのか耳をそばだてている。

「彼女のハンドバッグですが」と、彼は話を振った。「今どこにありますか」

レオニーはゆっくりとレイクスのほうに顔を向け、訝《いぶか》しげな表情でじっと見た。

「アンドバッグですか？　バッグなら、マドモアゼルがいつもお持ちです。バータさんは、どこへ行くにも必ずそのバッグを持っていきます」

「今度ばかりは忘れたという可能性もあります。ハンドバッグが見つかっていないんです」

レオニーは大げさに眉と両手を上げた。「だったら、警察の捜査はディフィシル《難しい》。ネ・セ・パ？」と、気の毒そうに言う。「バータさんがバッグをレイヴンチャーチに持っていくのは確かですから、今は泥棒が持っているに違いありません」

「泥棒ですか？」

「ウイ。殺人犯がマドモアゼルを殺してバッグを持っているんです」

「なるほど。犯行動機を提示してくださっているんですね？　しかし、ハンドバッグに入っている金品を盗むつもりなら、わざわざ絞首刑になるような犯行に及ぶより、ここから町までの寂しい道でひったくるほうが手っ取り早いと思うんですが」レイクスは家政婦の恐ろしげな表現についてよく考えてみた。「もしかして——タイディーさんはバッグの中に非常に高価なものをお持ちだったんですかね」

彼の当て推量は空振りだった。レオニーは肩をすくめた。「それはわかりません。私はマドモアゼルのコンフィダント《親友》ではありません」

レイクスは相手にせず続けた。「何もかも厳重に保管されていたとはかぎりません。確認してみましょう」

そう言いながら戸棚の取っ手に手を掛けた。扉が大きく開き、レイクスは鋭く眉を上げた。後ろでじっと見守っているレオニーを振り返ることもせず黙って屈み込むと、棚板で二つに仕切られている戸棚の中をチェックした。下の段に置かれたヨード洗眼液の小瓶と洗眼コップ以外、何も入っていなかった。どちらもうっすら埃をかぶっている。空っぽの上の段にも同じように埃がたまっていた。だが、まったく同じではない。ポケットから懐中電灯を取り出して中を照らし、戸棚を窓のほうに少し傾けた。すると右奥隅の角には埃がついていないことがわかった。幅四インチ、長さ六、七インチで、ちょうど棚の奥行きと同じくらいの長さだ。つい最近まで、そこに何かが置かれていたに違いない。レイクスは扉を閉めて立ち上がった。

「まぐれ当たりです」不機嫌な顔のレオニーにレイクスは愛想よく言った。「ご覧のとおり、鍵は掛かっていません——ということは、ほかにも鍵の開いている扉があるかもしれません。スカーフはどこに保管してあるのですか」

答えが返ってくるのを待つことなく、彼は次々に引き出しを試した。一つ、二つ施錠されているものもあるが、大半はたやすく開いた。衣装箪笥もそうだった。

「ここです」と小声で言うと、レオニーは初めて協力的な態度を見せて、ハンカチ類の入った引き出しからカラフルなスカーフを五枚引っ張り出し、化粧テーブルの上に広げた。

さまざまな色合いのシルクのスカーフが四枚と、茶色いニットの短いスカーフが一枚だ。レイクスはそれらをざっと見た。

「これで全部ですか？」彼は意味ありげに訊いた。

「いいえ、ムッシュー」と、レオニーはさらりと答えた。「バータさんが冬にいつも使っているスカーフがありません。捜せば部屋のどこかにあるかもしれません」

「どんなスカーフですか。具体的に教えてください」

「カフェで警察が一枚発見していると、さっきムッシューがおっしゃいます、ネ・セ・パ？」慇懃な物言いが、かえって無礼に感じられた。「きっとそれがそのスカーフです。メ・ウイ《でもいいでしょう》——どんなスカーフかお話しします。ウール製です。長いです。白地で、両端がブルーです」

「最後にそれを見たのはいつですか」

「冬です。三月か、それとも二月か——四月かもしれません。マドモアゼルはいろいろな服を着ますから、いちいち憶えていません」

だがレイクスは納得がいかず、食い下がった。「ここ一週間にタイディーさんがそのスカーフを身に着けていたかどうか、まったく見ていないんですか？」

レオニーは唇を舐め、敵意のこもった目で彼を見た。「だから言ったじゃありませんか、ムッシュー。見ていません」

二度ノックを繰り返す音が階下から聞こえた。レイクスは反射的に窓に目を向けたが、下のポーチにいる訪問者がそこから見えるわけがないことを思い出し、家政婦のほうを振り向いてその様子に思わず声を失った。凍りついたように立ち尽くす彼女の目玉はぎらつき、半開きの口が歪み、まるで音のない悲鳴を発しているかのように見えたのだ。恐怖の表情があまりに印象的で目が釘づけになり、数秒間、彼も同じように呆然と立っていた。

再びノックの音が聞こえ、レイクスはその場から動かないよう口早に彼女に指示して階下へ向かった。玄関に到着しても、彼の頭の中を占めていたのは訪問者が誰かということより、家政婦の驚愕ぶりのほうだった。ドアの向こうに現れたのは豊かな銀髪の長身で年配の男で、帽子はかぶっておらず、ゆったりとしたツイードの服を着て重厚なステッキを手にしていた。銃を携えて犬を二、三匹連れていたら完璧なのに、とレイクスは思った。

男は静かな謎めいた雰囲気を漂わせながら彼を横目で見た。

「警察の方ですか?」と丁寧に問う。

「そうです」と、レイクスは答えた。「何かご用ですか」

レイクスがドアを開けてから、男はまったく動いていなかった。右斜めに身体を向け、頭を少しだけレイクスのほうに傾けたまま目の端でこちらを見て話すその態度は心なしか胡散臭《うさんくさ》く、狡猾ささえ感じさせる。誰の目にも垢抜《あかぬ》けた人物で、レイクスは答えを待ちながら、まったく違う場面でこの男を見たことがあるという確信めいた思いを抱いた。

「ええ」男は丁寧な物言いを崩さずに言った。「ちょっとした用件がありましてね。私はオーエン・グレートレクスといいます。すぐ近くのマイルハウスに住んでいます。あなたはこちらにもう一、二週間いらっしゃいますよね?」

「はい、タイディーさんが殺害される前から来ていました」レイクスは素っ気なく答えた。グレートレクスを好きになれる自信がなかったし、下手な誘いに乗るつもりもなかった。「レイクスといいます——ロンドン警視庁の警部です」オーエン・グレートレクスが大物小説家なのは間違いないが、キャビアを好む批評家からは徐々に食されなくなってきているのも確かだ。まさに今と同じような顔で写った新聞の写真を目にしたことがある。「グレートレクスさん、どうぞ中へ」

グレートレクスはライオンのような頭を大仰に屈め、あふれんばかりにポーチから垂れ下がるスイカズラを避《よ》けた。

彼を居間の戸口まで案内すると、レイクスは階段の上に気配を感じたレオニーに向かって「大丈夫です」と声をかけた。

グレートレクスは品定めするように部屋を見まわした。その目がぎっしり詰まった書棚から一瞬、炉床の左側に移ったのをレックスは見逃さなかった。

「ここには前に来たことがありましてね」自分に注がれた警部の視線に気づき、グレートレクスは気まずそうに微笑んで言った。「といっても、ごく稀にですが。社交的な付き合いはどうも苦手なもので。ショックですよね?」

あまりにさりげない言い方だったので、最後の言葉が彼の社交性のことではなくタイディーの死を指しているのだと理解するのに、少し時間がかかった。

「フェイル夫人の勧めなんです」グレートレクスは見当違いに思えることを口にした。「私では、とてもこういうことには思い至りません。フェイル夫人はうちの優秀な家政婦なんですが、年老いた家政婦さんがたった一人でこちらにいるのは心細いんじゃないかと言うんです。それで午後の散歩から戻ると、わが家にお誘いしに行くよう頼まれましてね――もちろん、警察の許可が出ればですが――今後の身の振り方が決まるまで滞在してもらってはどうかと」

「それはご親切なことで」いくらフェイル夫人が同情したとしてもグレートレクスが素直に耳を貸すとはどうしても思えず、レイクスはおざなりに呟いた。「弟さんのアーサー・タイディーさんがほどなくいらっしゃるはずですが、年配の女性がこの家に一人でいるのは確かに不安かもしれませんね」

レオニーが立ち聞きしているのを確信しながらも、一応こう付け加えた。「彼女に直接伝えられますか？」

レイクスはレオニーを呼び寄せ、グレートレクスが廊下で彼女と話しているあいだに向かい側のドアを押し開けた。そこはオーク材の梁《はり》がある小さなダイニングルームで、クリーム色の壁にしつらえられた鉛の窓枠から裏庭にある小さな果樹園が望めた。感じのいい絵が壁に飾られ、広い窓枠のそばにはクワガタソウを植えた浅い鉢が置かれている。家の外では、たわわに実ったラズベリーの茂みにいるクロウタドリが、近づいてくる猫に気づいて鳴き声を上げた。うららかな光景だ、とレイクスは思った。できればこんな場所での暮らしを手にしたいと、誰もが願うだろう。〈ミネルヴァ〉のカフェに倒れていた殴打された遺体が脳裏によみがえった。

コーナー窓に面した、左右に三つずつ引き出しのあるロールトップデスクが目に留まった。ロールトップ式の蓋は閉まっていたが鍵は掛かっておらず、簡単に開いた。机の上には吸い取り紙パッドとインク瓶しかなかった。奥の仕切り棚は空っぽで、机に置かれた吸い取り紙にも染み一つない。引き出しのうち五個は空で、六番目は施錠されている。ゴミ箱には紙切れさえ入っていなかった。信じられないくらいの整頓ぶりだが、彼からすればあいにくの状況だ。彼女は、個人の活動や興味の対象がわかるものを何も残さなかったのだろうか。自殺の場合なら、人に知られたくないものを処分してから事に及ぶケースもある。だが、期せずして何者かに殺された人間が事前にこれほどまで身ぎれいにしておくとは考えにくい。期せずして？　そういえば、タイディーは警告を受けていたではないか。

考え込みながら机から目を上げたとき、開いた部屋のドアに影が差した。

「ありがとうございました、警部さん」グレートレクスが顔を覗かせて言った。「家政婦さんが渋々承諾してくれました。昼間はこの家に来なければならないそうですが。ところで」――部屋に入って後ろ手にドアを閉めた――「よろしければ――今晩、お食事をご一緒しませんか？　ちょっとお耳に入れたいことがありまして。それに、ここでは……」彼はコテージ全体を指し示し、聞き耳を立てている人間がいることを示唆するようなしぐさをしてみせた。「七時ではどうでしょう――もちろん、警部さんのご都合しだいですが」

「ありがとうございます」社交的な付き合いは苦手なんじゃないのかと突っ込みたい気持ちを抑え、レイクスは素知らぬ顔で答えた。「喜んでお話を伺いに参ります。ただ、時間はもう少し早くしていただかないと――残念ながら夕飯には早すぎる時間になってしまいます。ご存じのとおり事件の捜査で忙しくしておりまして、今夜も仕事が残っているんです」

グレートレクスは異議を唱えることはせず、「大変なお仕事ですね」と礼儀正しい対応をした。「では、いつがよろしいですか？」

レイクスは出ていく彼を見送り、電話のある居間に向かった。レオニーはキッチンにいたが、それでも素早くドアを閉めて受話器を取ると、レイヴンチャーチ警察の番号をダイヤルした。電話はすぐに通じ、レッキー警視に必要事項を説明した。「いいえ――例外は認められません」と、彼は言った。

「指紋係にすべて採取させてください。ぐずぐず言っている暇はありません。タイディーの指紋はありますが、従業員全員と古本屋のウィーヴァー夫人のものが欲しいんです。彼女は素直に協力してくれると思います。私はここにいるあいだに、本人に気づかれないよう家政婦の指紋を採取します」

実際、気づかれることはなかった。妨害や抵抗を受けることも考え、間接的で平和なやり方で指紋を手に入れることにしたのだ。キッチンへ行って、彼女が今夜グレートレクスの〈マイルハウス〉に誘われた件について少し言葉を交わし、最後の確認をしに寝室へ戻る前に、光沢のある革カバーの手帳をテーブルの上にこっそり置いた。

寝室のドアの内側にある閂《かんぬき》を掛けたあと、鍵の開いている引き出しやドアの鍵穴周辺のつややかな表面すべてに手早くパウダーをはたいた。戸棚の外側には特に注意を払ったが、上の棚の埃がついていない箇所の周囲にある汚れにも注目した。

部屋にいたのは三十分ほどだった。最後の数分間、すぐ近くではっきりしない物音が聞こえていたのだが、踊り場に立ったとき、レオニーの小さな部屋の半開きになったドアから彼女が古びた旅行鞄に荷物を詰めているのが見えて理由がわかった。

荷造りに集中していた彼女は、レイクスが声をかけるとぼんやり目を上げた。

「家の鍵？」と腹立たしそうに繰り返す。「ウイ。三つあります。バータさんが、ほかのたくさんの鍵と一緒に一つお持ちです。一つは私が持っています。もう一つは――キッチンの壁に掛けてあります」

「それはよかった」家の鍵がラッチキーであることに気づいていたレイクスは言った。「その鍵は私が預かりましょう。あなたはご自分のをそのままお持ちになって、昼間家に入る必要があるときにお使いください。しばらくのあいだ、タイディーさんの部屋は封鎖します」

話しながら寝室を施錠し、鍵をポケットに入れた。レオニーは無言だった。一階に下りるレイクスのあとに続き、彼が玄関に着くとキッチンへ行って鍵と彼の手帳を手に再び現れた。

「手帳をお忘れです」彼女は興味なさそうに言った。

レイクスは礼を述べ、車に戻るとすぐに手帳を安全に保管した。帰る道々、何かが頭に引っかかっていた。目にしたものではない。どこかで耳にしたけれど、聞き逃してしまった何か、だろうか。

# 第七章

## 「飴ん棒二本にりんご一個」と、ホワイトチャペルの鐘が鳴る

### 一

四十五分後、レイクスはレッキー警視のオフィスに座って警視と一緒に事件を見直し、彼の人間性にいまだ疑念を抱いているようだが明らかに存在感を増してきたブルック巡査部長の意見にも耳を貸していた。

「指紋の件については」と、レッキー警視が言った。「警部がどうお考えか知りませんが、カフェの従業員のものに関してはたいして役に立ちそうにありません。フォービッシャーの報告によれば、残念ながらコーン用の測り升に指紋はついていなかったそうです。犯人は手袋をはめていたか、取っ手をうまくくるんだか――」

「あるいは、あとで拭き取ったか」と、レイクスが割って入った。「そこは私の狙いではないんですがね。でも続けてください」

「ほとんどのテーブルはきれいに拭かれていました。おそらく前日の閉店前にキングズリーさんとオーツさんが拭いたのでしょう。いくつもの不鮮明な指紋がついたテーブルが一つだけあって、その中でも比較的はっきりした指紋はタイディーさんのものと判明しました」

「それから、帽子店のカウンターとその周辺も調べました」と、ブルックが補足した。「そこに指紋がべったりついていましたが、被害者のものではありません」

「わかってる」レッキー警視が苛立たしげに言った。「おそらくワイルド夫人と同僚のものだろう。犯行現場に指紋を残していない注意深い犯人が、帽子店に入り込んでわざわざ大々的に指紋をつけるとは思えないからな」

意気消沈したブルックに対して、レイクスは〈キープセイク〉よりも〈ミネルヴァ〉での収穫が乏しいのは想定内だと説明し、施錠されていなくてほとんど空だったベッド脇の戸棚や、閉まってはいたものの簡単に空いた引き出しやクローゼットの扉の話をした。

「私が調べる前、家政婦のブランシャールは寝室の家具にはすべて鍵が掛かっていると言いました。タイディーがいつも全部施錠するのだ、と。ところが、実際開けてみるとそうではなかった。奇妙なのは、脅迫状の中で触れられていた、写真が入っているという戸棚です。戸棚の中は空っぽでした――取るに足らない薬瓶があっただけです。そのうえ、埃をかぶった上の棚には、隅に長さ約六インチ、幅四インチほどのものが置かれた跡がありました――大きさも形も、ちょうど写真の台紙くらいです」

「バーサ・タイディーが」と、レッキー警視が指摘した。「あの手紙を受け取ったあとで片づけたのかもしれませんね」

「確かに」と、レイクスも同意した。「ただ、戸棚が開いていて錠――最近つけられたものなんですが――が無傷だったことを考えると、第三者が持ち去った可能性もあります。どうやら、鍵が入っていたというタイディーのハンドバッグもなくなっているようです。こうは考えられませんか。タイディーが持ち去ったにしても捨てたにしても、写真は彼女の死後消えています。ミネルヴァの店内にないのは確かです。第三者ではなく彼女自身がやったとすると、昨日の朝わざわざ鍵を掛けずにほとんどの荷物を自宅に残して出かけて、それ以来鍵が見つかっていないことになります。そんなことをする理由がまったくわかりません。どうも彼女の仕業とは考えにくい」

だがレッキー警視は、匿名の手紙の内容を考えると、そこで触れられていた写真をタイディー以外の人間が持ち去った可能性は低いのではないかと反論した。それに対してレイクスは首を振った。

「私はそうは思いません。確かに、彼女は自分の命が危険にさらされていると信じ込んでわれわれのところへ来たのでしょうが、いつ襲われるかを予測できるはずはありません。もしそうなら、昨夜ミネルヴァに一人で泊まったうえに犯人を招き入れたりはしなかったでしょうからね。だとすると、なぜ最近わざわざ鍵をつけた戸棚の中身を取り出したのかが気になります。キープセイクへ帰るつもりだった彼女が、どうしていつも隠していた場所に大切なものを残しておかなかったのか」

「はたして本当に隠せていたんですかね」と、レッキーが言った。「だって、脅迫状を書いた人間はそのことを知っていたわけでしょう？　タイディーさんが自分で書いたとは思えませんし」

警視の反論を聞いて、ブルック巡査部長はずっと気になっていた疑問を口にした。

「あの、ミネルヴァの従業員が被害者の寝室と何の関係があるんですか？　彼女たちの指紋がそこにあるとは思えませんけど」

「どうして、そう言い切れるんだ?」レイクスはすかさず切り返した。「今のところ従業員とキープセイクをつなぐ証拠は見つかっていないが、彼女たちが最近そこに行っていないという確証もない。できるだけ警戒させたくないから、今はその点を家政婦のレオニーに確認はしないが、現段階では誰も容疑者から外すことはできない。まず、ハンドバッグの説明がつかない。それと、サメラ・ワイルドの不審な行動も妙だ――電灯をいじくったのもそうだし、カフェの鍵の話もかなり怪しい。しかも彼女とジェーン・キングズリーはロンググリーティングに電話をする前に窓ガラスを割っている。確かに彼女たちは、店内の明かりが灯っているのが見えたし、前の晩タイディーがウィーヴァー夫人に話したのを耳にしたのだと主張している。しかし、もっと切迫した根拠があるなら別だが、普通、あの状況で窓を割ったりはしないだろう。だから彼女たちの中で指紋採取に憤慨する者がいたなら、なお怪しくなる」

「そうとも言えませんよ」ブルックの疑問をもっともだと感じていたレッキー警視が呟いた。彼は、どうしてもサメラやほかの従業員を疑うことに納得がいかないのだった。「無実だからこそ騒ぎ立てるということもあります」

せっかくのレイクスの心理分析もレッキーにはピンとこなかった。鍵を隠し持ち、明かりを消して暗い部屋にほかのスタッフを招き入れたサメラの行動は、非合理だからこそ説得力を感じる。何かがおかしいと感じ、電話をかける時間を惜しんでカフェに無理やり入ったのも理解できた。目的を持った冷静な振る舞いというより、緊急事態に直面して思わず取った反射的な行動に思える。それに、事件関係者《ドラマティス・ペルソナ》と親しすぎると警部は非難するが、住民をよく知っているのは大事なことだと思う。疑いを向ける方向を狭められれば、時間もストレスも軽減できるからだ。

「ともかく」警視は楽観的な口調で締めくくった。「ウィーヴァーさんの目は期待外れでしたが、耳のおかげで殺害時刻はわかりましたね」

二

これまでの数多くの経験から、人は別の場所で見たときとまったく違う一面を見せることがあるとレイクスは考えていた。

オーエン・グレートレクスも例外ではない。午後五時半、〈マイルハウス〉の書斎で向かい合う彼からは、昼間レイクスを苛立たせた気取った様子は消えていた。落ち着いた、率直で誠実な態度で、遠慮がちな雰囲気が時折醸し出す厳粛さは、むしろ好感さえ抱かせた。本当は冷淡な人間ではなく、自信を得るための設定が必要なタイプなのかもしれない。

「実は」と、彼はいきなり口を開いた。「警部さんに来ていただいたのは、殺人事件の捜査にご協力できるからではありません。事件についてては何も知らないので。ただ、ここのところ何か恐ろしいことが起きているのは確かです。今度の殺人はその一環でしょう」意見は言い終えたとでもいうように唐突に口をつぐんだが、レイクスはさらなる情報を待った。しかし、出てきた言葉は期待とは異なるものだった。グレートレクスは、あっさりした口調でこう言ったのだ。「リヴィングストン＝ボール大佐夫妻は、私の親しい友人でした」

レイクスは一瞬声をのんだ。そして「そうなんですか」と誠実味のない返事をしてから、期待を込めて付け加えた。「では、ご夫妻の悲劇について何かご存じなんですね?」

「そう言われると――わかりません。ただ、あのとき私がすべきだった話ならできます。事実を公表しても噂話の火に油を注ぐだけだと思って黙っていたんです」

「いずれにしても同じ結果になってますがね」

「ええ――でも死因審問の時点ではそれが予見できなくて」

「なるほど。死因審問では、あなたが生きているリヴィングストン＝ボール夫人に最後に会った一人で、言葉を交わしたとき、夫人はいつもと変わらない様子だったと証言したんでしたね」

「そうです。でも、本当はそれだけではありませんでした。警部さんにはありのままをお話ししたほうがいいでしょう。ご存じかもしれませんが、リヴィングストン＝ボール大佐は奥さんより少し年が上で、マラリアを患っていました。それでなくても三月は症状が悪化しやすい月だったのに、今年はインフルエンザにもかかってしまって相当つらそうでした。医者の指示に素直に従う人ではなかったので時々起き上がってはいたものの、三週間ほとんど寝たきりで過ごして、四月に入る頃少しはよくなったんですが、それでも寝室から出る許可は下りていませんでした。四月二日の午後――あれは火曜日でした――私は彼を見舞うためにロンググリーティング・プレイスを訪ねたんです」

「四月二日の午後というと」レイクスが口を挟んだ。「リヴィングストン＝ボール夫人がいなくなったときですね」

「はい。大佐とちょっと話したんですが、ひどく不愛想なうえに眠そうだったので、休ませてあげたほうがいいと思い、十五分もしないうちに部屋を出ました」

「部屋では大佐と二人きりだったんですよね」

「ええ。夫人は休んでいるのだと家政婦さんに言われて――実質的には奥さんが一人で大佐の看病をしていましたから――彼女の案内で私だけが部屋に入ったんです。その家政婦さんは、最近あの家に越してきた大佐の妹さんのクララ・リヴィングストン＝ボールさんのもとで引き続き働いています」

「帰り際に大佐から、奥さんに会っていってほしいと言われたんでしたね」

グレートレクスは物憂げな笑みを浮かべた。「そこまで詳しくご存じなら、事実を包み隠さずお話ししなければいけませんね。ええ、大佐はほんの少し体を起こして、フィービー――奥さんです――と話してくれと言ったんです」

「大佐が何と言ったのか、思い出せるかぎり正確に教えていただけますか？」

「死因審問の記録に書かれているはずですが、いいでしょう。彼はこう言いました。『出ていくときにフィービーと話してくれるとありがたい。彼女が心配なんだ。私の看病で過労気味だろうに、ほかの人の手を一切借りようとしなくてね』」

「それだけですか？」

「そうです。大佐が急にうとうとし始めたので、私は部屋を出ました。誰とも話そうとしなかった葬儀のときを除けば、彼と二度と顔を合わすことはありませんでした。奥さんの死から彼自身が亡くなるまでの数週間、大佐は部屋にこもって医者以外の入室を拒んでいたんです。三、四回訪ねたのですが、会ってはもらえませんでした。フィービーの死後、一度手紙を書きました。でも返事はなくて。といって、強引に押し入るわけにもいきませんし。それでも、もし彼と話ができていたら、銃を頭に突きつけたりなどしなかったのではないかという思いが頭から離れないんです。昔からの友人なのに、どうして胸の奥に巣食った危険な考えを取り除くチャンスをあげられなかったのか、と」

「わかります」と、レイクスは言った。「でも彼は、目の前のチャンスを自分から拒んだんです。へアー医師はいつでも対応する姿勢を示していたそうです。それなのに、大佐は彼に心を開こうとはしませんでした」

「そのとおりです」グレートレクスは重たい口調で同意した。さらに何か言おうとしたようだったが口をつぐんだ。

「しかし」と、レイクスは続けた。「あなたが私に話してくださるつもりだったのは夫人のことですよね」

「一階に彼女専用の小さな書斎があるんです」グレートレクスは慌てて答えた。「寝室ではなくそこで休んでいると言われたので、大佐の部屋を出たあと書斎のドアをノックしました。大佐の最後の言葉がなければそんなことはしなかったんですが」一瞬間《ま》をおいてから口早に言った。「そのあとに起きた出来事は私のミスでした。ノックをした直後、予期していたとおり『どうぞ』という声が聞こえました。ところがドアを開けたとたん、彼女が話しかけていた相手が私ではなかったことを直感したんです。開けるべきでなかったと感じたのと同時に彼女がひどく驚いた顔でこちらを見たので、お詫びをして失礼しようとしました」

「彼女は一人ではなかったのですか？」

「いいえ、一人でした。神経がおかしくなったような甲高い声で独り言を言っていたんです。その内容が偶然にも私のノックと一致したのだと思います。でも様子がおかしいことにはすぐに気づきました。警部さん、リヴィングストン＝ボール夫人は穏やかでとても美しい女性です。それがあの日はすっかり失われていました。青ざめたこわばった顔で、自制心のかけらも見られなかったんです。私が出ていこうとすると言いました――いえ、叫んだといったほうがいいでしょう。『行かないで、オーエン！　お願い、入って！』と。中へ入ってドアを閉め、どうかしたのかと尋ねると彼女はわれに返ったようになって、夫のことがとても心配なのだと言いました」

レイクスはじっとグレートレクスを見据えた。「その言葉を信じなかったんですか？」

「信じましたよ。ただ、そのときの彼女の心の動揺がヘンリーに対する心配からだとは思えなかったんです」

「なぜですか」

グレートレクスはやや驚いた顔をした。「なぜ？　そりゃあ大佐は明らかに快方に向かっていましたから、彼についていろいろな感情を持っていたのはわかります――きっと安堵の気持ちが大きかったでしょう。緊張が解けたことによる疲労感もあったかもしれません。でも、あれほど神経を高ぶらせて怯えた様子で心配するなんて、どう考えても変です。そう」と独り言のように呟いた。「彼女は怯えていたんだ。あんなフィービーを見たのは初めてです。それに、部屋にもおかしな点がありました」

「どういうことです？」その話は、確か死因審問では触れられていなかった。

「暖炉です。憶えていらっしゃると思いますが、あれは寒い時期でした。レイヴンチャーチでは三月下旬に雪が降って、四月に入ってもみんな暖炉を使っていました。彼女の部屋の暖炉もつけていたようなんですが、火がほとんど消えていたんです。というのも、燃やしたばかりの紙が薪《まき》を大量に覆っていたからで、焼け焦げた紙やまだ炎の赤みが残った紙切れが煙突の中にもふわふわと舞い上がっていました」

「それが何だったのかわかりましたか？」

「断言はできません。夫人の言葉から察しただけですから。火床の状態について私は触れなかったんですが、彼女が自分からこう言ったんです。しかも部屋に入ったときと同じ張り詰めた声で、『絶対に、絶対に手紙を取っておいてはだめ！』と。そこで急に言葉を切ったかと思うと、必死に平静を装おうとしたようで、私に椅子を勧めて自分も座りました」

「そのあとは、特に変わった行動はなかったんですね？」

「ええ、まあ。たわいない話をあれこれとしていましたが、恐怖や興奮が見られなくなった代わりに今度は無気力な態度に変わったんです。いつもはどんな話でも快活に喋るのに、ひどくぼんやりした口調でした。十分ほど部屋にいたでしょうか。ヘンリーの話題になったので、彼の病状が際立ってよくなってきているのに何がそんなに心配なのか訊いたところ、思ったほど早く回復していない、とだけ言いました――それで本人が落胆しているのだ、と。その答えに私は納得できませんでした。当のヘンリーは、彼女のことを心配していたのですから。それは言わずに、長期にわたる辛抱強い看病で疲れているだろうから、医師の診察を受けてはどうかと勧めました。すると彼女は、すでにヘアー先生に診てもらったから大丈夫だと言いました」

「嘘ではありませんが、正確ではないですね。あとになってわかったことですが、夫人が自分から相談したわけではなく、あなたが訪ねる一週間ほど前にヘアー医師が往診に訪れた際、ひどく疲れている様子に気づいて強壮剤を処方したんだそうです」

「知っています。詮索されまいと私に話を合わせたんでしょう。わずか数時間後にあんなことをするのを、すでに決心していたに違いありません」

「それはどうでしょうか。そのあとすぐのことだったとはいえ、最後の行動は衝動的なものだったかもしれません」

グレートレクスは首を振った。「あの日の午後ロンググリーティング・プレイスで彼女に会っていたなら、そうは言わないと思いますよ」

「でも、証人として呼ばれたとき」と、レイクスは指摘せずにはいられなかった。「彼女の様子は普段と変わらなかったと証言なさったんですよね」

「不意を突かれた格好になった最初のときを除けば普段どおりでしたから。通常を装っていたのだと思いますが」

「だったら——いつもと違っていたということじゃないですか」と、レイクスは異を唱えた。

「どうお考えになろうと自由ですが、私の立場にも立ってみてください。隠滅された証拠が何になるっていうんです？　燃やされた紙の束は黒焦げでほとんど読めない状態でしたし、それについての言葉もはっきりと理解できるものではありませんでした。彼女が手紙に言及したときに私が反応しなかったせいです——今となってみれば、何か言えばよかったと思います。いや——本当はヘンリーのことを考えたんです。そんな裏づけのない貧弱な証拠を提示したところで、死因審問の陪審員の役に立つと思いますか？　さんざんほじくり返されたあげく、噂話の種になるのが落ちです。もしかしたら使用人が炉床の燃えかすに気づいて、私の代わりに証言してくれるんじゃないかと思ったんですが、そうはなりませんでした」

「ええ。そして、あなたが帰って三十分もしないうちに——」

「フィービーは家を出て二度と戻りませんでした」と、グレートレクスが沈痛な面持ちであとを引き取った。「翌日の午後、彼女が引き揚げられたとき、前日に気落ちしていた様子だったことを話そうとしました。でも、どうしても大佐のことを考えてしまって。話す相手はまず彼だと思ったんです。その時点では、大佐が私との面会を拒否することも、奥さんを亡くしてわずか三週間でこの世を去ることも予想できませんでした」

「それはそうです。もしも未来が――」

「初めからわかっていれば」すかさずグレートレクスが続けた。「取る行動が違ってくるんですがね。もっと賢明に動けたのではないかと後悔しています。だからこそ、あなたとお話がしたかったんです」

「というと？」

グレートレクスは笑みを浮かべた。「今回はどうにか未来を先取りして、恐ろしい出来事を阻止したいと思いまして。これで終わりではないかもしれませんから」

「それは」レイクスは静かに訊いた。「リヴィングストン＝ボール夫妻の悲劇のことですか？」

「タイディーさんが殺された事件のことを言っているんです」

「ほう？」

「タイディーさんはフィービー――リヴィングストン＝ボール夫人と親しくしていました。学生時代の友人だと聞いたことがあります」

「そうは言っても、夫人の自殺とタイディーさんの殺害とは三か月近く隔たっているんですから、関係があるとはかぎりませんよ」

グレートレクスが鋭い目を向けた。「私は手紙のことが気になっているんです」

レイクスは考え深げにグレートレクスを観察した。「あなたも手紙を受け取ったんですか？」

「いいえ、今のところは。でも、ケイト・ビートンが受け取ったのは知っています。それに、あの日の午後の、燃やした手紙に対するフィービーの切迫した言葉が忘れられないんです」

「しかしそれは、手紙を取っておかないという決意を口にしたにすぎませんよね」

グレートレクスは肩をすくめた。「関係ありません。彼女が燃やした手紙の内容はわかっていないんですから、脅迫状の可能性だって排除できないでしょう」

三

レオニーが急きょ寝室の用意をしてくれていたが、アーサー・タイディーは〈キープセイク〉に泊まるつもりはなかった。そればかりか、〈ロッガーヘッズ〉も近すぎて嫌だったため、レイヴンチャーチにある〈ホワイトハウス・テンペランス・ホテル〉に部屋を取った。

アーサーは、外見は姉のバーサに似て小柄で冷たそうな顔つきの男だった。だが、良く言えば近寄りがたく悪く言えば鼻持ちならない性格に思えた姉と比べ、このイングランド北部の事務弁護士からは、きわめて不快な印象しか受けなかった。職業柄ひどく用心深い質《たち》のようで、自分の身の安全を脅かすものや、大切な評判をおとしめるものは絶対に受け入れないという強い意志が感じられる。たとえ血を分けた姉のことであっても、面倒に巻き込まれまいと心に決めているのだろう、とレイクスはげんなりした思いを抱いた。

面白いことに、アーサーはレオニーのもてなしを断ったことへの言い訳をする必要があると思ったらしかった。

「以前から私は」と、憮然としたきっぱりした口調で言った。「姉の家政婦の選び方に賛成していませんでした。普通の雇い主と雇い人より親しい関係だったので、実際には家政婦兼付き添い婦《コンパニオン》といった立場でしたがね。忌憚《きたん》のない意見を言わせてもらえば、英国生まれの使用人のほうが姉には適していたと思うんです」

「どういう点でですか?」ひと言ひと言が何らかの手がかりにつながりそうな気がしてレイクスは尋ねた。

アーサーは左眉を上げ、意味ありげな目つきをちらっと彼に向けた。

「そりゃあ、フランス人の気性のせいですよ――フランス人特有のね」と、口をすぼめて気取ったように言う。「どうしたって隠せやしません。そうでしょう?」

レイクスはそうは思わなかったが、忍び笑いをしている様子からすると、このいけすかない相手は今のところリラックスして喋っているようだ。彼の嫌味がそのままの意味だとすると、あのむっつりしたレオニーとは結びつかないように思えるが。

「ブランシャールという家政婦は」アーサーは偏見を幾分抑えた言い方で続けた。「第一次世界大戦が終わった数年後に姉のところへ来ました――私に言わせれば――どう見ても怪しい紹介状を持ってね。でもどっちにしても、それは関係ありませんでした。当時ヨークシャーの村の教会が運営していた小学校の校長をしていた姉は、紹介状に関係なく彼女を雇い入れたんです。それまでは侍女の仕事をしていたらしいんですが、不始末を起こして辞めましてね。四十歳くらいのときだったのにまだばかなまねをするだけの若さがあったようで、子供ができたんです――父親は」彼は肩をすくめた。「不明です。少なくとも、名前を表に出せる相手ではなかったんでしょう。とても父親にふさわしいとは言えない男だったということですよ!」

「そうなんですか」と言ってから、レイクスは話の方向を変えようとした。「それで、お姉さんはその事実を知りながら彼女を雇ったんですか?」

「そういうことは、嫌でも耳に入るものです。といっても、最初からではありませんでした。ブランシャールは子供が生まれる前に仕事を辞めたんですが、働いていたのは姉のいたライズピッチリー村ではなくて隣の集落だったので、姉は彼女のことをまったく知らなかったんです。事実を知ったのは、生まれた子供をブランシャールがライズピッチリー村の女性に預けたことで悪い噂が立ってからです。本人はどうしても働かなくてはならなかったんでしょうね。それで結局、私の忠告を無視して姉が彼女を雇い入れたんです」

「親切心からですか?」嫌味を込めたつもりはないが、絞り出すような言い方になった。

アーサーが鋭い視線でこちらを見た。「いや、それはないでしょう」と、まるでタイディー一族を代表して親切心を打ち消すかのように答えた。「絶対に違うと思います。姉は家政婦が欲しかった。当然、自分のもとを簡単には辞めない人物を探していました。それに——他人に感謝されるのが何よりうれしい人でしたからね。わかります?」

レイクスにもなんとなくわかった。どこか含みのある言い方に、相手をじっと観察した。どんな姉弟関係なら、こんなことが言えるのだろう。いずれにしろ、殺された被害者の冷たい一面が浮き彫りになったのは間違いない。

自分の言葉を裏づけるかのような冷淡な口調でアーサーは続けた。「頑固な姉は推薦状もない女を責任ある立場に置いたわけですが、事情がどうであろうと、初めから譲歩するつもりは少しもありませんでした。それで、雇用の条件として子供をライズピッチリー村からよそへ移すようブランシャールに命じたんです」

「なぜです?」と、レイクスは単刀直入に訊いた。

アーサーは苛立ったように彼を見た。「わかりませんか? 村の噂のせいで姉の家の名に傷がつくのもそうですが、当時ブランシャールは母親の責任という点でとんでもなく恥さらしな状態だったんですよ。わが子を人に預けてそのままにしておくなんて、母親のすることじゃありません。どんなことがあってもそばに置いて愛情を注ぐべきです。ブランシャールのような状況では子供に対する情熱がいくらか薄らいでもおかしくないのかもしれませんが、普通の中年女性ならそうするだろうと思います。でも姉は、そういう中途半端な関係をやめさせて、有無を言わさずきっぱり縁を切らせたんです」

そしてレオニーはその言葉に従わざるを得なかったのだ、とレイクスは思った。タイディーの仕事を受けなければ、愛する子供をどうやって養えばいいかという問題に直面してしまう。もともと現実的な彼女は究極の選択を迫られて、子供と別れるほうが犠牲は少ないと考えたのだろう。それにしても、やはりひどい話だ。

「子供はどこへ行ったんですか」

「それについては」アーサーはどこか愉《たの》しげに答えた。「まったく知らないんです。私はその件に関与していませんでしたから。子供を手放させたのは、私がブランシャールを雇うのに反対したこととは関係ありません。今お話しした内容はすべて姉から聞いたものです。姉がその子に一度も会おうとしなかったのは確かですが」

ない。

「そうなんですか?」レイクスは興味を惹かれて呟いた。あるいは、そこに何か意味があるかもしれない。

レオニーの経歴について、アーサーからそれ以上の情報は得られそうになかった。まあ、予想以上の収穫があったと言っていいだろう。唐突に事件の話に切り替えてみたが、すぐに壁にぶつかった。

「わかりません」またもや、アーサーは自分が役に立たないことを面白がるように言った。「本当に見当もつかないんです。いいえ、姉に恨みを持つ人間に心当たりはありません。賢明な人間は、慎重に友情から逃げるのと同じように敵をつくるのも避けるものです。私の知るかぎり、姉には友達も敵もいませんでした。もちろん、すべて知っているわけではありませんがね。月に一度くらい連絡を取ってはいましたが、この十二年間に会ったのは一度だけです。姉に誘われてロンググリーティングに来たときです。表向きは短い休暇ということにしましたが、実はビジネスの話が目的でした」

「それは、どのような?」

「そうですね――なんといっても殺人事件の捜査ですから、お答えせざるを得ないでしょうかね。でも言っときますが、姉を殺した犯人やその動機とは全然関係ありませんよ。姉を訪ねたのは戦争が勃発する直前の夏でした――一九三九年です――事業を拡大する姉の計画について話すためです」

「ここレイヴンチャーチでですか?」

「はい。姉は、私には奇抜としか思えない美容術のプロジェクトのために敷地を増やしたがっていたんですが、資金がありませんでした。私はその計画に反対だったんです」

レイクスは当たりをつけて尋ねた。「彼女に金を無心されたんですか?」

「貸しませんでしたけどね。女性には多いんですが、姉の金銭感覚は現実を踏まえたものとは言えませんでしたから。ともかく、たとえ成功したとしても、金のかかる女性のばかげた行為を維持するためだけの事業にどうして私が資金を注《つ》ぎ込まなくてはいけないのか、と思ったもので」

「わかります」レイクスは心から言った。

「そうしたら」すぐにアーサーは、やや得意げに続けた。「戦争が起きたんです。当然、事業の拡大どころではありません。姉は戦争が終わるまで待たなければならなくなりました」と肩をすくめた。

「本当なら翌年あたりに計画を実行に移すつもりだったのかもしれませんが」

レイクスはしきりに考えていた。事業家としての姉の資質を弟のアーサーがどれだけ疑っていようと、〈ミネルヴァ〉はオープン当初から成功していたとの評判だ。

「お姉さんの経済状況についてはまだ調べていませんが、近頃、資金繰りに困っていたというようなことはなかったでしょうか」

アーサーは訝《いぶか》しげな視線を送ってよこした。「そんな――姉が裕福だという点に疑いを持ったことはありません。手紙ではいつも、商売がうまくいっていると自慢げに強調していました」

「なぜ、そうしたんだと思います?」

アーサーは再び眉を上げた。「誰だって自慢くらいするでしょう? 姉は」あっさりした口調で付け加えた。「お金が好きでした。単に商売の道具としてだけではなく、金そのものが大好きだったんです」

「そうですか」と言いながら、おそらくそれは一族に共通した欠点なのだろうとレイクスは思った。

「そうなると、重要な点を確認しなくてはなりません。お姉さんは遺言書を残していましたか?」

「もし残しているとしたら、ごく最近書いたものでしょうが、私には知らされていません。それどころか、姉は身辺整理をするのを毛嫌いしていました。遺言書を書いたからって命が縮んだりはしない、と私は口を酸っぱくして諭したんですがね」

しかし、本当にそんな理由で遺言書を書かなかったのだろうか？　確か、彼女を担当していたのは地元の〈バナーマン・バナーマン・アンド・ウエイト弁護士事務所〉だ。そこでレイクスは、一つ確かめたいことを思い出した。

「お姉さんが遺言を残さずに亡くなったとすると、財産はどなたが相続するのですか」

アーサーは即答した。「もちろん、近親者であるこの私です。私たち姉弟にはほかに身寄りがいませんから」

それには応えず、レイクスは紙に走り書きした短いリストを差し出して訊いた。「この中にご存じの名前はありませんか？」

鼻眼鏡をかけ、目をすがめて紙を見るアーサーの顔は、急に死んだ姉と似て見えた。むさぼるようにリストを見つめて半ば聞こえるように名前を呟く。

リヴィングストン＝ボール大佐
リヴィングストン＝ボール夫人
ミス・エディス・ドレイク
ミス・ベアトリス・グレーヴズ
ミス・アイリス・ケイン

彼は眼鏡の縁越しに探るようにレイクスを見た。

「これは、どういうゲームです？　容疑者の面通しのつもりですか？　何も知らされないままで供述するのは、正直気が進みませんね」

「いいでしょう」カチンときたものの、レイクスは軽い調子で言った。「ここに書かれた五人はわれわれが捜査中の人物で、あなたのようにこの人たちを知っていそうな方からお話を伺えば、どんな些細なことでも捜査の助けになるかもしれないんです」

「それにしても」アーサーは、ぽかんとした顔で訊いた。「どうして私がこの中の人を知っていると思うんですか」

「お決まりの訊き込みですよ」と、レイクスは投げやりに言った。「あらゆる手段を尽くして細かな点まで聴き取るんです。どこにヒントがあるかわかりませんからね。レイヴンチャーチの住民の話の中や、お姉さんの手紙の何気ない文章の中に転がっていないともかぎらない――」

彼の言葉をろくに聞きもせず、アーサーは再びリストを見つめた。そして突然その紙をひったくると舌打ちをして、「なんと！」と頓狂《とんきょう》な声を出した。

「一人だけ、別の名前のときに知っていた人がいます。あとの四人については」と早口で言う。「何も知りません。うん、そう、確かに彼女だ」

「それは、どの人ですか」レイクスはひどく無関心な声で尋ねた。

アーサーは皺の寄った指でリストの二番目をトントンと叩いた。「これです――リヴィングストン＝ボール夫人」

「それで、あなたがご存じだったときの名前というのは？」

「フィービー・バランタインで、その前はフィービー・ヤングでした。姉の学生時代の友人なんです。四月に自殺してしまいましたが」

「ええ」と、レイクスは言った。バランタイン……ヤング……。「彼女は二度結婚したということですか？」

「そうです。リヴィングストン＝ボール大佐は知りません。私がいちばん記憶しているのはバランタイン夫人のときです。夫は一九一四年の戦争で陸軍大尉を務めた、二枚目のろくでなしでしてね。妻を捨てかと思うと、よりを戻してはまた捨てるという、どっちつかずの駆け引きをしたあげく、とうとう脳腫瘍のために外国で死にました――破天荒な結婚生活を送ったのは、きっと病気の影響もあったんでしょう」と考え込むように言った。「かなり狂気じみていたそうですから。幸運にも姉はその毒牙から逃れたんです」

「どういうことですか？」先ほど殺人事件の話題に切り替えた際、手応えがもう一つだったことを思い出しながらレイクスは尋ねた。

するとと驚いたことに、アーサーはクスクス笑った。おかしくもないのに忍び笑いができるのがレイクスには不思議だった。

「際どいところだったんですよ。フィービーか姉か。貧乏くじを引いたのはフィービーでした。でも本当に――際どかったんです」

四

これまでにもあったことだが、ケイト・ビートンは今度の件ですべての手札を見せるのが得策か決めあぐねていた。だが、問題は得策かどうかなのか？　いや、違う。彼女が気に入らない――というより嫌で仕方ないのは、すべての事実を警察に話すのが道義上避けられないということだった。知っている事実を伝えたところで単なる告げ口でしかないように思えて、ビートンは以前から、それこそバーサ・タイディーが殺されるずっと前から、話すのをためらっていた。自分が尻込みするのは、警察に話す行為そのものよりも、告げ口をしたと世間に知れることから逃げたいからだと気づいた彼女は苦々しく笑い、この体験を小説に生かせばいいのだと気持ちを切り替えた。

とにかく、もう一度警察署を訪れるのは望ましくない。すでに手紙の件で注目を集めているから、わざわざ出向けば、警察に変に勘繰られてしまうかもしれない。そこでビートンは、赤ら顔でいつも大きな声で快活に喋る彼女の雰囲気とは相反するように思える暗く冷たい石造りの家の中で、向こうの出方を待つことにした。

アーサー・タイディーと話したレイクスがその日の午後現れたとき、ビートンは敷石で舗装された、以前は洗濯場だった外の離れで、飼っているエアデールテリアの一匹を洗っているところだった。両手を濡らして犬の臭いを漂わせ、こすったリンゴのように頬を輝かせながら古びた薄暗い客間に入ってきた彼女は、深いため息をついてレイクスに椅子を勧めた。

彼女をちらっと見たレイクスは少なからず驚いた。ほかの家具同様、なんとなく擦り切れた印象の大型ソファーに腰を下ろしながら、ビートンが面白そうに視線を合わせたからだ。

「いらっしゃるだろうと思ってたわ」と、彼女は言った。「無期限に延期になればいいと願ってたんだけど」

わざと率直な物言いをして面食らわせようとしているのかもしれないと思い、レイクスは平静を保って身動きすらしないようにした。

「お手間は取らせません」と、彼は気軽な口調で言った。「実は、今日はさほど時間のかからない用件で伺ったんです」

「で、どういう用件？」ビートンは、はやる気持ちを隠さず訊いた。

そもそも脅迫状とその差出人の件で知り合ったのに、ずいぶんおかしな質問だ、とレイクスは心の中で思ったが、声に出してこう言った。「われわれが以前から調べている案件が、タイディーさんの殺害とつながっているのではないかと考えていまして――例のレイヴンチャーチの自殺です。春から初夏にかけて亡くなった五人の名前はもうご存じでしょうが、新たな記憶が呼び覚まされるかもしれないので、一応この紙に書き出してみました。お訊きしたいのは、名前や顔を知っているとかではなく、この中のどなたかを実際にご存じかどうかです――少しでも親しくしていた方はいらっしゃいませんか？」

ビートンの目が大きく見開かれ、頰の赤とは対照的に瞳の色が暗くなったのがわかった。

「なんてこと」と小声で言って、レイクスを凝視した。「テレパシーかなにかなの？　私が一人であれこれ悩んでいたのは、まさにそのことよ――あなた方に言うべきかどうか散々迷った結果、そっちから口火を切ってくれるのを待つことにしたの。そのとおりになったけど」

「なるほど。すると、彼らは名前や顔以上の存在だったたんですね？」

「『彼ら』というのは違うわね。グレーヴズさんは全然知らない。もちろん、フリップ・アンド・ソルトマーシュのお店で見かけたことはあると思うけど。リヴィングストン＝ボール大佐夫妻はほんの少し知っていて、犬の散歩中に林やなにかで挨拶くらいはしてた。アイリス・ケインという娘は村じゅうの人が知ってたわ。サー・ダン・フロガットの息子と結婚する話で持ちきりだったもの。玉の輿《こし》だって言う人もいて」ビートンは皮肉っぽく口を歪めた。「でも、そんなのはどうでもいい」と急に話をやめ、レイクスを無視してそっと言った。「私は――その」


レイクスが口を開く前に、ビートンはぶっきらぼうな口調で続けた。「アイリスって娘《こ》とも挨拶やお喋りをしたことくらいはある。でも、話したいのは彼らのことじゃないの。私が知っているのはエディス・ドレイクよ」

「どの程度のお知り合いだったんですか？」と、レイクスは静かに訊いた。

「お互いの家を行き来する仲だった。ええ、言いたいことはわかるわ――こういう田舎では当然みんなそうしてるって思ってるんでしょう。でも、全然そういうんじゃなかったの。私は人付き合いが苦手でね。人嫌いというほどではないにしても、一人きりでいるほうが得意なの。仕事柄、ぶらぶら出歩いたり時間を無駄に過ごしたりすることはあまりないから。ところが、エディス・ドレイクは別だった。ありふれた言い方かもしれないけど――まさに気の合う相手だったわ。私、彼女が大好きだった。決断力、活力、率直さ、それとレイヴンチャーチの人たちにはない、妥協しないきっぱりとしたところ――だから私が知っていることをお話ししようと思うの。だって、彼女を殺した犯人を見つけてほしいんだもの」

「彼女を殺した犯人?」レイクスはゆっくり繰り返した。「つまり、ドレイクさんの死は自殺ではないと思ってらっしゃるんですね?」

ビートンは苛立たしげに手を動かし、「自分で首を吊ったのは間違いないわ」と、あけすけな物言いをした。「誰かがロープで首を絞めたって言ってるわけじゃないの。ただ、彼女を死に追いやった人間がいるはず。誰かが追い詰めたのよ。事情をよく知っている人間がね」

「知っているとは、何を?」

「エディスが誰にも言わなかった心労のこと。私には話してくれたの。今までずっと黙ってたんだけど」

端的に事実を話してほしいのに、もったいぶった話し方でじらされそうな気がしたレイクスは、まわりくどい説明にはうんざりだという空気を醸し出すことにした。

「ビートンさん、要点を突かせていただきますが、エディス・ドレイクとはどのくらいお知り合いだったんですか」

「この村へ来てすぐの頃からだから――三年くらいね」思いきって切りだしたことでビートンは落ち着きを取り戻し、その声から挑戦的な響きが消えてきた。「ウィーヴァーおばさんの古本屋で顔を合わせたのが最初だったか、それとも初めの頃ちらっと顔を出してみた演劇サークルだったかは憶えてない。どちらも同じ時期だったと思うから。エディスはレイヴンチャーチ演劇サークルになくてはならない、まさに中心人物だったわ。彼女そのものがドラマチックだった。ともかく、本屋か集会室でのミーティングで出会ったあと、ここに遊びに来るようになって、本を交換したり、いろいろお喋りしたりしてお互いに大いに刺激し合ったの。少なくとも私のほうはそうだった」

レイクスが言葉を挟んだ。「彼女が富くじ競馬《アイリッシュ・スウィープ》を当てたことも？」

「ええ。それが何か？」

ビートンが神経質になったように見えたので、レイクスは努めて穏やかに言った。「いえね、突然の幸運が舞い込んだあともヘイドックス・エンド校での仕事を続けた理由を、あなたに打ち明けたのではないかと思いまして」

「どうしていけないの？」ビートンはやや身を乗り出して、語気を強めた。「つまり、どうして教師を続けちゃだめなのか、ってこと。エディスは、やりがいのある仕事に就いた数少ない幸せな人だった。彼女は子供が好きで、教えることが大好きで、学校を愛してた。ヘイドックス・エンド校をとても大事に思ってたの。あの学校に大きな貢献を果たしたわ。買った時点では予想もしていなかった富くじの大金が急に入ったからって、どうしてその仕事を放り出さなくちゃいけないわけ？」

自分の意見ではないことにいきなり反論されたようで、レイクスは戸惑った。

「そんなことはありません。不思議なことに、人は仕事が好きなものです。まさかと思われるかもしれませんが、私だってそうです。ですから、ドレイクさんが富を得てからも仕事が楽しくてヘイドックス・エンド校の校長を続ける道を選んだのも驚くには当たりません」

「それだけじゃないわ」ビートンは静かに言った。「もっと、なんていうか――自己実現に関わることなの。ヘイドックス・エンド校は彼女の分身だったのよ」

レイクスは頷いた。「同じことです」

「それが」彼の言葉を無視するかのようにビートンは続けた。「彼女を殺した犯人を早く捕まえて――そいつをペルシャの宰相ハマンと同じくらい高く吊るしてほしいもう一つの理由」

彼女は大きく息を吸い込んだ。「嫌な話を思い出させないで」と少々ばつの悪そうな目でレイクスを見る。

彼にはよくわからず「確か──聖書に出てくる話ですね」と曖昧に答えた。「でも、それは話の結末です。われわれは犯人を吊るします──あなたのお望みどおり高く──そいつを捕まえたあとにね。ですが、今は逮捕が先です。何者かがドレイクさんを自殺に追い込んだと思われるのはなぜです?」

ビートンは、たっぷり一分は黙っていた。「今でも、打ち明けたら彼女を裏切ることになるんじゃないかって気がする」

「あなたが裏切ることになるのは」レイクスは辛抱強く説得した。「ドレイクさんを自殺に追いやった人間だけです。そういう人間が本当にいればですが──言うまでもありませんが、お友達についてあなたがご存じのことは、重大だろうと些細だろうと、悪人を突き止める証拠になり得るんです」

「いいわ」と言ったあと、ひと呼吸おいてビートンは続けた。「じゃあ、お話ししましょう。エディスは、実は物静かで内向的な、生真面目な人間なの。警部さんがいくら訊き込みをしてもそんな話は出てこないでしょうけど。レイヴンチャーチ演劇サークルの人たちのような浅い友情でつながった人以外、男性関係はまったくなかったみたい。といっても、結婚したくなかったってわけじゃないの。むしろ、その逆。交際したら絶対にその人と結婚するっていうタイプだったから、試しに付き合ってみるなんてことはしなかった」

ビートンは苦笑いを浮かべた。「私が話すと、なんだか若い娘のことみたいに聞こえるわね」

レイクスが黙っていると、彼女は続けた。「戦争が起きる前の四月、エディスは三週間スイスでイースター休暇を過ごしたの。戻ってきた直後に会ったら、そのときは何も言ってくれなかったけど、彼女の変化に気づいた。ますます内にこもって口が重たくなったっていうか——それなのに、前より生き生きしてるの。うまく説明できないんだけど——たぶん、私たち周囲の人間とは関係のないところで充実した内面生活を送っていたんじゃないかしら。ぼうっとして、時々夢見るような目をしているのに、ちゃんと現実を見ているみたいな。もちろん」と慌てたように付け加えた。「あくまで個人的な感触で、何の確証もなかった。でもね、四か月ほどして、とうとう彼女がスイスでの休暇の話を打ち明けてくれたの」

「なぜ打ち明けようと思ったんでしょうか」

「病気のせいよ。夏のあいだずっと具合が悪くて、七月に夏休みに入ったとたん、私にも誰にも告げずにいなくなったの」

「どこへ行ったんですか」

「そのときは知らなかった。あとになってわかったんだけど、ロンドンだったみたい。九月の新学期に向けて戻ってきたときには幽霊みたいだった——体調を崩している彼女には、新学期はさぞきつかったでしょうね。戦争が勃発したせいでレイヴンチャーチ周辺の村々にも子供たちが避難してきて、エディスの学校もその子たちを受け入れたの。そのうえ空襲対策やらなにやら、いろいろと大変だったし。校長だから仕事量は人の倍なのに、身体がついていかなかった。九月末にとうとう倒れてしまってね。学期の半分を休むつもりが、結局残りの半分も休まざるを得なくなっちゃって。病欠が長引くことで疑われるんじゃないかと、ずっと気にしてた」

「何をですか」見当はついていたが、レイクスは尋ねた。

「真実」返ってきた答えは、ぶっきらぼうで曖昧だった。「彼女、ロンドンで医者に診てもらってたの——無許可の医者。あの秋口のつらい時期にすべて話してくれたわ。見舞い客の誰とも会いたがらなかったけど、私のことは追い返せなかったのね」陰気そうな顔で付け加えた。「私だけは別だった」

耳を傾けているふりをしながら、レイクスはビートンを探るように見つめた。一度は却下したおぞましい考えが再び頭をもたげ、しだいに膨れ上がっていた。もしも、あの脅迫状を書いたのがやはりケイト・ビートンだったとしたら？　それだけではないかもしれない。もしも彼女自身が、さっき自分で口にした人物だとしたら？「誰かがロープで首を絞めたって言ってるわけじゃないの。ただ、彼女を死に追いやった人間がいるはず。誰かが追い詰めたのよ。事情をよく知っている人間がね」。過大な虚栄心や絶望などが引き金になって悪い方向に防衛本能が働き、告発される側の人間が逆に告発してみせるケースは決して珍しくない。

そんなことを考えているあいだにも、ビートンは開き直ったかのように早口で話を続けていた。

スイスで、エディス・ドレイクはある男性と出会った。名前も職業も出身地も、その男の素性についてビートンは何も知らされなかったし、知りたいとも思わなかった。男は既婚者で、そのことを隠そうとはしなかった。初めからそれと知りながら、エディスは彼と深い関係になったのだった。一か月ほどのちに帰国して、彼女は否応なくその事実と対峙することになった。同時に、そのまま関係を続けてそれが世間に知られたら、ヘイドックス・エンド校を失ってしまうという現実にも直面した。

「エディスはなんとしても学校の仕事を守りたかった。あの学校は彼女の一部で、絶対に失うわけにはいかなかったの」ビートンは陰気な笑みを浮かべた。「彼女は情熱のすべてをあそこに捧げていたから。役割があべこべだったのね。恋人はあくまでヘイドックス・エンド校で、それと比べたら、スイスのアバンチュールは一時の好奇心でしかなかった。そのことを誰かが嗅ぎつけたのよ。彼女に圧力をかけられるって気づいたわけ——片方が明るみに出ればもう一方を失うぞ、と脅すことでね。エディスの心を苛《さいな》んだのは、社会的不名誉なんかじゃない。学校を失うかもしれないという恐怖よ」

「圧力をかけられる……」レイクスがビートンの言葉を繰り返した。

「彼女は相当なお金持ちだった」と、ビートンはさらりと言った。

「強請《ゆすり》、ですか?」

「まあ、そんなところ」

「つまり、スイスでの件を知った何者かが、七年経った今になってそれを利用したとおっしゃるんですか」

「正直言って」と、ビートンはゆっくりと答えた。「そこまではわからないんだけど——結局そういうことになるのかしらね。はっきりしなくてごめんなさい。あの休暇での彼女の行動を知っている人間が私以外にいるとは思えないの。脅迫者がつかんでいるのは、八月に行っていたロンドンのことじゃないかと。病気が結果的に悪化して、秋に欠勤する羽目になった件」

「ちょっとよろしいですか、ビートンさん」と、レイクスは言った。「今の話の中に、あなたの憶測や想像はどの程度交じっているんでしょうか。というか、どれほど少ないんでしょうか。エディス・ドレイクが強請られていたことを裏づける確証はあるんですか?」

「本人の口から聞いたの」

「いつ?」

「彼女が亡くなる二週間前」

レイクスは厳しい目で相手を見つめた。「それなのに死因審問では黙っていたんですね」

「そりゃあそうよ。エディスは『強請』って言葉を使わなかったんだから。それは、あとになっていろいろ考え合わせて私がたどり着いた結論で――立て続けに死んだほかの人たちと一緒に彼女の名前も取り沙汰されるようになってから、ようやく腑《ふ》に落ちたんだもの」

「だったら、実際には彼女は何と言ったんですか」

「死ぬ前の数週間、エディスはひどく神経が張り詰めた様子で、妙に口数が少なかった。そしてある晩、私を訪ねてきたの。最後の何か月かはめったに来なかったのに。少ししかいなくて、そのあいだずっと何かを打ち明けたがっているみたいだった。そうしたら突然、感情が噴き出したように話し始めたの。『ケイティー、隠し事なんてよくないわよね。きっとバレるもの』って。『どういう意味？』って訊いたら言ったわ。『ロンドンのことよ。誰かに嗅ぎつけられたの』ってね。『くだらない。ずっと前のことじゃない』って言ったんだけど、エディスは首を振った。顔を真っ青にして。涙は見せなかったけれど、泣いてくれたほうがましだった。彼女、これ以上ないほど抑揚のない声で『どうにもならないわ』って言ったの。『男の名前まで知られてるんだもの』って」

レイクスは話を遮って訊いた。「彼女の愛人ですか？　ということは、スイスでの休暇のときのことを――」

「いいえ、そうじゃないの。それは除外していいわ。彼女が言ったのは、ロンドンで診てもらったやぶ医者のことよ」

「彼女は誰からその医者を紹介されたんでしょうね」

「さあ――わからない」ビートンは興味をそそられた顔でレイクスを見た。「それ、突き止める価値があるかも。エディスは、そういう方面にはまったく縁のない人だったから。どういうつてかはわかならないけど、誰かに頼んだのは間違いない。エディスの言ったとおりね――人に頼ると、どこかで絶対に秘密が漏れるんだわ。できるだけひっそり暮らして何でも一人きりでやっていれば、他人に知られる恐れはまずないのに」

「恐喝者を除いては、ですがね」と、レイクスは穏やかに話を締めくくった。

そして彼は、ケイト・ビートンに別れを告げた。

# 第八章

## 「火掻き棒と火箸」と、セント・ジョンズの鐘が鳴る

### 一

　午後の陽光を受けて舞う埃の中を、ジェーン・キングズリーは〈ロッガーヘッズ〉の前を通り過ぎてさらに歩いていた。背後にはオーエン・グレートレクスとケイト・ビートンの家が、前方にはレイヴンチャーチまでつながっているハイウェイの曲がりくねったラインが見える。周囲で目につくものといえば、自宅に帰るバスに乗れるバス停の標識板くらいだ。右手に流れる死人の出た川の水面がちらちら光り、すぐ左の〈ロンググリーティング・プレイス〉の屋敷裏にある林はぼんやりと霞んで、静かな夏の田舎の景色がくすんで感じられる。

　といっても、今は必ずしも静かな景色とは言えなかった。頭上に広がる空の暑ささえジェーンにはうるさく思え、容赦ない目で見つめられている気がする。無慈悲なこの道には少しの陰もなかった。土が靴にまとわりつく。彼女は疲れていた。どういうわけかひどく疲労感を覚える。口が渇き、両手

が腫れぼったい。耐えがたいほど自分が場違いな存在に思え、急に人恋しさが募ってきた。普段なら、世代と育ってきた環境からの自己憐憫《れんびん》だと一笑に付すところだが、疲労の度合いがあまりにも強くて、一人きりでいるのが心細かった。

それもこれも、計画が失敗したからだ。いつだってより大切で身近な動機となる人道主義的衝動に背くことなく、少しでも社会正義を実現できるはずだと意気込んでここまでやってきた。絶望に打ちひしがれたこの道へと自分を突き動かすことになった特別な発見を、警察に教えてやれると思っていた。疑り深いあの警部が彼女の報告を聞いて直ちに対応してくれるかは怪しいにしても、そうなれば手っ取り早く正義の実現にたどり着けたかもしれない。ただ、事件の捜査に当たっている警察は、ジェーンが考えるほど彼女の疑念を深刻に捉えなかっただろうとは思う。認めたくはないが、彼女は本質的に善良な市民とは言えないからだ。社会全体ではなく個人の利益を第一に考えるあまり、判断を誤ることもよくある。だが、しょせん最後に幸運を得るのは狩人であって、追われる側は何も得ることはない。追いかける立場の警察は、黙っていてもそのうち自分たちで突き止めるだろう。

ジェーンは身震いした。彼女がロンググリーティングへ来たのは、気が進まないだけでたぶん悪気のない証人に、重要な証言をしてもらうためだった。露骨に頼まなくても、彼女がつかんだことを率直に打ち明ければ簡単に証言を得られると思っていたのだが、それは見込み違いだった。彼女が出くわしたのは、予想していたような、重要人物だけれど悪意のない証言者などではなかった。いつになく恐ろしいほど明晰《めいせき》な洞察力を発揮した彼女は、犯人に気づいたのだった。ミス・タイディーを殺害した犯人に。動機が何なのかはわからないが、そんなことはどうでもいい。

彼女はヘマを犯した。別のことに気を取られたからだ。犯人を油断させたまではよかったが、そのとき受けたショックで自分のほうがうろたえてしまった。重要なのは彼女だけが知っている内容そのものではなかった。あのとき、犯人の正体に気づいたことを隠しおおせてさえいれば！　なのに彼女は、軽率な行動を取ってしまった。双方が自分をさらけ出す結果になったのだ。お互いに相手が気づいたことを知った。今や、安全に動ける時間の猶予はない。

そのうえ、彼女の頭は凍りつき、まったく機能していなかった。突然、兄のラルフと義姉《あね》エルシーの顔を鮮明に思い出した。鳥のさえずり一つ聞こえず、木々の葉さえ微動だにしていないように思える静まり返った午後の空気の中で、おぞましい言葉が脳裏に浮かんできた。「溺れる者の目の前には過去が走馬灯のようによみがえる」。サミー、クリスタル、マリオン、カフェ、スリップの小道、ウィーヴァー夫人、不満を言い合いながらのお喋り、動きの読めない警察、レイヴンチャーチの町とそこに住む上流階級を気取った怠惰な人々、ストーンエイカー村と野バラや野生パセリが生えた埃っぽい道端にいる雌鶏たち……何もかもが目の前に実在するかのように鮮やかに見える。

腕時計にちらっと目をやった。ストーンエイカー行きのバスは、まだ三十分以上来ない。とにかく村に戻って、前の晩言わなかったことをラルフに話さなければ。とはいえ、木陰の一切ないこの道で何もせずにただぶらついているのは無理だ。〈ロッガーヘッズ〉に行けば電話があるのはわかっているが、こんな取り乱した状態でレイヴンチャーチ警察に電話をかけるかと思うとぞっとする。

すぐそばにバス停と並んで踏み越し段があり、〈ロンググリーティング・プレイス〉の真裏の小道が林の入り口へと続いていた。その道をほんの五分ほど行けば、ジギタリスやハシバミ、切り倒された丸太に囲まれて、座って休める古い木製のベンチがある。そこからなら、村に入るカーブを曲がって下りてくるレイヴンチャーチ・バスの車体の赤い色が垣間見えてすぐにわかる。バスが停留所に着く前に野原を横切って大きな屋敷の裏を通り、踏み越し段を再び乗り越えて、充分間に合うように戻ってこられる。誰にも見られずに二十分そこに座っていれば、恐怖に駆られた心も少しは落ち着いて、彼女が手に入れた証拠をあらためて検証することができるかもしれない。

小道には誰もいなかった。イラクサに覆われた溝をまたぎ、ケイト・ビートンと飼い犬のエアデールテリアが毎日使っている踏み越し段を越える。あちこちに鮮やかな黄色のカワラマツバが生えている牧草地は道路よりは多少息がつけ、少し歩くと〈ロンググリーティング・プレイス〉の煙突や木々のおかげでさらに涼しくなった。

林に入ったとき、去年落ちたブナの葉を踏むような微かな音がした。きっとヘビかなにかだろう、とジェーンは特に気に留めなかった。野山の無害な生き物なら歓迎できるくらい、彼女の恐怖心は小さくなっていた。

木陰にあるイニシャルがいくつも彫られた木のベンチに腰を下ろすと、自分がいかに疲れているかがよくわかった。先ほど受けた心的ストレスのせいで、身体も心も空っぽ状態だ。思考回路がストップしてしまっていることが自分でも恐ろしかった。人目につかない場所にこうしてへたり込んで殺人犯の名前をささやきながら、お互いに相手の考えがわかった瞬間の犯人の顔をまざまざと思い出しているあいだにも、貴重な時間は刻々と過ぎていく。ショックが繰り返しよみがえり、取るべき具体的な行動が何も思い浮かばない――一瞬、遠くの道路のカーブの辺りに赤い色がちらついた。赤くきらめく何かが……木々のあいだに。

ジェーンははっとして立ち上がった。赤い色。緑の中にきらめく赤。あれは何だろう？　今、確かに見えた。〈ロンググリーティング・プレイス〉の裏庭を囲っている塀に設置されたポストかもしれない。そろそろ午後の集配が来る時間だ。サミー……そうだ、サミーに手紙を書こう。彼女と連絡を取らなければ。いったいどうすればいいのか、サミーなら誰よりもよく知っているはずだ。〈ミネルヴァ〉が閉まっていて二人とも電話が使えないので、最も早く連絡を取るには、今すぐメモを書いてストーンエイカーに戻る前に投函するしかない。そうすれば、きっと明朝のできるだけ早い時間に、自宅にいるサミーをつかまえられるだろう。

おぼつかない手つきでバッグをかきまわし、便箋と封筒ではなく、いつも持ち歩いているはずの無料葉書を捜す。あった。汚れて端が折れているが充分使える。鉛筆もある。文面はどうしても人目に触れるので、切迫した内容ながら慎重に書かなければならない。

サメラのことを考えていたら、彼女を無気力な思考停止状態に追い込んだ恐怖がほんの少し和らいだ。ごく短時間でいいから頭がはたらいてくれさえすれば。いつもの習慣で、ジェーンは宛名から書き始めた。

レイヴンチャーチ、モート街《ストリート》
四a　フレッチャー・マンションズ
ミセス・ジョージ・ワイルド様

そこまで書いたとき、どうやら近くでヘビがまだ動いているようだ、と頭のどこかで思った。だが、擦《こす》れるようなそんな小さな音に気を取られている余裕はなかった。だから空と木々がいきなり揺れて地面と一緒になり、真っ暗な闇にのみ込まれてしまった恐ろしい瞬間にも、何が起きたのかわからないままだった。

二

互いに不満なことに、「最年少のミス・オーツとお喋りしてこい」と命じられたのはブルック巡査部長だった。居心地が悪い、という言葉のほうが、今の彼の気分にはぴったりかもしれない。若い娘、特についこのあいだまで学生で、少年と話すほうが好きに決まっている年齢の女の子を相手にするのは気が引けた。一方、ロンドン警視庁《スコットランドヤード》の警部から聴取されるのを心から熱望していたマリオンは、嫌悪の色を隠さなかった。どんなに挑発しようと温和で融和的な、うんざりするほど見慣れたブルック刑事は、十代の娘が期待する相手からは程遠い。

最初マリオンは不機嫌そうにぶっきらぼうな受け答えしかせず、ブルックから姪っ子のそばに付き添う許可をもらった叔母のヒルダとウィンは、それをショックのせいだと取った。そのときはなんでもないようでも、時間が経ってから現れるのはよくあることだ。思ったとおり、やはりこの子は事件に衝撃を受けていたのだ、と。

「言っときますけど」ウィン叔母さんはできるだけ断固とした口調で言った。「ほかの人たちの証言にマリオンが付け加えられる情報があるとは思えません」

「そんなことないわ」ブルックが答えるより早く、マリオンが大きな声を出した。硬く背筋を伸ばして座った姿勢を崩さないまま、唇を引き締め、悲しげな目で窓を見つめている。

たとえ彼女の証言を最大限好意的に受け止めたとしても――ブルックは少々愉快な心持ちで思った

――どうせ、たいした内容ではないだろう。とはいえ、面白がってばかりはいられない。レイヴンチャーチのような退屈な町の警察にいても、知らないことや初耳の話などあるはずがないと決めてかかってはいけないという鉄則は経験から知っている。ときにはそれが、年端もいかない子供や少年少女の口から飛び出すということも……。

「あなたは」急《せ》かすのはやめようと決めたブルックは、にこやかに切りだした。「カフェの仕事のほかにも時々、ご婦人方が――その――美容術を受ける二階の個室の片づけを手伝っていたそうですね。それ以外のスタッフは、タイディーさんが一人で美容室をやるようになって以来、二階には入れてもらえなかったと聞いています。それでですね、マリオンさん、同僚の方たちが見過ごすようなちょっとしたことで、あなたが気づいた点がないかと思いまして」彼は言い訳がましくヒルダ叔母さんをちらっと見た。「私がこちらに伺った理由はそれだけなんです」

「いいわ」と、マリオンは素っ気なく答えた。素早く頭を回転させ始める。隠し事をして警察の鼻を明かすこともできるが、意地悪をしたために結局自分が損をするということもある。このまま不機嫌を装って黙っていれば――それは誰よりも得意だ――お役人たちは何もできず、沽券《こけん》に関わる事態に陥るだろう。でもその代わり、彼女が注目を浴びるせっかくのチャンスを逃すことになる。

「私が知っていることをお話しします」と、ブルックに向かって愛想よく言った。「これまで誰にも言わなかったことを」そして叔母たちには、挑発的な視線を送った。

「ワイルドさんやベイツさん――キングズリーさんにもですか？」

「ええ――話せませんでした」

「なぜです？」

「私の頭の中だけにある考えだったからです。もしも考えているとおりだったら、とっても胸のむかつくことで——誰かに喋ると現実になってしまう気がしたから。それに、ほかのスタッフに話したいと思っても、どうしても言葉をのみ込んでしまって。みんなお気楽な人たちでしょう？　何でも冗談の種にするんですもの。でも私は——私がそれを話したら現実になってしまうと思ったんです」

「なるほど」ブルックは重々しく頷いた。張り詰めた表情を見つめながら、十代の若者というのはなんてひたむきで大人びているのだろう、と思った。「話してください。われわれは現実を扱いますから」

マリオンは肩をすくめた。「彼女は死んだんだもの。もう話したってかまわないわね」

淡々と話す彼女の若い声が、単純な事実を不気味なものにするように思えた。だが、この話は脚色がないだけにかえっておぞましかった。それに納得がいく。公式の見解と証言に見事に合致した。

マリオンが腹立たしげに打ち明けたのは、彼女が〈ミネルヴァ〉で便利屋のように使われていたことだった。洗い物以外にもカフェの仕事を覚え、使い走りをさせられ、必要なときには帽子店の掃除もし、それでなくても忙しいなか、彼女が「汚れ仕事」と呼ぶ、美容室での施術後の個室の清掃までやらされた。予約が立て続けに入っている日は、同じ個室——全部で四つある——を何度も使わなければならないこともあったというが、ここ数か月は客足が激減し、それに伴ってマリオンの美容室での仕事も減った。

「それをどう説明しますか」と、ブルックは訊いた。「客足が減ったことをです」彼はマリオンを「お嬢さん」と呼びたい気持ちを抑えた。大人扱いしないかぎり実のある聴取はできないと直感したからだ。

「去年の暮れまでに、資格のあるアシスタントがみんな辞めてしまったからです」と、マリオンは間髪入れずに答えた。たとえ店長が仕事に精通していたとしても――実際にはそうじゃありませんでしたけど――たった一人でスタッフがいたときと同じようにお客さんを満足させるのは無理でした。店長は何か悩み事があるみたいでぼんやりしていて、顧客に失礼な態度を取るようになったんです――調子のいいときだって、それほど礼儀正しい人じゃないんですけどね――予約を忘れて謝らなかったり、違う施術をしたりするので、お客さんは不満そうでした」

「そうでしょうね」と相槌《あいづち》を打ったブルックの頭に、タイディーはなぜスタッフを突然解雇して、繁盛して儲かっている商売を辞める道を選んだのだろう、という疑問が浮かんだが、あえて訊かなかった。この娘にもう少し自由に話させたほうがいい。するといきなり、まるで心を読んだかのようにマリオンが彼の辛抱強さに応えてくれた。

「傍《はた》から見たら、すべてが順調なときに従業員をお払い箱にするなんてばかな話に思えますよね。私たちもちょっと変だと思いました。だって、ちゃんとした説明もなかったんですもの。でも、私なりに考えて気がついたんです。いくら店長が恐ろしく傲慢な威張り屋でも、それだけでは説明がつきませんから。もちろん、そんなんじゃなかったんです」

マリオンはひと呼吸おき、二人の叔母の注目を充分に惹きつけるまで待った。

「違うんですか?」と、ブルックが先を促した。

「違うんです」と、マリオンはきっぱり繰り返した。「そんなことをしたのは、彼女の誇大妄想のせいだけではありませんでした。店長は美容室を隠れ蓑《みの》にしていたんです――ほかの行為の」

「それは何だったんです?」

マリオンは意地の悪い目つきでブルックを見た。「警察が興味を持つことなのは間違いありません」彼女は威勢よく続けた。「わかりませんけど。私なりに一生懸命推測したにすぎないので。店長は何かを牛耳ってました。最初はギャンブルかと思いました。規模の大きい、女性が楽しめるような。でも、そんなはずがないんです」

「なぜですか」

「だって、誰も楽しんでいなかったんですもの。それどころか正反対でした」声に興奮が交じり、その中に恐怖のようなものがあるのをブルックは感じた。「どの人もひどい状態だったんです。本当に惨めでした」

静かに関心を示すブルックの態度と感心したような叔母たちのささやきに励まされて、マリオンは理路整然と説明した。ありがたいことに、彼女の鋭敏さと観察力、そしてタイディーに対する嫌悪が、マリオン・オーツを貴重な証言者にしたのだった。

最初におかしいと思ったのは、明らかに使われた形跡のない個室を掃除したときだった――少なくとも本来の目的では使われていなかった。洗面台はきれいなままで床にも汚れはなく、備品もすべて定位置に置かれていた。

「洗面台の鏡に映った店長を見たとき、『何もすることなんてないじゃないですか』って叫びたくなりました。店長は戸口に立ってじっと見ていました。私が個室の状態に気づいたのと同時に、自分の失敗を悟ったのが見て取れたんですけど、私は何も言いませんでした」

「言うこともできましたよね」と言いながらも、なぜ彼女が無言を通したのかブルックにはなんとなくわかっていた。「どうして黙っていたんですか?」

「話してしまったら、美容室での私の仕事が終わるとわかっていたからです。ええ、確かに汚れ仕事にはうんざりでした。でも最近になって、これは興味深いかもしれないと思い始めたんです。単調な生活から救ってくれるんじゃないか、と。だから、知らん顔をして店長が思うとおりのばかな娘のふりをしました。あの人は、私のような自分が興味のない人間のことはまったく気にしてません。自分のことしか考えていない人だから――最後まで私を何も知らない間抜けだと信じていたんです。それで、店長がいなくなるまで備品をあれこれいじったり、汚れてもいない洗面台を洗ったり、お客さんの忘れ物をつつきまわしたりしました」

「なかなかやるじゃないですか」少女の狡猾さにブルックは微笑んだ。「それにしても、どうしてその個室にお客がいたとわかったんですか。間違った部屋を指示されたのかもしれませんよね」

「もちろん、間違いです」マリオンは鼻先で笑った。「でも、刑事さんのおっしゃってる意味とは違います。その部屋には確かに誰かいたんです。だって、実際に使われて蒸気が立ち込めていた個室がほかに二つあって――あの日の午後は三人分の予約が入っていたんですもの。私は三人が店を出ていくのをちゃんと見ました――それに、あとで予約帳でも確認しました。あれからは、必ず予約帳をチェックするようにしたんです」

「素晴らしい」ブルックは含み笑いを漏らし、ヒルダ叔母さんは苦い顔をした。「それって、スパイをしてるってことにならない？」と、賛同しかねると言いたげな口調で訊く。

「覗き見のこと？」と、マリオンは臆面もなく答えた。「そのつもりだったけど、実際にはそうじゃないの。そりゃあ、何か妙だと気づいたときは突き止めてやろうと思った。だけど、予約帳は秘密でもなんでもない――従業員なら誰だって見られるのよ。サムとクリスタルが日誌を書き入れてるくらいだもの。でも、誰それが泥パックに来る、って書かれているからといって本当にパックを受けたとはかぎらない——私の推理ではね」

ウィン叔母さんがため息をついた。「そのことを誰にも言わずに隠していたなんて」

「いいんですよ」ブルックは慌てて口を挟んだ。「それでマリオンさん、それがいつだったかわかりますか」

「はい。一月——中頃です。それからもずっと続いてました」

ブルックは頷いた。「そのときの三人のお客を憶えていますか?」

「もちろん。常連でリュウマチ持ちのウォードル＝フロックス夫人と、地元の人じゃないんですけど、田舎の上流階級の人でマーロウっていう娘さん——それと、リヴィングストン＝ボール夫人です」

最後の言葉にわずかにためらいを感じ、ブルックはすかさず尋ねた。

「どうしました? 何か言いたいことがあるのでは?」

「誰がどの個室を使ったかわかるか、って刑事さんがお訊きになるんじゃないかと思っただけで——私、その答えなら知っています」

「どうやって?」この娘は想像力が豊かなタイプなのだ、とブルックは自分に言い聞かせた。事実と空想が混ざり合っているかもしれず、安易に鵜呑みにはできない。「三人がそれぞれの個室から出てくるところを見たんですか?」

「いいえ。お客さんが帰るまで二階には上がりません。出ていくのを目にするのは、いつもカフェにいるときです。でも、誰がどの部屋にいたのかは簡単にわかるんです」

マリオンの説明には説得力があり、ようやくブルックは彼女が観察力のある信頼のおける証人だと確信した。ウォードル＝フロックス夫人は必ずマッサージを要求するため、毎回同じ個室に案内された。たまにしか来ないミス・マーロウは、いくつか化粧品を選んで買っていくので、帰ったあとにはたいてい片づける商品が残っている。だがこのときは、商品のほかにも個室を特定する手がかりがあった。タイディーはお客が自由に使えるようにそれぞれにブラシと櫛を用意していて、マーロウはそれを使っていた。

「彼女は金褐色の髪をしていて、とても目立つんです。クリスタルの髪ほどきれいな色ではなくて――少し暗い色ですけど。私が櫛からその髪の毛を取り除きました」

ブルックは得心した。「ということは、整然としていた個室は……？」

「リヴィングストン＝ボール夫人の部屋です――間違いありません」

「で、その後の彼女の予約について予約帳で確認しましたか？」

「それ以降、二度と来ませんでした」と、マリオンはさらりと言った。

ブルックは初めて驚いた表情を浮かべたが、よく考えてみると古本屋のウィーヴァー夫人が警部に話した証言と一致する。

マリオンが続けた。「その日施術を受けなかったのがリヴィングストン＝ボールさんだとわかって、謎がちょっとは解けた気がしました。少しだけですけど。彼女が店長と仲がいいのは誰でも知ってますから、お喋りをしに寄った可能性はあるかな、と。ただ、お喋りの場所に手狭な個室を選んだのが不思議でした。そしたら、そのあとピタッと来なくなったので、ますます変だと思ったんです」

ブルックは頷いた。いい調子だ。彼は一枚の紙をマリオンに手渡した。

「マリオンさん、そこに書かれた人の中で、一月から夏の初めまでのあいだに美容室に施術を受けに来た人はいませんか？」

彼女はアーサー・タイディーが見たのと同じリストを手にした。ただし、リヴィングストン＝ボール大佐の名前は除外されている。

紙切れの上に屈み込んだとたん、マリオンは興奮を隠しきれない様子になり、顔を上げてブルックを見た。

「まず言えるのは」と、彼女は言った。「ドレイクさんは一度も来店していないってことです。ウィーヴァーさんのお店の本のほうが好みだったみたい。グレーヴズさん？　フリップ・アンド・ソルトマーシュで服を作ってた人ですよね？――自殺をした。憶えてます。そういえば予約を入れてました――確か、日焼けを落とす目的でした――でも、たいしてお役には立たないと思います。だって、ずいぶん前のことで、まだ美容室にスタッフがいた頃ですもの。そのあとは来ていないはずです。店長が一人でやるようになってから来なくなったお客さんが何人もいるんです」

「ケインさんは？」

「今、お話ししようと思っていたところです。彼女は常連さんでした。亡くなるまで定期的に通ってました。そして彼女が――ほかの誰より――」

「何ですか？」

「何かが起きていると感じたきっかけになった人です。本業とは関係のない、何か秘密のよからぬことが」

「なぜです？」

「だって三月から四月にかけて、彼女、しょっちゅう来てたんですもの。普段の予約より多かっただけじゃなくて、普通の人が施術を受ける頻度を遙かに超えてました」

「それで個室の状態は？」

「最後の一、二か月は、それはもうきれいなものでした。時々、私の目をごまかすために店長がわざと散らかしているのにも気づいてました。一見、散らかっているんですけど、不自然なんです」

それだけなら怪しいとは言い切れないかもしれない。だが、女の勘にとどまらず、刑事のブルックをも納得させる事実があった。アイリス・ケインは二度、店に長い時間いたあとで泣きながら出ていったというのだ。

「一度は階段の下で声をかけました――彼女のことはよく知ってましたから――そのとき目と鼻が真っ赤でした。二度目は私に気づかれたくなくてこっちに気づかないふりをしてたんですけど、ひどく泣きながら急いで出ていきました。泣き声が聞こえたんです」

ブルックは頷いた。「彼女とはどの程度親しかったんですか？」

「お店によく来てましたから」マリオンは急に関係のないことを熱心に語りだした。「彼女、美人だったでしょう。レイヴンチャーチ・クイーンに三回なったんですよ。戦時中はストーンエイカーの近くの軍需工場で働いていて、その後クリス・フロガットと出会って――億万長者の道が約束された人です――彼のひと目惚れで、今月には結婚する予定だったんです」そこでマリオンは深く息をついた。

「私がどの程度彼女を知ってるかですって？　私より年上で二十二歳くらいですけど、学校の先輩で同じ青少年クラブに所属していて、誰にでも優しくて」

マリオンが青ざめて震えているように見えたので、ブルックはここらで聞き取りをやめることにした。

「今日はこの辺でいいでしょう」と明るく言って立ち上がった。

「わからないんです」マリオンがぽそりと言って、アイリスに話を戻した。「彼女はロンググリーティングで生まれ育ったんじゃありません――十歳の頃に移り住んだんです」

「知っています」

「あら、だったら名前も知ってるんですか？」

「名前ですか？」

「彼女の洗礼名はアイリスじゃなかったんですって。本名はフルールといって、三、四歳の頃その名で呼ばれていたのを憶えてるって言ってました。その後改名されたんですけど、理由は知らないそうです。彼女、女優のオーディションを受けたことがあって――婚約する前ですけど――もし受かったら元の名前に戻すつもりだったみたいです」

「マリオン」と、ヒルダ叔母さんが声をかけた。「あなた、疲れてるのね。関係のないアイリスのことまで思い出したりして。そんな話を続けても、刑事さんは興味がないわよ」

「どんな情報も役に立ちます」と、ブルックは素っ気ない口調で言った。張り詰めて青ざめたマリオンの顔を見て肩を叩いてやりたくなったが、思い直して代わりに握手をした。

「ありがとうございました、オーツさん」と優しく言う。「非常に参考になりました」

ブルックがいなくなると同時に訪れたぎこちない沈黙を、ウィン叔母さんが破った。

「とてもよさそうな人ね」と曖昧に言ったが、どこか申し訳なさそうな言い方だった。

ヒルダ叔母さんが珍しく声を荒らげた。「いい人なもんですか！　しつこく聞きほじって、いったい何になるっていう――」

「黙って！」小声だが激しい口調でマリオンが言った。急に立ち上がったかと思うとすぐにまた座り込み、両手を頬に押しつけて泣きだした。

二人の叔母は驚きと安堵が入り交じった思いで、息を殺して見守った。

「やっぱりね――」と、ヒルダ叔母さんが口を開くとウィン叔母さんも割って入った。「だから言わんこっちゃない――ねえ、マリ――」

マリオンは怒りに歪んだ顔を上げた。「違う、違う、違う！」声に出さない叔母たちの言葉に大声で反論した。「二人とも間違ってる――警察のせいなんかじゃない！　あの夜――ウィン叔母さんなしに一人で出かけた夜、店長が殺されたあの夜のせいよ！」彼女は苦しそうにうなだれた。「あの夜、サメラを見たの――サメラがこっそり逃げていくところを！」

三

ケイト・ビートンはジェーン・キングズリーの遺体のそばに立って警察の到着を待っていた。オーエン・グレートレクスの庭師をしているひょろひょろした無能な青年を〈ロッガーヘッズ〉に行かせて、レッキー警視に連絡するよう指示したことが果たしてよかったのかどうか、特に自分自身にとって最善の策だったのか自信がなかった。道路に向かって牧草地を走っていたときによろよろ歩く彼を見た瞬間は、ほかに手がないように思えた。自分が遺体を見張っておくにはそれしかない。そうすることが得策だと感じたのだ。

警察はなかなか来なかった。本当はそんなに時間が経っていないのかもしれないが、彼女にはそう思えた。林の外れとはいえ、午後のこの時間は風もなければ動くものもない。目に見えるかぎり、動いているのはブユやハエくらいだ。この虫たちが、やがて足元に横たわる死体を食らう化け物になるのだと思ったらぞっとした。

ほんの数インチ動いただけで、下生えを踏む彼女のわずかな足音がやけに大きく響いて辺りの静けさを乱した。それでも遺体に目を凝らし、どこにも触れていないことを思い出して胸を撫で下ろした。身体に触れなくても、死んでいるのはひと目でわかったのだった。一見したところ、争った形跡はない。木々の下に生えているため種類の少ない周囲の草は乾いていて、ほとんど血痕が見られなかった。もっと近くで見てみないと断言はできないが、右手の指がペンか鉛筆をしっかりと握り締めているような形で固まっている。吐き気を催しそうな、前は美しかったはずの頭部と髪の毛に恐る恐る視線を動かした。するとビートンのリンゴのような赤い顔がすっかり青ざめ、気分が悪くなってきた。

現実の殺人は、小説の中の殺人とは大違いだった。「大違い」なんてもんじゃない――ビートンは自嘲気味に口元を緩めた――小説の殺人はきちんと整えられた代物で、少なくとも作者は書きながら自分の非情さを大いに楽しめるのだが、本物は混乱した行き当たりばったりの行為で、まとまりのない思考や幼少期の得体の知れない恐怖への退行、息の詰まりそうな憤りや心の奥底に隠れていた良心の呵責から生まれるものだ。そして何より、動機や犯行そのものがはっきりせず、時間にも程度にも制限がないうえに、詳細がまったく予測できない恐ろしく複雑な結果をもたらすのだ。

ようやく現れた警察と一緒にオーエン・グレートレクスがいるのを見て、ビートンは不機嫌になった。彼はやや責任のない立場のレイクス警部と言葉を交わしていたが、声の届く場所まで来たとたん話をやめ、もったいぶった態度で彼女に挨拶をした。が、すぐにレイクス警部が彼を誘導して〈ロングリーティング・プレイス〉の高い壁のそばに待機させた。こんなときでも魅力的でないとは言いがたい隔離されたその姿は、まるで処刑を待っているかのようだった。

なるほど、これは私との隔離なのだ、とビートンは苦笑いしながら思った。彼らは通常の手順を踏みたいのだ。彼女に最初に話を聞くのは、ほかならぬ警察でなければならないというわけだ。こちらへ近づいてくるレイクスのそばにブルック巡査部長がいなかった。代わりに見たことのない地元警察の私服刑事が付き添っている。その後ろに制服警官が一人と、カメラを持った警官、そして最後尾には荒い息のヘアー医師が続いた。

ビートンに一、二ヤード離れるよう合図をしたレイクス警部はしばらく遺体を確認してから、あとの面々をその場に残して彼女のほうへやってきた。

「さて、ビートンさん」レイクスは事務的で無駄口を叩かなかった。遠回しな物言いをしないことがありがたく、ビートンも発見した経緯を端的に説明した。

レイクスはちらっと腕時計に目をやった。「今、四時四十分です。ペンバートンからの通報を受けたのは四時二十分でした。あなたが遺体を発見したのは何時頃だったかわかりますか」

「ええ。時計を見たから。三時五十分から五十五分のあいだにベンチのところに着いて――彼女を見つけたの。驚きと恐怖でたぶん五分くらい呆然としていたんだけど、なんとか気を取り直して遺体をよく見たわ。言っとくけど、何も触ってないわよ。信じないかもしれないけど、そういうことには神経質なの。それに、明らかに死んでいたし。それからわれに返って、牧草地を戻ってとにかく誰かに連絡しなくちゃ、って思った。そうしないと私が自分でロッガーヘッズまで行ってレイヴンチャーチに電話しなくてはいけなくなるから」

「電話をかけたくなかったんですか？」

「離れたくなかったの——彼女のそばを」

「どうしてです？　まずは警察に通報しますよね」

「わかってる。でも、遺体を一人で放っておいてはいけない気がして」

心理学的にはあり得る話だとレイクスは思った。殺された被害者の遺体を見た最初のショック段階では、生きている者は無意識のうちにそれを死んでいる者としか認識しない。それでも優しさや義務感といった概念ははたらくものなのだ。だが、レイクスはそれを口にはしなかった。すべてを疑うよう訓練されてきた彼の頭には、すでに疑念が浮かんでいた。もしもケイト・ビートンに、遺体のそばから離れたくない個人的な理由があったとしたら？　例えば、証拠を消すとか、あるいは偽の証拠を残すとか。何も触っていないことをわざわざ強調したのがそのせいだとしたら……。

レイクスはやんわりと尋ねた。「散歩に出かけたのは何時でした？」

「三時四十分よ」

「それを裏づけてくれる人は？」

ビートンは肩をすくめた。「残念ながら、住み込みの雇い人はいないもの。朝来てくれるメイドは二時には帰ってしまうし。でも、私が出かけるのに誰かが気づいていると思う。小さな村って、他人の家の玄関ドアが開いたり閉じたりするのを見張るくらいしかすることがないから」

こういう批評は前にも耳にしたことがあるが、もし本当にそうなら、いったいなぜ村に住む知識層がいるのだろう。それでもみんな住むことをやめないとは……。

レイクスの表情が急に険しくなった。「犬たちはどこです？」

「何ですって？　どの犬？」ビートンは見るからに不意を突かれたようだった。「どの？　もちろん、あなたのです。毎日、犬を散歩させるんでしょう？」

驚いたことに、彼女の顔が真っ赤になった。答える前にかなりの間《ま》があいた。「ボリスは体調が悪いの」と不機嫌な声で説明する。「かわいそうに、食事の代わりに薬をあげて安静にさせてる。ジョックはボリスの付き添いとして家に置いてきたわ」そしてやや苛立った口調で付け加えた。「それが何か重要？」

「どうでしょうね」と、レイクスは素っ気ない返事をした。次の言葉を口にするより早く、彼を呼ぶ警察医の声がした。ヘアー医師は警察医の仕事の中でも特に嫌な作業のあいだ見せていた、怒ったような赤い顔のまま近づいてきた。

「凶器は何だと思う」彼は喧嘩腰の口調で訊いた。

「はっきりとはわかりませんが」と、レイクスは答えた。「重い――とても重たい鈍器のようなものでしょうね。例えば火搔き棒のような」

「こっちへ来い」ヘアーがかすれ声で言った。

彼は反対方向の大きな邸宅、〈ロンググリーティング・プレイス〉の壁のほうへ歩き始め、ジェーンが襲われた場所から十ヤードほど離れたところにある、彼らが立っている空き地と奥の林を隔てる溝に案内した。特に指示を受けなかったビートンもレイクスのあとに続き、ドクニンジンの生えている溝の、ヘアーと私服の巡査部長が指し示す場所を一緒に覗き込んだ。雨の多い季節には水が流れているのだが、今は草に覆われていて、それが一か所窪んでいる。

巡査部長は、槌《つち》のような形の不気味な木製の物体を、真ん中辺りを持って取り出した。先端に血痕と髪の毛がくっついている。

「これが何かわかるか」と、ヘアーが咬みつくように言った。

「もちろん」と、ビートンが即答した。「小槌《ビートル》ね。昆虫じゃないわよ。杭打ちなんかに使う木槌」

「裁判官も使うぞ」と、ヘアーが言った。「そして、充分に火掻き棒と同じ役割を果たす」

望みは薄いかもしれないが、取っ手に特に注意を払ってそれを回収したとき、ちょうど救急隊が到着した。

四

サメラのアパートで、レイクスは憤慨した三人を前にしていた。妻の椅子の肘掛けに腕を投げ出したジョージ・ワイルドは感情をうまく抑えていたが、女性二人は憤りを隠さなかった。そして、その怒りはよい効果をもたらしていた。怒りは一時的に悲しみを忘れさせる。あらゆる思いがジェーンの死に集約されるのは、もっとあとになってからだ。

激怒するのも無理はないのかもしれない。ジェーンの遺体の下で発見された葉書について尋ねると、怒りは頂点に達した。

「ばかなこと言わないで！」不信感に喉を詰まらせながらも、サメラは再び声を荒らげた。「この私がジェーンを殺すなんて！　万が一そうだとして、どうやったら彼女が私の犯行だと知らせるために葉書に私の名前と住所をそんなにきれいに書けたって言うの？　ここ何日かとんでもない推理が出まわっているのを耳にしたけど、こんなひどいのはなかったわ！」

レイクスはどこか得意げに微笑んだ。「ワイルドさん、あなたがキングズリーさんを殺したという推理は耳にしていないはずですよ。そう言っているのは、あなたご自身です」

レイクスが言ったものと頭から決めつけていたサメラは一瞬、打ち上げられた魚のようになって言葉をのみ込んだ。その機に乗じてジョージが口を開いた。

「落ち着くんだ、サム」と静かな威厳のある声で言ってから、レイクスに向かって話しだした。「警部さん、僕から説明しましょう。妻はうまく感情を表現できていませんが、僕たちは多かれ少なかれ、あなた方が妻を容疑者だと見ているのではないかと感じているんです。見つかった葉書に彼女の名前が書かれていたせいで――」

「いいえ、そのせいだけじゃないわ！」たまらずサメラが、怒りに震えて泣きそうになりながら割って入った。「タイディーさんが殺されたとき、真っ先に私が疑われたの。私がキープセイクに電話をしなかったから、日が昇っていたのに明かりが灯っていたのを最初に見たから、窓を割りたがったから、それから――それから――とにかく、やってはいけないことをしたり、しなくちゃいけないことをしなかったりしたから！」

「ちょっと黙っててくれないか」と、ジョージが妻をたしなめた。警戒した目をレイクスに向ける。「手厳しいとか冷淡だと思われたくはないんですが――ジェーンの件は、僕たちにとってタイディーさんの事件より衝撃的でずっとすることなんですよ。だからサメラは、こんなふうに僕らにつらく当たっているんです」

「私に、の間違いでしょう」と、レイクスはすぐさま切り返した。「どうやら奥さんは、口うるさいとまでは言いませんが、少々神経過敏になられているようです――はっきり申し上げて、それが疑いを招いているのです。常に先回りしてご自分を非難するようなことを並べ立てて、お話を伺い始めてからずっと私の言おうとすることを先におっしゃる――」

「やっぱり言いたかったんじゃない」少しおとなしくなったものの、まだ態度を軟化させないサメラが呟いた。

「しっ！」クリスタルが大きな声で黙らせた。彼女はあからさまに怯えていて、さっきまで大泣きしていたのを隠そうともしない。「こんな――こんな喧嘩よくないわ。絶対だめよ。ジェーンが死んでしまったっていうのに」

「おっしゃるとおりです」と、レイクスは心から言った。「ジェーン・キングズリーさんのお友達として、みなさんは私と反対の立場に立ちたくはないはずです。ぜひとも捜査に一緒に参加していただかなければ。怒りの感情は妨げにしかなりません――」

「それに」ジョージが初めてにやりとして口を挟んだ。「ロンドン警視庁の警部さんが君の性格判断をしてくれたよ。よかったじゃないか。神経過敏で、自己批判的で、いつも人の話を遮る――警部さん、確かに妻はおっしゃるとおりの性格ですが、悪いことのできる人間じゃありません。少なくとも」と急いで付け加えた。「人殺しなんて」

そこで彼らはようやく本題に入った。不当な非難を必死に拭おうとやっきになっていたクリスタルが、手紙を書く前にまず宛名を書くジェーンの癖を思い出した。「だから」と確信したように言う。

「彼女はサメラに手紙を書こうとしていたんだわ」

「でも、なぜ？」彼らにというより、レイクスは自分自身に言った。

ジョージが顔をしかめた。「時代遅れのこの部屋には電話がないんでね。きっと緊急にサムと連絡を取りたかったんでしょう」

「それなら、どうして直接会いに来なかったんですかね。葉書が着くのは翌日でしょう」

「翌朝です」と、ジョージが訂正した。「ストーンエイカーのバスは本数が少ないですからね。自転車なら午後か夕方には来られたでしょうけど。それに、僕たちに絶対に家にいてほしかったんだと思います。そのためには、葉書は有効な手段です」

確かに一理ある、とレイクスは認めざるを得なかった。だが、彼女はロンググリーティングで何をしていたのだろう。ストーンエイカーのほうはブルックが当たってくれていて、今頃ジェーンの家族から話を聞いているはずだ。たいした収穫はないだろう、とレイクスは思った。近頃の若い娘はかなりあけっぴろげになってきてはいるが、貝のように口を閉ざして語らないこともある。どこへ行ったにしても、それがわかるものをジェーンが残しているとは思えない。家族にはなおさら黙っているものだ。レイクスがそうした考えを口にすると、少し機嫌を直したサメラが、それでも冷ややかに言った。「たぶん、ロンググリーティングの誰かを訪ねたんだわ」

「そうでしょうね」皮肉ではなく、レイクスは言った。「ただ、今のところロンググリーティングの住民で彼女を見たという人は誰もいないんです。犯人を除けば、生きている彼女を最後に見たのは村まで乗せて行ったバスの車掌と、ロッガーヘッズで降りたのを憶えている一人、二人の乗客です。バス停で降ろしたのは一時十分でした。その後の行動はわかっていません。特にわれわれは、なぜ彼女が林の中にいたのかに注目しています」

「待ち合わせじゃないですかね」と、ジョージが言った。

「死の待ち合わせ」ほかのみんなより頻繁に映画を見に行くクリスタルがため息をつきながらささや

いた。

「われわれは違うと考えています」レイクスは詳しく説明した。「いいですか、キングズリーさんが襲われる直前に奥さんの住所と名前を葉書に書いたのは確かだと思われます。発見時、彼女は万年筆を握り締めていました。ところが、最終の郵便物回収に間に合うように手紙を書いたのだとすると——ちなみに、彼女が大きな邸宅の壁にあるポストに投函するつもりだったなら、最終の回収は四時四十五分なんですが——急を要していたのは明らかです。そうなると、仮に誰かと待ち合わせをしていたとしても——その可能性は低いと思われますが——手紙の内容は少し前に起きたことに関するものだっただろうと考えられます」

「だけど」サメラとクリスタル同様、林の中のベンチからレイヴンチャーチ・バスが来るのが見えることを知らないジョージは食い下がった。「だからといって、待ち合わせをしていなかったとは言い切れないんじゃないですか?」

「それが、そうでもないんです」あくまで論理的なレイクスが答えた。「彼女がバスを降りたのは一時十分でした。ビートンさんが遺体を発見したのが四時ちょっと前です——何度も繰り返しになってすみません——四時四十分に遺体を検分した警察医によれば、死後一時間は経っていないとのことでした。となると、ある疑問が生じます。一時十分から三時半頃まで、彼女はいったい何をしていたのでしょう。殺された時間の前後に誰かと林で会う約束をしていたのだとしたら、ストーンエイカーをもっと遅いバスで出ればよかったはずです。実際、三時五分発の便があるんですから」

サメラが眉を寄せた。「でも待ち合わせが早い時間だったとしたら。もしも——考えるのも恐ろしいけど——二時間近く話した結果、話がどんどんこじれてしまって——そして——そして——」

レイクスは同情するようにサメラを見た。「ところがですね、キングズリーさんは一時すぎにバスを降りたあと、踏み越し段を越えたところにある林のほうではなく、ロッガーヘッズの前を通り過ぎてバスの進路と同じ方向、つまりロンググリーティングの住宅街があるほうへ歩いていくのを目撃されているんです」

「ロンググリーティング・プレイスと牧師館を除いて、ですよね」正確さを重んじるジョージが言った。

「ええ。ですから、彼女の最初の目的地は林ではなかったと考えています」

続く重苦しい沈黙の中、全員の心の声はむしろ賑やかだった。きっと警部にも聞こえてるわね、とサメラは思った。ほかの二人も頭の中で可能性のあるロンググリーティングの家を数えているはず。タイディーさんの〈キープセイク〉（もしかして今は閉じているのかしら？）、グレートレクスさんの住む〈マイルハウス〉、ケイト・ビートンのうすら寒いがらんとした家。それとも川――あの川――のそばにあるアイリス・ケインのコテージ？　ああ、ほかにもたくさん考えられる。

誰もが本当の考えを押し殺し、ジョージは天気の話でもするように穏やかに訊いた。「ジェーンを見つけたのは、ビートンさんの飼い犬だったんですよね？」

「ビートンさんは犬を連れていませんでした」と、レイクスは簡潔に答えた。

一瞬、誰もがぽかんと口を開けた。

「そんな」クリスタルが素っ頓狂《すとんきょう》な声を上げた。「犬を連れていない彼女なんて見たことないわ！」

再び賑やかな沈黙が訪れた。するとサメラが「犬って、助けにもなるけど厄介なこともあるから」と考え込むような小声で言った。

せっかくの彼女の努力にも、乗ってくる者はいなかった。ジョージの顔は無表情になり、どういうわけかひどく年を取って見えた。質問だけでなくどんなコメントにも反応したがるクリスタルは、サメラの言葉を頭の中であれこれひっくり返してみたが、結局意味がわからなかった。サメラの言葉には、いつもこうやって悩まされる。

さらにばつの悪い思いをしそうな三人にレイクスが助け船を出した。

「あなた方の中で、これまでに脅迫を受けた方はいらっしゃいませんか?」と明るく尋ねる。ミス・ビートンの犬についての脱線話を即座に棚に上げ、三人は真剣なまなざしをレイクスに向けた。

「また私たちを攻撃するつもり?」と、サメラが言った。

「ばかを言うんじゃない」と、ジョージが諭した。「実際問題、僕らが脅迫されていたら全然話が違ってくるんだ。でも警部さん、そんな事実はありません。サミーと僕の収入を合わせたって、脅迫者を満足させられるような額じゃありませんから」

「私だってそうよ」と、クリスタルも追随した。「それに」と申し訳なさそうに続ける。「強請《ゆす》られるとしたら、女山師かなにかじゃないとおかしいでしょう? 私の人生なんて、ケネスと結婚したことを除けば退屈極まりないもの」

一同は笑い、レイクスが言った。「確かですね? でしたら、ほかに脅迫されている人をご存じありませんか?」

「なんなの、これ?」と、サメラが言った。レイクスが真剣になったのを感じ取っていた。

「そういうことだったんだな」ジョージが静かな声で、半ば自分自身に言った。

「絶対、闇取引が原因なんだと思ってたわ」と、サメラ。

「闇取引とは？」すかさずレイクスが訊いた。

「夜の訪問者相手のです」と、サメラは即答した。

「ご存じなんですか？」

サメラは肩をすくめた。「毎晩来るわけじゃないし、一晩中いるわけでもありません」

「だとすると」レイクスの表情が曇った。「ワイルドさん、タイディーさんが殺された晩、あなたはどこにいたんですか」

「言ったじゃありませんか。主人と寝てました」サメラが即答したので、眉をひそめて何か言おうとしていたジョージは黙り込んだ。

これを言葉どおり受け入れたのか、何も言わないレイクスを見てクリスタルが甲高い声を出した。

「みんなそうよ。事件があった時間は誰だって寝てたはず。そんな時刻にレイヴンチャーチですることなんてないもの」

「どうして」相手の揚げ足を取るいつものやり方に戻って、レイクスが尋ねた。「犯行時刻をご存じなんですか」

クリスタルの顔がさっと赤くなった。「そんなの、みんな知ってます」と弁解がましく言う。「事件の日は夏至に近くて夜になってもなかなか暗くならなかったけど、翌朝私たちが行ったときには明かりがついていたから、暗くなってから殺されたに違いありません」

レイクスの表情からは何も読み取れず、それがサメラの癇《かん》に障った。カフェの明かりの件で責められたことを思い出すと、殴ってやりたい衝動に駆られる。

レイクスのほうは、これ以上三人に訊きたいことはほとんどなかった。ただ、さっき話題に出た〈ミネルヴァ〉の夜の訪問者についてはもう少し具体的な情報が欲しい。サメラは案の定、渋々という態度を隠さずに答えた。リヴィングストン＝ボール夫人を冬に二度目撃し、口には出さないもののみんな驚いたのだが、春先にもベアトリス・グレーヴズを見たのだという。

「その頃は詮索する気は全然なかったんです。だって、日暮れの早い季節にバーサがお店に泊まるのは不思議じゃなかったから。たまたま店の外に出たときに彼女たちが出入りするのを見かけただけでした。もっとあと、暖かな明るい時期になってもまた見たので妙だと思ったんです」

ようやくレイクスが帰っていってドアが閉まると、サメラはぐったりと身体の力を抜いた。

「あの人」と押し殺した意地の悪い声で言う。「あなたたちを恐ろしい方向へ誘導して混乱させようとしてるんだわ。絶対に心を許せない相手よ」

「そんな言い方、似合わないよ」ジョージが苛立たしげに言い返した。「閉店後に店を見張ってたことをどうせ白状したんなら、彼女が殺された夜も見に行っていたって正直に話せばよかったじゃないか。遅かれ早かれわかることだぞ。あんなふうに俺を遮ったときには、別れようかと思ったくらいだ」

「あら、そんなのだめよ」と、クリスタルが抗議した。

サメラは小ばかにしつつも愛情のこもった、これまで何度もしてきた目つきを夫に向けていた。

「ねえ、あなた、どうして私が黙っているのかわかってるわよね」

「ああ、聞いたよ」ジョージはまるで二つの別々の物を見るように、むっつりした顔で言った。「君らにはうんざりだ。こそこそ隠し事をして、曖昧な物言いが自分に跳ね返ってきそうだと思うとここぞとばかりに結託して——それなのに、実はお互いをこれっぽっちも信用していない」

「ひどい言いがかりだわ！」と、クリスタルが気色ばんだ。

「事実さ。訳のわからないことをしてるのはサムと君のほうだ」

「言わせておけばいいわ」と、サメラは諦め口調で言った。「この人は折に触れて女に対する劣等感を吐き出さずにいられないの。でもあの晩、私は確かにマリオンを見た。マクベス夫人みたいな真っ青な顔をした彼女を。だから、あの場に私がいたことは絶対に言わないわ！」

# 第九章

## 「やかんに平鍋」と、セント・アンズの鐘が鳴る

### 一

〈マイルハウス〉の家政婦をしているフェイル夫人は、自分と他人の立場を驚くほどわきまえた女性だった。女王ほどの風格はないが、見た目と態度はヴィクトリア女王のようだと言えなくもない。容姿、歩き方、話し方――どれを取っても今の時代に取り残された感があるものの、本人が自信を持っているために有能さを発揮する分野も少しはあり、ほかに代わる人間もいないので、雇い主のオーエン・グレートレクスはそれなりに満足していた。

ミス・タイディーが死んだあとレオニー・ブランシャールを家に招こうと彼女が提案したのは、本人としてはそう思いたい気持ちがやまやまだったが、決して慈善の気持ちからではなかった。常に近所の評判を気にする彼女は、犯罪に巻き込まれて面目を失っている家に独身女性が一人でいるのはよくないという思いが強く、何かせずにはいられなかったのだ。もともと、思いついたら即行動する質《たち》

だった。おかげで困った状況に陥ったときでも鬱々《うつうつ》とすることがない。だが今回、慣れない心理分析という曖昧な動機でこれほど強硬に事を押し進めたのは、レオニーが料理の腕前がいいことで知られていて、〈マイルハウス〉の料理人が最近辞めた事実があったからだった。家政婦として家事を取り仕切るのは得意でも料理はあまり好きでないフェイル夫人は、グレートレクスへの忠誠心から仕方なく一時的に料理人の代役を引き受けた。ところが、ここのところの殺人事件や自殺騒ぎで、ロンググリーティングに働きに来てくれる人を探すのは容易ではなかった。こんなときに料理上手のレオニーの仕事がなくなるなんて、神の思し召しかもしれない。

といって、フェイル夫人が外国人に好意的なわけでも、慎重に距離を取って心の目で見る場合を除けば、その存在を認めているわけでもない。本物の目は、むしろ極力彼らを見ないよう習慣づけてあった。彼女は外国人をいくつかのグループに分類して格付けしていた。世渡り上手な人間、伝統を重んじない芸術家、人から尊敬されない役者、といった具合だ。劣っている彼らには庇護《ひご》よりも同情心のほうが必要だと感じていて、そういう思いやりの表れに反発するのが彼らの悪い特質だと考えていた。

レオニーが家にいるようになって、フェイル夫人は少なからず不安を覚えていた。自分のためというより、主人のグレートレクスを思ってのことだった。確かにレオニーは物静かで、骨張った身体にどこか辛辣で嫌味な雰囲気をまとってはいるものの（食べ物のこととなるとどうしてああもうるさくて、なぜあんなに無愛想でつんけんしているのだろう！）、思っていたとおりの働き者だ。だが、彼女がいるせいで警察の関心がこの家に向けられることにならないだろうか。公正に見れば——フェイル夫人はいつだって公正さを大事にする努力をしているつもりだった——今日、最初に警察の人たちが来たのは、単に不幸な被害者のキングズリーという娘が、死んだ日の午後〈マイルハウス〉を訪ねてこなかったかどうかを確認するためだった。なんてことを考えるのだろう！　警察でなければ出てこない発想だ。彼女自身は若い娘などまったく見ていないし、グレートレクスさんだってきっとそうだと思う。丁重かつ断固とした態度で朝の尋問者を追い返してほっとしたのもつかの間、また警察がやってきた。しかも今度はロンドン警視庁《スコットランドヤード》の警部だという人物も一緒で、朝とまったく同じ用件だ。〈マイルハウス〉のような潔白な家に、こちらの意向をそれとなくほのめかしても鈍感で伝わらず、知らないふりをするのがいいだろうと思うときにはやけに油断なく目を光らす、こういう面倒な輩《やから》が一日に何度も来るなんて。しかも社会的な立場を考えると、むげに追い返すわけにいかないのだから！　ロンドンのイートンとハローにもさらに新たな警察署ができたらしい。

「レオニー、さっきから考えているんだけど」最初に来た警察が帰ったあとでフェイル夫人は言った。「あの若い娘さんがこの村の住人を訪ねたという話は実は口実で、警察がここを訪ねてくるのには別の理由があるんじゃないかしら。少なくともレッキー警視はとてもいい人だと思うの。だから、災難に巻き込まれたあなたを心配しているのかもしれない。警察はあなたの様子を――その――見に来ているのかも」

　グレートレクスにも自分にも警察は関心を持っていないのだと暗にほのめかしながらも、こういう状況下では喜ばれてもいいはずの気遣いのこもった言葉だと思っていたフェイル夫人は、レオニーの目に激しい敵意が浮かんだのを見て面食らった。

「警察は私とは関係ありません」レオニーは断固とした口調で言い放つと、考え込むかのようにかなりの間《ま》をおいてから再び口を開いた。「この家には庭師がいます。ネ・セ・パ《そうでしょう》？　昨日、彼はとても

──殺人現場のとても近くにいます。ネ・セ・パ？　だったら、ビートンさんがとても早く彼を見つけるまでの数分間彼は何をしてるの、アン《えっ》？」

イギリス人執事の遠回しな物言いに慣れているフェイル夫人は、何を言っているのかすぐにはわからなかった。ようやく理解して愕然とした。あまりに失礼で答えが見つからない。すると彼女が外国人に対して常々抱いていた哀れみが憤りに変わった。口元を引き結び、言い返しはしなかったが心の中で言った。やっぱり外国人は、根が野蛮なんだわ。

そんなことがあったあとだったので、〈マイルハウス〉を訪ねたレイクスは二人のあいだに流れるぎくしゃくした空気に気づいたのだが、さして気に留めなかった。たとえ互いの顔に笑みを貼りつけていようと、女性たちのあいだにはいつだって緊張感が漂っているものだ。ましてやこんなときにそれがなかったら、それこそ驚きに値する。

レイクスはフェイル夫人と顔を合わせた出だしからつまずいた。最初にキッチンを覗いた彼は、聴取を受けるために家政婦部屋へ案内しようとした彼女の申し出を断ったのだった。物事を勘繰る頭のあるフェイル夫人は、この型破りな行動をレオニーがキッチンにいるせいだと受け取った。ロボットのように恐ろしく淡々と豆のさやを剝いているレオニーは、座ったまままったく動く気配がない。警部の注目の対象が彼女だとフェイル夫人が考えたのも無理はなかった。

キッチンは農家の納屋のような造りだったが、フェイル夫人が期待する威圧感を少しでも和らげようとするかのように、多少現代風な雰囲気にしてあった。ピカピカに磨かれたあまり使い勝手のよくなさそうなレンジ台が片側の壁を覆うように陣取り、その前に座る痩せた三毛猫の暗い背景幕のような役割を果たしていた。女性たちから離れたところにいる猫は、ウインクとまではいかないが意味ありげな視線をちらっとレイクスのほうに向けた。

野菜を前に、金色の艶やかなグーズベリーを肘元に置いてモミ材のテーブルに当惑顔で身じろぎもせず座るレオニーは、静物画にしか見えなかった。すでにフェイル夫人から、レイクス警部という羊の皮を着たオオカミが玄関ドアをノックしたと聞かされたのは明らかだった。ドアを開けたのはフェイル夫人で、彼の警察バッジを見たとたん（彼女は私服刑事に不満たらたらだった）、淑女らしからぬ考えが頭を駆け巡ったのだった。要するに警察は、レオニー一人と話したいのね――。

彼女は咎《とが》めるように言った。「今朝いらしたお仲間――部下の方に、知ってることは全部お話ししましたよ」――たぶん、この人は上司だろう――「昨日亡くなった娘さんについてはまったく知らないんです」

「あなたのお話はきわめて明瞭でした」コンロのほうへ歩み寄って反応の鈍い三毛猫を撫でたレイクスの動作が、自分にもレオニーにもまったく注意を払っていないと感じたフェイル夫人の反感を買った。きっとカモフラージュに決まってるわ――。両手をポケットに突っ込み、頭を後ろに傾けて前後に揺れながら梁《はり》をしげしげ眺めるレイクスを、彼女は見つめた。

「歴史を感じさせるすてきなお宅ですね」と、彼はおもむろに言った。

フェイル夫人は見え透いたお世辞にむっとした。「素晴らしい家です」と冷ややかに答える。「グレートレクスさんはいいご趣味をしていらっしゃいますから」

「おっしゃるとおりです」癪《しゃく》に障る刑事が言った。「彼はご在宅ですか？」

「グレートレクスさんは夜のお散歩にお出かけです」

まだ日は沈んでいなかったが、そこには触れずにレイクスは言った。「そうかもしれないと思ってました。かまいません」ふと口をつぐむと、レオニーの背中のほうへ回り込んだ。「ほう、家もすてきだが庭も素晴らしい！　見事なグーズベリーだ！」

事実は人を傷つけないので、いつだって正直に物を言うよう心がけてきたフェイル夫人は、なおさらこの賛辞に苛立って反論しかけた。「うちの庭にはそんなもの――」

その瞬間、耳がどうにかなりそうな凄まじい音が言葉を遮った。レイクスさえぎょっとし、フェイル夫人は驚きのあまり悲鳴を上げて、それはやがて嫌悪の叫び声に変わった。そんな激しい音を経験したことがなかったのだ。猫だけが、意地悪そうに瞳孔を収縮させてから憮然とした態度で上体を起こし、大きな音のせいで毛並みが乱れたとでも言わんばかりにせっせと毛繕いを始めた。

レオニーが立ち上がって、ジャム用の巨大な鍋と、一緒に落ちた水切りボウルを拾い上げた。

「こんなおっきな入れ物」彼女は、蚊の鳴くような声で小言を口にするフェイル夫人を無視して嘲るように言った。「よくない――絶対よくない」

「そんなに強くぶつけたら欠けちゃうじゃないの」フェイル夫人は威厳を取り戻そうとするかのように、信用ならないレオニーの手から鍋を奪い取った。「近頃じゃ、買い替えようと思ったってこういうのは手に入らないんですからね」

明らかに面白がっている顔のレイクスを見て夫人は傷ついた。今や彼女の苛立ちは傍《はた》で見てわかるほどにまで膨れ上がっていた。きちんとしたふさわしい部屋で自分に話を聞こうとしない礼儀作法をわきまえないこの男とは、どんな場所でだろうとゆっくり座って話なんかするもんですか――。

問題解決のため、突然レイクスは背もたれに車輪模様のある〈料理人の椅子〉として知られる地味な木製椅子を差し出して言った。「どうぞおかけください、フェイルさん。われわれが動きまわるので、おとなしいポルターガイストが目覚めてしまったようです」

下手《したて》に出たほうがいいと考えたレイクスはテーブルの端に軽く腰かけ、レオニーの背中ではなく顔が見える位置を確保した。再び座った彼女は、大きな両手を所在なげに豆のさやの中に入れ、猫がしていたのと同じようにできるだけフェイル夫人を除《の》け者にしようとする陰気で冷笑的な目つきでレイクスを見据えている。

フェイル夫人は状況を受け入れて、落ち着き払った態度で腰を下ろした。そういう動作のほうが、背が低くずんぐりした体型が少しでも引き立って見えることを知っていたからだ。

「最後にキープセイクにいたのはいつですか」と、レイクスはさりげない口調でレオニーに尋ねた。

彼女は濃い眉を寄せた。「朝――そう、昨日の午前中です。でも中には入りません」

「入りたかったんですか？」

彼女は肩をすくめた。「彼女の誕生日でした。お部屋に花でもと思って――人には感傷があります」

「タイディーさんの誕生日だったんですか？」レイクスはやや驚いたようだった。「入ってよかったんですよ。あなたのことは中に入れてもいいと巡査に指示してありますから」

レオニーは猛烈な勢いでレイクスに顔を振り向けた。「あなたは――あなたは家に警官がいるなんてひと言も言わない。彼は一緒に家に入りたがる。だから私は入らない」激高したことで急に気持ちが収まったように見えた。おずおずと両手を下ろすと、うつむいて小さな声で付け加えた。

「ナチユレレマン《もちろん》、重要なことではありません。人は感傷に流されてはいけませんから」

「少なくとも、とても美しい思いやりじゃありませんか」と、フェイル夫人が大げさに言った。鍋の件は許していないにしても、まだレイクスに対する反感のほうが強いのだった。

美しさとレオニーがかけ離れて思えたレイクスは、本心を確かめようとするかのようにまじまじとフェイル夫人を見つめた。

「今朝のあなたのお話は大変役に立ちました」レイクスは適度に敬意を込めた言い方を心がけた。「私が今ここにいるのは、そのときの証言内容に疑問を持ったからではありません。ただ、同僚たちはキングズリーさんが昨日お宅を訪問したかどうかという点に質問を絞っていました。私がはっきりさせたいのは別のことです――もちろん、その点に関連はありますが」

フェイル夫人は軽く頷いて先を促した。

「失礼ですが、昨日の午後一時から三時半のあいだ、あなたはどちらにいらっしゃいました？」

「でも、それは」フェイル夫人は辛抱強さを装って言った。「訊かれる前に巡査部長さんにお伝えしましたよ。私たちは全員家の中にいました。あり得ませんけど、万が一誰かが玄関のベルを鳴らしたり裏口のドアをノックしたりしたなら――」

「わかってます」と、レイクスが口を挟んだ。「ですが、まだはっきりしていない点があります。家の中というだけでは不充分でしてね。その二時間半、具体的にみなさんがどちらにいらしたのか教えていただきたいんです」

するとと突然、レオニーが手のひらをテーブルに押しつけて何か言いたそうにした。ところが彼女が口を開く前に、フェイル夫人が居丈高に手を振って黙らせた。レオニーは口を引き結び、眉間に皺を寄せて彼女を横目で見た。

「それなら、とてもはっきりしていますわ――ええと――警部さん。ここの食事はきわめて時間に正確です。そうじゃないとグレートレクスさんのお仕事に差し支えますから。ランチはいつものとおり十二時半でした。一時十五分までには済ませて、午前中来るメイドが片づけました」

「メイドさんのお名前を教えていただけますか」

途中で口を挟まれるのが大嫌いなフェイル夫人は非難がましく眉を上げた。「彼女があなたの聴取に関係があるとは思いませんけど。名前はペギー・フィスクです」

「彼女が帰ったのは何時でした？」

「洗い物を終えるのは毎日二時頃です。こういうお宅がパートのメイドを雇わなければならないなんて嘆かわしいことで――」

「そうですね。ではフェイルさん、あなたご自身についてお伺いします。ランチが終わったあと、あなたはどこにいらっしゃいましたか」

こういう攻撃を受けても威厳を保てる唯一の方法は、相手の好奇心が高まるまで充分に間《ま》をおくことだと夫人は判断した。

「メイドが帰るまでキッチンで指示をしていました」ようやく口を開くと彼女は答えた。「そのあと、二時すぎからきっかり三時四十五分まで部屋で休みました。今日もそこにいましたし、昨日もそうでした」

（そして明日もそうだろう。）レイクスは彼女をじっと見た。「規則正しい生活習慣は長寿の秘訣です」と請け合ってから訊いた。「グレートレクスさんはどうです？　彼の行動も規則正しいんですか？」

「もちろんです。それがあの方の成功の礎ですから。小説家のアントニー・トロロープをとても尊敬していらっしゃるんです。仕事と息抜きのスケジュールをきちんと守る人だったそうですよ。ええ、グレートレクスさんも昼食後に休まれて、四時十五分のティータイムを知らせるベルが鳴るまで誰もお邪魔をしませんでした」

「ご自分の部屋でですか？」

「ダイニングルームです。午後の——お昼寝をなさってました。殿方というのは」と遠慮がちに甘やかすような言い方をした。「わざわざお部屋を移動したりなさらないものです。どこでも寝られるんですもの」

レイクスはこの付随的情報について少し考えてから言った。「ところでフェイルさん、部屋へ戻ったとおっしゃいましたが、それは家政婦部屋のことですか？」

彼女は気分を害したような顔つきになった。「まさか。自分の寝室で休みました」

レイクスは頷き、黙っているレオニーのほうに素早く顔を向けた。「それでブランシャールさん——あなたはどこにいらっしゃったんです？」

「どこに？」と繰り返すレオニーの抑えた口調には、相変わらず小ばかにしたような雰囲気が漂っている。「よく言うでしょう。郷に入《い》っては郷に従え。そうすればトラブルを避けられる、ネ・セ・パ？　私も部屋で寝てます」

「ご自分の寝室で？」

「ほかに私の部屋はありません」

「それはそうですね。愚かな質問でした」レイクスは軽く勢いをつけて両足を床に下ろした。「フェイルさん、大変お手数ですが、各部屋の位置を拝見したいので案内していただけますか——あなたの寝室とブランシャールさんのお部屋、そしてダイニングルーム」

フェイル夫人は立ち上がると、ほかの意志など見せていないレオニーに、キッチンにとどまるよう手で合図した。ここは上流婦人らしく抗議すべきだと感じながらも、夫人の心の中には探偵熱のようなものが沸々と湧き始めていた。といっても、本人は死んでも認めようとしないだろうが。結局彼女は無言でレイクスを先導し、そもそも彼に入る権利などないキッチンから連れ出した。

最初に案内されたのは一階のダイニングルームだった。伝統的で贅沢な家具とトルコ絨毯《じゅうたん》が備わり、壁にはくすんだ深紅の壁紙が貼られているのだが、その堅固な雰囲気はそれなりに好感が持てる。暗い室内に明るい光を注ぎ入れているフランス窓のせいだろう、とレイクスは思った。観音開きの窓はあまり広くはない芝生に向かって開いていて、手入れの行き届いたスイカズラの生け垣の切れ間にある花壇が陽射しを浴びて輝いている。窓際に立ってみると、数ヤードしか離れていない右手に玄関ドアがあることがわかった。玄関に近づいてくれば一、二秒で窓まで来られるだろう。

二階からの眺めはずいぶん違った。部屋いっぱいに上品な飾りつけを施されたフェイル夫人の寝室から見下ろせるのは、手入れされていない低木に遮られた歩道だった。カーテンを引いて上半分に天蓋のついたベッドを置いた、屋内外のスタッフの往来から切り離されたその部屋は、住人にとっては間違いなく居心地のいい空間のはずだ。

感想を述べないレイクスにフェイル夫人はがっかりしたようだったが、二人は次にレオニーの部屋へ行った。フェイル夫人の寝室とは長い廊下で隔てられている。廊下を真っすぐ歩いて右に曲がったところにあるその部屋は細長くて狭く、いやに壁が高く感じられた。縦長の窓からは家庭菜園が見渡せる。生長してきたソラマメの状態を庭師のペンバートンがのんびり点検しているのが見えた。長いこと窓辺に立って外を眺めているレイクスに、フェイル夫人はイライラしてきた。

「もっとご覧になりたいものがございます？」やんわりと皮肉を込めたつもりだったが、相手には通じなかった。

レイクスは礼を言い、そろそろ帰るつもりであることをほのめかした。いいえ、レオニーさんとお話しすることはもうありません――。

家の中を案内しているあいだレイクスは予想外に無口だったが、別れ際の彼の言葉が、盛んに回転し始めたフェイル夫人の頭を困惑させた。どうしてペギー・フィスクの住所なんか訊いて、しかもどうしても今知りたいなんて言ったのかしら？　朝になればまたここに来るのに。

そればかりか、どういうわけか家庭菜園で足を止めて、口の重いペンバートンとお喋りしている姿がレオニーの部屋の窓から見えた。これでは気になって眠れなくなってしまう。それにその家庭菜園は、フェイル夫人が常々〈マイルハウス〉で最もみすぼらしくて魅力がないと思っている場所だったのだ。

二

レッキー警視はどこか半信半疑な思いでジョーダン巡査を呼びにやった。ジョーダンは昨日の朝〈キープセイク〉の見張りについていた。彼が帰った午後、一マイル先でジェーン・キングズリーが殺害されたのだった。

「なぜ」と、レイクスから訊かれた。「通常どおり見張りをつけておかずに引き揚げさせたんですか」

「それは」と、レッキーは答えた。「アーサー・タイディーさんから苦情があったからですよ。彼はブランシャールさんが家に入るときに警官が付き添うだけでは満足できないんです。彼女に鍵を渡したことが気に入らないようで――」

「われわれにできる最大限の譲歩なんですがね」レイクスはざっくばらんに言った。「誘惑の対象から完全に切り離してしまっては、犯人は捕まえられません。それが男だろうと――女だろうと。あの悪賢いイングランド北部の弁護士なら、当然その辺のことは承知しているはずですけどね」

レッキー警視はため息をついた。「彼はレオニーを極端に嫌っているんです。もしかすると、姉が遺言書のことをずっと黙っていたのは家政婦の入れ知恵だと思っているのかもしれません。わかりませんけど。わかっているのは、家に南京錠をつけて、その鍵を警察だけに管理してほしいと主張したことです。寛大にも、自分が鍵を持つ権利は放棄しました。なんでも、あの家に入りたくないそうで、もし入る必要が出てきたときには見張りの巡査に開けてもらうから、と言っています」

「それで南京錠にしたんですか」と、レイクスは諦め口調で言った。

「昨日の午後一時からです。午前中に業者の人間が設置に来ました。作業が終わったとたん、ジョーダンは喜んでキープセイクを後にしました。だいたい、彼女が家の外をうろつきまわったところで害はなさそうでしたしね。つまり」と、警視は続けた。「あなたがグーズベリーの話をつかんでくるまでは、まったく警戒の必要を感じなかったわけですよ。それに、それだってただの悪気のない口実かもしれません」

「その可能性もあります。でも、警視のおっしゃるように悪気がないのだとしたら、なぜブランシャールは午後の行動について嘘をついたんでしょう。しかも鍋を叩きつけてまで、グーズベリーのことを喋りそうになったフェイル夫人を止めたりして」

そのとき、ジョーダン巡査が部屋に入ってきた。血色のいい真面目そうな顔つきの若者は、なぜ自分が呼ばれたのか不思議そうではあったが、ユーモアのセンスは持ち合わせているようだった。

「はい、あそこのグーズベリーのことは、私が誰よりもよく知ってると言っていいと思います。緑色のやつは知ってますけど、ああいうのは初めて見たんで、ちょっと味見してみたんです。喉の渇きは癒えますけど、摘んで食べるとしたら、なんていうか——ものすごく気に入ったんだったら、持って帰る容器がなくてがっかりしたと思うんですが、そうでもなかったんで——」

「もういい、ジョーダン」と、レッキー警視が割って入った。「要はだな、君が午後一時にあそこを出たとき、茂みにグーズベリーの実がついていたか、ついていなかったかを訊きたいんだ」

「一つ残らずついてました。ただし」ジョーダンは顔を赤らめ、ばか正直に言った。「私が口に入れた二十粒を除いて、ですけど。喉が渇いてたもので。全部で四本の木があって、収穫するばかりに熟してましたが、まだ摘まれていませんでした」

レイクスが口を挟んだ。「午前中にブランシャールさんが現れたとき、グーズベリーを摘みたいというようなことを言っていたか?」

「いいえ。彼女がしつこく頼んできたのは、一人で家の中に入りたいということだけです。そんなことはできないんで、そう言いました。でも、タイディーさんの部屋に花を置きたいだけなんだ、って言って聞かないんです。それだけなら別に一緒に行ったっていいじゃないか、って言ってやったんですよ。お墓でも、教会の祭壇でもないんですから。ただ、よく考えたら異教徒なんですけどね。そうしたら泣きだしちゃって、そのまま帰っていきました」

「グーズベリーを欲しそうに見ていなかったか?」

「一度も見ませんでした。彼女、裏庭には行きませんでしたから」

「それは鍵屋が来る前だったか？　それとも後か？」

「前です。かなり前でした。夜の見張り番と交代した一時間後に朝食を食べて、それからすぐです」

「よし。それで今朝あの家を見に行ったとき、君の喉の渇きを癒してくれるものはどうなっていた？」

ジョーダンはきまりの悪さからくるニヤニヤ笑いをどうにかこらえた。「全部なくなってました。四本ともすべて実が取られてました」

レイクスが舌を打ち鳴らし、レッキー警視はジョーダンを下がらせた。

「完璧だ」と、レイクスは言った。「ペギー・フィスクがそれを裏づけています。昨日の午後二時に帰ったとき、キッチンにグーズベリーはなかったと言っています。ところが今朝来てみると――八時半に出勤するんですが――それが真っ先に目に入ったそうです。おまけにタイディーさんがこの瑞々《みずみず》しいモンスターを家で育てていることを知っていて、毎年夏には大きなバスケットで地元の病院に寄付していたと言ってました」

レッキー警視が渋い顔をした。「料理には使えないし、病人にだって生ではあまり美味しくないでしょうに」

「そういう人だということは知っていたんでしょう？」と、レイクスが言った。「ともかく、マイルハウスの家庭菜園が三つ目の裏づけ証拠です。あの痩せた土地では絶対にグーズベリーは育ちません。ペンバートンはグーズベリーがどんなものかも知らないと思いますね」

「だとすると」少し間をおいて警視が言った。「レオニーが午後一時以降のどこかで、キープセイクの実を摘んだのは間違いないということですね」

「午後二時です」と、レイクスが訂正した。「ペギー――もちろんフェイル夫人も――彼女が二時まで家にいたと証言しています」

「そうでした。しかし、自分の庭で果実を摘むのは罪のない行為でしょう」

「おっしゃるとおりです。ですが、それを隠したとなると罪がないとは言い切れませんよね」

「確かに。私が言いたいのは、その件と殺人のあいだにはまだかなりの距離があるということです」

「大きな一歩で距離を縮めたとも言えますよ」と、レイクスは希望を込めて言った。

三

エミー・ウィーヴァーは、警部が〈ミネルヴァ〉の哀れな店員ではなくエディス・ドレイクの話を聞きたがっているのを知って少々驚いた。確かにジェーンとは顔見知り程度の関係だったが、店が開いている日は毎日顔を合わせていて、時には言葉を交わすこともあったし、警察はもちろんのこと、レイヴンチャーチの町じゅうの人々がこの新たな殺人事件に関心を寄せているのも知っている。一方、不幸なエディス・ドレイクは一、二か月前にすでに死んだ人だ。

早死にする人のリストがしだいに増えても自分がどこか無関心なのは、きっと年を取って感性が鈍くなったせいだろうと思う。リヴィングストン＝ボール夫人や間近に控えた結婚式をとても楽しみにしていたアイリス・ケインの溺死のニュースを聞いたときと同じように、ジェーンが殺されたことを知らされてもさほど激しい動揺を覚えていないことに、われながら少し心が痛んだ。たとえ殺人や自殺という衝撃的な出来事であっても、時間が経ち、それも何度も起きるとショックが小さくなっても当然なのかもしれないが、よく考えてみると恐ろしいことだ。

最初の聴取のときは不意を突かれて、ついくつろいだままの状態で迎え入れたが、今回は生活臭をできるだけ感じさせないように気をつけて、店の背後にある静かなリビングで警部と向かい合って座った。といっても、店をやっている日常をきっちり切り離すのは難しく、新聞の上には荷ほどきしたばかりのウィーダの全集が積み上げられている。ウィーヴァーはそれを軽く叩いた。

「彼女は最近あまり評価されていないんです」と残念そうに言う。「華麗な文体を好まないうえに事実の不正確さにうるさい読者が多くて。でも、彼女の作品にはいいところもあるんですよ。私は」今にも倒れそうに傾いた華麗さの結晶を愛おしそうな目で見ながら言った。「彼女の雄々しい登場人物を読みたがる英雄崇拝者が少しはいるんじゃないかと期待しているんです」

レイクスは愉快そうな顔をした。「大丈夫。古き良き時代を心から懐かしむ人はいつだっています。われわれ現代の男はだらしないですからね。少なくともレイヴンチャーチの人たちはそう思っているでしょう。そこらじゅうでしつこく訊き込みをしたあげく、誰も逮捕していないんですから」

「頑張ってくださいね」と、ウィーヴァーは鷹揚に言った。

たぶんそのやり取りがあったために、警部がジェーン・キングズリーのことで来たと思ったのだ。それなのに突然彼が校長のエディス・ドレイクの話をしたので、一瞬、名前を言い間違えたのかと思った。

「ドレイクさん?」と、彼女は繰り返した。「でも彼女なら、数週間前に亡くなりましたよ。彼女――首を吊ったんです」

「知っています。お訊きしたいのはそのドレイクさんのことなんです」

「彼女はミネルヴァの店員さんとは知り合いじゃないと思いますけど」と、まだジェーンのことが頭にあったウィーヴァーは言い張った。

レイクスは鋭い視線をウィーヴァーに向けた。「おそらく、そうでしょう。でもあなたは彼女をご存じですよね。どうも親しくしていた人が少ないようなんです。ええ、わかります。いわゆるレイヴンチャーチの社交界で、積極的に活動していたとおっしゃりたいんでしょう？　ですが、それは悩みを分かち合うこととは別です」

「そうですよね」と、ウィーヴァーは言った。「そんなつもりはないんでしょうけど、人間ってとても無関心な生き物ですもの。『笑えば人はともに笑い、泣けば泣くのは一人だけ』って言いますし。私だって例外じゃありません――人から見れば無関心に見えるでしょう。だからといって薄情なわけじゃないんです。思いやりがないからというより、注意深くないせいだと思います。目の前で起きていることが見えないんです。本は人を隔離しやすいのかもしれません。ですからお力になれるかどうか。エディス・ドレイクはうちの店で長い時間を過ごしていましたが、打ち明け話をするような仲ではありませんでした。彼女といちばん親しかったのはビートンさんだと思います」

「ビートンさんのお話は確かに参考になりました」と、レイクスは頷いた。「ところが、われわれはあちこちで壁に突き当たっていましてね。その壁にさまざまな隙間を見つけて覗いてみなくてはいけないんです」

「その一つがうちの店なんですね」ウィーヴァーは半ば愉《たの》しげに言った。

「そのとおりです」

最初の驚きから立ち直った彼女が、彼の話の持っていき方にまったく興味を示していないことにレイクスは気づいた。結局のところ、やはり警察はバーサ・タイディーとジェーン・キングズリー殺人事件の捜査に注力している。どう見てもエディス・ドレイクの自殺は、すでに死因審問で評決の出た過去の件だ。だがウィーヴァーは、明らかに関係のない話題の入りをすんなり受け入れている。象牙の塔にこもって暮らしている結果だろう、とレイクスは結論づけた。どうしたって無関心になるのだ。人間的とは言えないかもしれないが、こういうタイプは聴取を進めやすい。

そこで彼は医学に関する質問をしてみた。

とたんに、またもや相手が驚いたのがわかった。ウィーヴァーは眉を寄せた。そしてゆっくりと、だが自信に満ちて首を横に振った。

「ドレイクさんは、そういった本にはまったく興味を示しませんでした」ウィーヴァーはそう断言したが、その答えが自分の質問の意図とずれていたため、レイクスはそっと息を吐いた。「十七世紀や十八世紀の戯曲とか、古い旅行本なんかが好きで――」

「あの」と、レイクスは言った。「誤解させてしまったようですね。彼女が関心を持っていなかったかとお訊きしたのは、医学の文献のことではなくて――」

「でしたら」ウィーヴァーがぴしゃりとした口調で入ってきた。「植物学者の学術書ならたまに入荷します。それを医学と呼ぶかどうかわかりませんけど。それ以外はうちの店にはありません。どんなもののことをおっしゃってるんですか？」

レイクスは、彼にしては珍しく気を遣いながら説明した。身動きせずにじっと耳を傾けているウィーヴァーの痩せこけた顔は無表情で、望みがあるのかないのか読み取れない。話し終えても彼女はしばらく無言だった。ここは辛抱強さが必要だと感じたレイクスは黙って待った。

「私にずっと前のことを思い出せとおっしゃるんですね」ようやくウィーヴァーが口を開いた。「戦争前の夏ですって？　そんな大昔のこと。それに、私は記憶力がよくないんです。他人の私生活に興味がないので、記憶の領域がうまく働かなくなってしまって。でも、とりあえずやってみます」

他人に関心がないことを何度も強調するのがレイクスには少々不思議だった。そしてウィーヴァーの次の言葉に、彼は驚かされた。「お知りになりたい正当な理由がおありなんですか？　ええ――あるに決まってますよね。それに、レイヴンチャーチを取り巻く思いもよらない悪から、鉄のカーテンを――最近はそう呼ぶんでしょう？――取り除いてくださるのなら、それに越したことはありませんものね。私が思い出したことをお話ししましょう」

それは大ざっぱな短い話で――非難に値すると言ってもいい内容だった。だが、レイクスの心は確実に鼓舞された。まさに初めて得た取っ掛かりであり、これまで頭を悩ませていた証言の矛盾を解消して仮説にかかった霧を晴らす突破口になる。

「ある週のことです――あれは、あのひどく不穏な夏の、不穏な一週間でした。もうずっと昔のことのような気がします。彼女は普段よりも頻繁に来店していたんですが、はっきりした目的があるわけではないようでした。古書店に来るお客さんは、ぶらぶら見てまわる人ばかりで――特に彼女はそうでした。でも、その週は様子が違ったんです。本を手に取っても開きもせず、私に声もかけませんでした。週の前半ずっとです。いつも明るくてあけすけに物を言うのを知らなければ、ずいぶん暗い人だと思ったでしょう。そんな状態が二、三日続いたあと、少しずつ本来の彼女を取り戻し始めて、また話しかけてくるようになったんです」

ウィーヴァーは口ごもり、風とともに去ったその日の記憶をできるだけ正確に呼び覚まそうとした。確かエディス・ドレイクが口にしたことは、本に囲まれた自分の要塞に足を踏み入れた誰もがするような、ちょっとした打ち明け話だったはず……。

「やっと思い出しました」ウィーヴァーはもったいぶったように言った。「ただ、一つはっきり申し上げておきますけど、私が憶えていることは警部さんのお役には立ちませんよ。だって――エディスは自分自身のためではなく、妹さんのために情報を探していたんですから」

「続けてください」

「たいそうな話ではありません。エディスが言うには、妹さんが――彼女が言ったとおりの言葉を使うと――困ったことになったんだそうです。お相手の男性が絶対に結婚できない人で、何も訊かずに助けてくれる医者を探している、って」

「そんなようなことではないかと思っていました」と、レイクスは言った。「ですが、どうしてあなたに相談しに来たのでしょう」

「相談に来たわけではありません。心配事を突然打ち明けたのは、私に助けてもらおうとか、医者を紹介してくれるだろうなどと期待したからではないと思います。それは間違いありません。彼女の考えたとおり、私には無理ですもの。そのあと、家族の問題で煩わせてしまってごめんなさい、と謝ってから、でも話したら少し気分がすっきりしたわ、って言ってました」

「それで、あなたはそれについて何かしたんですか？」と、レイクスは静かに訊いた。彼女の答えにすべてがかかっている。

急にウィーヴァーが悲しそうな顔をした。「それを訊かないでくださればと思ってました。何もすべきじゃなかったのはわかってます。言っておきますけど、決して噂を広めようとしてやったわけじゃないんです。私、そんなことに興味はありません」と、ためらうようなしぐさを見せた。「ただ――ご近所さんの困っている問題に純粋な関心を持ったので、ちょっと物事を軽く考えてしまって」

「わかります。それで、何をなさったんですか」

「タイディーさんに話したんです」

レイクスは満足の吐息を漏らした。

ウィーヴァーが続けた。「彼女は私と違ってとても世慣れた人でしたから。私にはできなくても、タイディーさんなら助けになってくれるんじゃないかと。それに、これだけはわかっていただきたいんですけど、ドレイクさんは秘密にしてくれとは言わなかったんです。でも私にはあげられない情報を心から求めていることだけはわかりました。だからタイディーさんに妹さんのことを話したんです」

「それで？」レイクスは先を促した。

「彼女――タイディーさん――は興味を示しました。ほとんど何も知らない私に、答えられない質問をたくさんして。彼女はそういう人でした。悪く言いたくはありませんが、他人に強烈な関心を寄せていました。それこそ――死を招くほどとは言いませんけど――悪意のある興味の持ち方と言ってもいいくらいでした」

レイクスは喜びをあらわにして両手を揉んだ。「ウィーヴァーさん、あなたは素晴らしい人だ」目を瞠《みは》るウィーヴァーに言った。「もう一つ質問させてください。タイディーさんはその問題について何かしようとしていましたか？」

「彼女は自分が何かできないなんて認めるような人じゃありませんでしたから、ドレイクさんにミネルヴァを訪ねるよう伝えてくれと言いました。たぶん、ドレイクさんはそのとおりにしたんじゃないかと思います。タイディーさんは法に触れずに妹さんを助けてあげられると自信を持っていました」

レイクスは立ち上がった。

「ありがとうございました——ご協力、本当に感謝します」

ウィーヴァーはうれしそうに帰っていくレイクスをドアまで送りながら、半ば戸惑い、半ば優しい気持ちになっていた。冷めた人生観を持つ彼女は、人の死と災難から警察官が喜びを得ているのを目にしても憤りやショックを感じなかったのだ。

「どうしてそんなに喜んでいらっしゃるんですか?」と、彼女は尋ねた。

レイクスは微笑んだ。「夜が明け始めたんです。だからですよ」エディス・ドレイクに妹がいないのを確信していることまでは教えなくていいだろう、と彼は思った。

四

レイクスに運が向いてきた。〈ロンググリーティング・プレイス〉を訪ねた彼は、ミス・クララ・リヴィングストン＝ボールにすんなり面会することができた。六十すぎだと思われる小柄できちんとした身なりの女性で、相手をすぐに安心させる落ち着きを備え、深い洞察力に満ちていながらも温かみのある目をしている。

「いらっしゃるんじゃないかと思っていました」椅子に座ると彼女が言った。「亡くなった兄のこの家に住んでまだ六、七週間ですが、夏前にはまた出ていくつもりです。でも、そんな短いあいだでも、何て言ったらいいか、かなり説明のつくことがあったんです。最近の――その――死について」

最後の言葉を口にする前に明らかに躊躇《ちゅうちょ》したのに気づき、レイクスは怪訝そうな視線を向けた。クララがしたり顔で頷いた。

「殺人、って言おうとしたんです。でも、私が指しているのはバーサ・タイディーの殺人と、その前に起きた兄夫婦をはじめとする一連の死のことです。キングズリーさんの事件に関しては何も知りませんし、見当もつきません。二人いる住み込みの雇い人が、彼女が殺された午後うちに訪ねてこなかったことをすでに警察にお話しししています」

きびきびした自信のある態度と、どう考えても快くはないであろう訪問への寛大な対応がレイクスの関心を惹いた。

「話をスムーズに進めていただいてありがとうございます」と、彼は言った。「キングズリーさんの事件について伺ったのではありません。お訊きしたかったのはお義姉《ねえ》さんのことです。ですから、つらいうえに要領を得ないかもしれない質問を省くためにも、こちらに移り住まれて以降、何か捜査に役立ちそうな出来事があったなら教えてください」

クララは陰気な微笑みを浮かべた。「これ以上つらいことはありません。でも、傷の痛みをもっと強烈に感じる人たちがいるのも事実です――そのうちの一人は――痛みに耐えきれずに亡くなりました」身構え直し、レイクスを見つめ返す。「実は、先月になって、兄の妻が法的には妻でなかったことがわかったんです」

レイクスはひと息おいてから静かに言った。「なるほど。バランタイン大佐がまだご存命なんですね？」

　クララは眉根を寄せ、探るように彼を見た。「よく情報をつかんでいらっしゃるか、察しがいいか、どちらかのようですね。ええ、残念なことにシリル・バランタインは生きています。ごく最近、正真正銘彼が書いた手紙を手にしました」

「あなた宛てに書かれたものですか？」

「最初に来た手紙は違います。私は死んだ兄の唯一の遺言執行者なんです。ですから、兄が亡くなったあと家に届いた手紙は私の手元に転送されます。フィービー宛てのこの手紙はその中にありました。私が手にしたのは三週間以上前で、ロンドンの消印が押されたものです」

「それ以外にも手紙があったんですか？」

「もう一通。順を追って事実をご説明したほうがいいですよね。ただこれだけは申し上げておきますが、フィービーの死がこのことと直接関係があると確信できないかぎりは、できるだけ伏せておくべきだと考えたんです。でも、今は警部さんにぜひ知っておいていただきたいと思います。誰にも言わずに黙っていたので、こうしてお話しできたら肩の荷が下りますもの」

　彼女は考えをまとめるかのようにいったん唇を閉じ、やがて語りだしたときには、その目はもはやレイクスを見てはいなかった。「四十年以上前のことです。若かったフィービーは教師を志してイングランド北部の教員養成大学で学んでいました。バーサ・タイディーもそこの学生でした。バーサは教師になりましたが、フィービーは就職せずに、大学があった町に駐屯していた歩兵連隊の若き中尉だったシリル・バランタインと結婚したんです」

「お話し中すみません」と、レイクスが言った。「リヴィングストン＝ボール夫人はお友達のタイディーさんより年上ではありませんでしたか?」

するとクララは彼に目を戻した。「一歳上だと思います。一年も違わないかもしれません。フィービーのほうが年上だという話を広めたのは、いつものバーサのつまらない虚栄心の表れにすぎません」

「続けてください」

「シリル・バランタインは——もちろん、私は本人を知りませんけど——外見上はとても魅力があって、実はサディストで胸の内に狂気を秘めていることなどまったく感じさせなかったそうです。フィービーの彼との結婚生活はおぞましいもので、正当な離婚理由になることが山ほどあったのに、彼女はそうしようとはしませんでした。どんなにひどい状況だろうと婚姻を続けるのが義務だと考えられていた時代に生まれ育ちましたから。

幸いバランタインは何度もフィービーを捨てたのですが、残念ながらその都度戻ってきたようです。そして幸運にも彼が一九一四年の戦争に従軍することになって、しばらくのあいだフィービーは息抜きができたんですけど、そのときも残念なことに彼は戦死を免れました。それどころか、一九一七年の軍事作戦の終了間近に負ったケガのせいで心の病気が悪化してしまって、停戦のすぐあとで彼の家族は——どうやらこの件についてはお金を惜しまなかったようで——スイスにある特別な精神治療が必要な人のための最先端の施設に入れました」

クララは大きく息を吐いて、それまで以上に気遣わしそうな口調で続けた。「警部さん、私はできるかぎりシリル・バランタインを公平な目で見たいと思っています。おそらく本当のところは、人生にも社会にも適応できずに深く苦しんだあげく、自分も他人も傷つけずに済む場所に何年ものあいだ幽閉されることになったのでしょう――ずっと昔、一九一九年よりも前の話です。人を傷つけるのをやめた三十年近く前まで、確かに彼はフィービーの人生の平安を掻き乱すならず者でした。でも平和を乱す悪党と言い切るのは違うと思うんです。だって、知らず知らずのうちに別の悪人の道具として働かされてていたんですから。もしもフィービーの死の原因が彼なのだとしたら、責められるべきはもっと別の人間です」

レイクスが言葉を挟む前に、彼女は素早く続けた。「話が逸れてしまいましたね。一九二九年に、彼の死の報せが私たちのもとへ届きました。正確には、それまで三年ほど私たち兄妹と友人関係にあったフィービーが『タイムズ』紙の死亡記事で名前を見つけたんです。彼女が家族に手紙を出してみると――実質的にはとっくに疎遠になっていたんですが――冷淡な短い返事が返ってきました。それは死亡記事を裏づけるものでした。そして一年後、彼女はヘンリーと結婚したんです。

これで哀れなバランタインとは永遠に縁が切れたと誰もが思っていました。そうしたら――この手紙です」

「先ほど、シリル・バランタインが生きている事実をあなたが知った手紙のあと、もう一通来たとおっしゃいましたね。それもお義姉さん宛てに届いたものですか?」

「いいえ。私にです。最初の手紙を読んだ私は、バランタインが何度かフィービーに手紙を出したのに返事をもらえなかったのだと思いました。返事をくれ、とはっきり書いてありましたし――あとで実物をお渡ししますね――会いたいと前にも書いたことに触れていて、迷惑はかけない――これまでのバランタインを考えたらそんなの信用できませんけど――ただ、どうしても会って話がしたい、と書かれています。ロンドンで一緒にランチをしたいから日時を指定してくれ、と。

さんざん迷った末に、私はこの手紙に返事を書くことにしました。その段階では、弁護士も含め誰にも相談するつもりはありませんでした。大きなショックの只中にあったせいもあって、人にアドバイスを求めることはフィービーとヘンリーの両方に対するとんでもない裏切り行為のような気がして。それに、最後の手紙の文面からすると、シリル・バランタインが直接ここを訪ねてくるんじゃないかと不安になったんです。結局、兄夫婦が亡くなったこととその日付を報せ、彼からの便りに驚いたことだけを書いたとても短い返信を出しました。フィービーが別の男性と十六年間幸せな結婚生活を送り、今さら彼らの幸福な思い出を引き裂いても何も得るものはないことも書きました」

「彼から返事は?」

「ありました。しかも折り返しで。長いうえに、とても重要な内容の手紙です。彼は一九二九年に施設から出されたそうです。入ったときと同じように、適応できなかったからだと思います。捩《ね》じ曲がった心に最初に浮かんだ計画が、手紙もくれず面会に来ようともしなかった冷たい家族を騙して、自分が死んだと信じ込ませることでした。施設を出たとたん、連絡を取り合っていたスイスの友人に会い、偽の電報と手紙を家族に宛てて出すよう頼んだそうです。その友人というのも、でっち上げなんじゃないかと思います。施設から通知を出したら家族が詳細を問い合わせて、嘘がバレるかもしれないことまでちゃんと考えるようなずる賢い人ですから、わかったもんじゃありません。死の報せを受け取って大いに安堵した家族が、よく確かめもせずに喜んでそれを信じたとしても頷けます。友人とやらに連絡しても返事がないので、そのままにしたのでしょう。そうやって家族を騙すことでどんな利益を得ようとしたのかは知りませんし、彼自身もよくわからなかったんじゃないかと思います――昔の卑劣な行為にしたって、彼の動機はいつも曖昧でしたから」

「どうやら」と、レイクスが言った。「その時点ではお義姉さんに連絡するつもりはなかったようですね。むしろ逆な気がします。彼女はいずれバランタイン家を通して彼の死を知るはずですし」

「ええ、そうなんです。数年間は昔の知り合いと連絡を取りたくなかったと、手紙に書いてあります。イギリスに帰国することさえしませんでした。その後の十年間の行動は推測するしかありません——手紙では触れられていませんでした——戦争前のあの暗い時期、不法な手段でお金を稼ぎながら、ヨーロッパのあまり評判のよくない地を転々としていたんじゃないでしょうか。一九三九年になる頃には、かつて避難していたスイスが最も居心地のいい場所だと思うようになったそうです。スイスに腰を落ち着けてたっぷり考える時間ができると、ある行動を思いついて、去年の秋イギリスにやってきて早速実行に移したんです」

レイクスは難しい顔をした。「どうやってお義姉さんの新しい結婚のことを知ったのか書かれていましたか？　帰国したとたんに現在の彼女の名前に連絡できたということは、その埋もれていた時代に充分な情報を得ていたはずだと思うんですが」

「それは違います」と、クララは断言した。「義姉《あね》と連絡を取ったという点です。今、それをお話しするところでした。彼の最初の行動はなかでも最も重要で、それがすべての悲劇をもたらしたのだと思います。放浪していたあいだは連絡を取らなかっただけでなく、フィービーが生きているか死んでいるかも知らず、どこを捜せばいいかもわからなかったそうです。ところが悪いことに、彼はあることを思い出したんです」

「何ですか」

「バーサ・タイディーのヨークシャー時代の住所です。説明が必要ですね——昔のことをお話しするには、どうしてもいろいろな話を差し挟まなければなりません。バランタインと出会ったばかりの若い頃、彼はバーサに気があったのだとフィービーから聞いたことがあります。とても想像できませんけど。冷たい言い方なのはわかってます――でも、いくら美しさを保っていようと、彼女は控えめに言っても私がこれまでに会った誰よりもいけ好かない女性です」彼女は自分を戒めるようなしぐさをした。「今となっては、どうでもいいことですね。警部さんがお待ちになってるのに、すみません……。バランタインは、彼に熱を上げていたバーサから何度か歓待されたタイディー家の住所を憶えていて、バーサに手紙を出しました――誰もが知るあのバーサに――フィービーの消息を知らないか、と」

「当然、その手紙が届いたとき、すでにタイディーさんは何年も前からロンググリーティングに住んでいたんですよね」

「ええ。フィービーの近くに。フィービーの話では、彼女がバランタインと結婚した当時、タイディーは怒りと失望を隠さなかったというのに。でも、タイディーの弟さんがまだヨークシャーの家に住んでいたんです。手紙を転送したのはアーサー・タイディーです」

つじつまが合う、とレイクスは思った。ジグソーパズルのようにピースが整然とはまり始めている。無意味で矛盾する数々の証言の末に、ようやく筋道の通る構図が見えてきた。

クララは彼をじっと見ていた。「警部さん、あの誤解された、おそらくはわざと誤解させた手紙の結果どうなったのか、想像がつきますよね？　あの二人はどちらも恥知らずな人たちですが、シリル・バランタインがバーサの協力を仰いでフィービーにプレッシャーをかけたのかどうか」

「想像はつきますよ」彼女の最後の言葉を無視してレイクスは答えた。「あなたが何を考えているか。

ですが、できればあなたの口からお聞きしたい」

「もちろんお話しします。バーサ・タイディーは自分が知っていることを使って義姉を脅したんです。フィービーを死に追いやったのは彼女です」

レイクスは勢いよく身を乗り出した。「そう、そうです――そう考えていらっしゃるのだと思ってました。ただ証拠です、リヴィングストン＝ボールさん、証拠は――」

「あります」クララは静かに言った。立ち上がり、数歩離れた小さなサテンウッドのキャビネットに歩み寄る。引き出しの鍵を開けると、封印はされているが宛名のない真四角の大きな封筒を持って戻ってきた。

「警部さんにお預けします」と言ってレイクスに手渡した。「ここでは開けないでください。手紙が四通入っています。二通は今お話しした、フィービーが死んだあとにこの家に届いたシリル・バランタインが書いたものです。それ以外の二通は、明らかに互いの交際が遠のいていた春にバーサが義姉に出した短信です。警部さんの目は私よりよほど鋭いでしょうから、それを読んでいただければ何かおわかりになるんじゃないでしょうか」

「ありがとうございます。それで、バランタインが以前お義姉さんに宛てて出していた手紙というのは？」

「見つかっていません。でも、フィービーの死後に届いた手紙と私宛ての手紙の内容からは、何通かあったのは間違いありません。たぶん、受け取ったときか死ぬ決心をしたときに、彼女が破棄したんでしょう」

「それは」レイクスはグレートレクスが言っていた黒焦げの紙のことを思い出した。「これまでにわれわれが得た証言と合致しそうです」

「フィービーは手紙の件を兄に隠していたのだと思います。ヘンリーは彼女の秘密を知ったからではなく、彼女のいない人生を生きられないから命を絶ったんです。だからこそ彼女は、バランタインからの手紙を念入りに燃やしたんでしょう。絶対に兄の目に触れないように。でも結局バーサ・タイディーは、義姉ばかりか兄の死の原因もつくったことになるんです」

そろそろ引き揚げようとレイクスが腰を上げても、彼女にはまだ言い残したことがあった。「さっき、このひどい迫害に関してバランタインとバーサ・タイディーが手を組んでいたような言い方をしましたが、実際には違うと思います。私の知るかぎり、バーサはいつだって一人で事を行う人でした。それに、フィービーの最初の夫のような不安定な人間なら、簡単に危険な企ての協力者になったでしょう」

レイクスは頷いた。「お義姉さんは資産家だったんですか?」

「資産家ではありません。不自由なく暮らしていける程度には裕福だったと思いますけど。兄のほうは、とても気前のいい人でした」

「バランタインがお義姉さんに金の無心をしたかどうかご存じですか?」

「知りません。でも手紙を読んでくだされば、彼が権利の主張に前向きなのがおわかりになると思います。ご存じのように私はヘンリーが死んだことも伝えたんですが、彼はどちらが先に亡くなったのかをしきりに知りたがりました。自分がフィービーの最も近い親族であることを何度も書いています。彼女が遺言書を残さずに死んだのは確かですが、ヘンリーより先に亡くなっているので、たとえでたらめな厚かましい申し立てをしようと兄の財産が彼に渡ることはありません」

「シリル・バランタインの件は有能な弁護士がすぐに片をつけてくれるでしょう。それで、バランタインが手にしたがっているお義姉さんの資産はどのくらいあるんですか？　彼がわざわざ骨を折ろうとするだけの額なんでしょうか」

クララは奇妙な目つきでレイクスを見た。「それが、どういうわけかここ半年余りのあいだにほとんどなくなっているんです」

# 第十章

## 「つるっぱげの親父さん」と、オルドゲートの鐘が遅れて鳴る

### 一

レイクスが〈フリップ・アンド・ソルトマーシュ〉の店内に足を踏み入れたときの冷ややかな空気は、ある程度予想していたものだった。ミス・グレーヴズに関する聴取に対して、店側は度を超えて嫌悪感をあらわにした。ベアトリス・グレーヴズはドレス売り場のマネージャーとして、雇い主たちの評判を色褪《いろあ》せさせない配慮をすべきだった、と思っているのだ。彼女自身だけでなく自分たちにまで不審な目が向いて迷惑していると言わんばかりだった。

「色褪せさせない」という言葉はぴったりだな、と、きらびやかな店内に目をしばたたかせながらレイクスは思った。クロムメッキに間接照明、労働者階級が足をすくめてしまいそうな、果てしなく延びるふかふかの絨毯《じゅうたん》といった内装はどれを取ってもうんざりするほどやりすぎなのだが、〈フリップ・アンド・ソルトマーシュ〉はむしろそれをひけらかしているように見える。

マネージャーのオフィスに案内されたレイクスは小ぶりな部屋のサイズにほっとしたものの、部屋の内装がこの現代の煉獄《れんごく》を思わせる店のほかの場所と寸分違《たが》わないことにすぐに気がついた。この店は、人間的要素よりも物質的なレイアウトを重視し、働いている人間には目を向けないのだ。だからトランピントンを紹介されたとき、〈フリップ・アンド・ソルトマーシュ〉がこの男をゼネラルマネージャーに選んだことに少しも驚きを感じなかった。ものの見事に店に溶け込んでいたからだ。

トランピントンはふっくらしているがそれほど腹の出ていない長身の男で、髭を剃ったばかりか、あるいは髭剃りの必要がないのかと思うような艶やかな顔をしていて、これまで見た誰よりも頭が禿げていた。ほとんどないと言ってもいい眉の上から完璧な弧を描いて皺のない首の後ろまでつながっている。一本も毛がなく、ピカピカに輝いているところは、店の方針と合致している。

「私どもとしましては、例の——その——悲しい出来事は終わったものと存じておりました」勧められた椅子に座ってレイクスがベアトリス・グレーヴズの件を切りだすと、トランピントンは言った。「私ども」というのは具体的に〈フリップ・アンド・ソルトマーシュ〉を指しているのではなく、店に忠を尽くす彼独特の言い回しなのだろう、とレイクスは思うことにした。

あくまでも最近起きた殺人事件の捜査であって、その過程で以前の不審死について見直す必要が出てきたのだということを、彼は丁寧に説明した。目の前に置かれたちっぽけなデスクの上を指で叩きながら疑わしそうに聞いていたトランピントンは、店側からはこれ以上事情聴取に付け加える証言はないと思う、と言った。これまでの証言だって、ほぼないに等しかったくせに、とレイクスは内心舌打ちをした。

ウィーヴァーとクララ・リヴィングストン＝ボールから有力な証言を得たばかりの彼は、ゆったりと脚を組み、まったく愛想のないトランピントンとは対照的ににこやかな態度を取った。

「グレーヴズさんの死因審問が行われたのは」と、レイクスは言った。「五月上旬でした。もうすぐ七月になります。審問が終わってからしばらく経つと、ある程度落ち着いた雰囲気の中で新たにいろいろな話が出てくることがよくあります。例えば来店する顧客のみなさんとか――職場で彼女を知っていた人たちとか――」

顧客という言葉に敏感に反応して、トランピントンがこわばった顔で言い返した。「うちのお得意様は言うまでもありませんが、スタッフの中にも警部さんのおっしゃる噂話に興じるような者はおりません。どの部署の人間であろうと、自宅でのお喋りのレベルでさえそんなことをしようものなら、礼儀正しさと思慮分別における当店の揺るがない評判を維持することはできませんから」

この気高い評判に少しは気圧《けお》されるかと思いきや、レイクスは冷静に答えた。「誰しも人間ですからね――女性ならなおさらでしょう。礼儀正しさや思慮分別や品位が後ろに押しやられることだってあります。しかし、お宅のスタッフがどのくらい人間味をなくしているかは、私よりあなたのほうがよくご存じだ。それならそれでかまいません。ただ、一つだけ教えてください。バーサ・タイディーさんはお宅のストアに定期的に来る――いわゆる常連客でしたか?」

ストアと呼ばれて憤慨してもおかしくないところだったが、トランピントンは相手にするのをやめてやり過ごした。

「はい。身だしなみの整った趣味のいい方だったので、最高級の品にしか満足なさいませんでした」

「来店したときにグレーヴズさんと顔を合わせたというようなことは?」

「あります」トランピントンは退屈そうに爪を見ていた目を上げ、縁なし眼鏡の奥から驚いたような視線を向けた。「でも、二人ともレイヴンチャーチの住民ですし――厳密に言えばタイディーさんが、ですが――当店以外で顔を合わせることがあってもおかしくはないと思います」

「そうですね」きっとそうだろう、とレイクスは確信した。「ところで確認なんですが、グレーヴズさんは地元の方ではなかったんですね？　ここに家を構えていたわけではないんですよね」

「ええ、彼女はロンドン市民でした」その短い答え方は、何かもっと言いたいことがあるように聞こえた。

レイクスは探りを入れてみることにした。「レイヴンチャーチに間借りしていたわけですね。こちらのお店に勤めているあいだ、ずっと同じ住所にお住まいだったんでしょうか」

「だと思います」と言ってから、「そうです」と言い直した。

いやに慎重な物言いに、レイクスは何か隠しているな、と直感した。もっと探ってみる価値がありそうだ。

「そのことをお尋ねするのは」経験から有効であることを知っている、腹を割った抑えた口調で言う。「死因審問で問われなかった点だからです。つまり、プライベートの彼女の生活に関してです。自分の部屋で自殺したなら、その部屋や入居者に関しても徹底的に捜査されるのが通常ですが、グレーヴズさんは遺書も残さずに溺死し、アパートもきちんと片付いていて、大家さんからも証言らしい証言は取れませんでした」

トランピントンはじっと耳を傾けていた。ずっと黙っているが無反応なわけではなく、何かを言いたげな様子が見て取れる。それが何にせよ、多少なりとも温度が上がったのはいい兆候だった。どうやらトランピントンは当惑し、尊大な態度が和らぎかけている。

「お話の方向性がよくわからないのですが」と、ようやく彼は口を開いた。「もちろん、おっしゃっているより多くのことを警部さんはご存じなんでしょうね。いずれにしても最後まで事実を追及なさるんでしょうから、何も知らないスタッフに訊きまわられて時間を無駄にしたうえに彼らの好奇心を掻き立てられるより、死因審問が終わった一、二週間後にわかったことを私からお話しするほうがいいでしょう」

「何かあったのはつかんでいます」相手がはったりに感づかないことを願いながらレイクスは言った。「どうか話してください」

トランピントンは口ごもった。「最初に知っておいていただきたいのですが、これは警察が気づかなかったことなんです。それについては私にも責任があります。大家のパラゴンさんが警察にどれくらい話したのか、あるいは頭の中でどの程度推測していたかはわかりません。彼女が、発見したことを私のところに渋々告げに来たのが遅かったのは確かです。私はその件を取締役会には知らせませんでした。ですからフリップ・アンド・ソルトマーシュに限って言えば、知っているのは私一人です。グレーヴズさんが悲劇的な――その――目立つ状況で亡くなった今、この件をすっぱ抜くのは無益な詮索でしかありませんし、関わっているほかの何人もの方々にも迷惑がかかりますから」

「では、深刻なことなんですね？」

「ええ、とても。亡くなる前のしばらくのあいだ、グレーヴズさんはかなり大規模な衣料配給券の違法売買に手を出していたのです」

レイクスは眉を上げた。「証拠はあるんですか？」と静かに訊く。

どうやら、トランピントンは観念したらしかった。一か月以上もの監禁状態から解き放たれた舌は滑らかに動き、弁解がましい態度は崩さないながらも、胡散臭《うさんくさ》いくらいに融和的になった。

　彼の話は、ベアトリス・グレーヴズの大家パラゴン夫人の、家のことにうるさく詮索好きな性格に基づいていた。家具付きの部屋しか貸していない彼女は、新たな入居者をすぐには信用せず、よく調べるタイプだった。大事にしている住居の家具や備品に対する愛着が異常に強く、一時的だろうと少しでも動かされると耐えがたい苦痛を感じる。新しい女性入居者に引き渡したとたん、部屋の中に入って自分の所有物に触れて感触を楽しみ、初日からないがしろに扱われていないかどうか確かめずにはいられなくなるのだった。そのせいで、彼女の「間借り人」の誰とも友好な関係にはなく、どの間借り人も高い家賃を払ってまで夫人を喜ばせる必要性を感じないため、間借り期間はたいてい短かった。パラゴン夫人は、自分は新しい顔ぶれが好きなのだと思うことにしていた。

　グレーヴズはほかの居住者より長く借りていたにもかかわらず、むしろ愛想が悪かった。不愛想さに頭にきながらも、立ち退きを迫れない兵士の宿に割り当てられるといけないので、パラゴン夫人は戦時下に彼女を追い出すことをためらった。少なくともグレーヴズは間借り人としてはまあまあだった。ただ、家事に関してはパラゴン夫人の基準を遥かに下回るうえに、おとなしくて――おとなしすぎると言っていい――家を空けることが多かった。

「当然」と、レイクスが言葉を挟んだ。「マスターキーが使われたんでしょうね」

「おそらく。あのパラゴンさんが我慢できるとは思えませんからね。どうも、そういう状況は四年にわたって続いていたようなんです――つまり、グレーヴズさんが当店で働いていた期間です」トランピントンはやりきれないという目でちらっとレイクスを見た。「その――私には――どうして彼女がこんなことに手を染めたのか、なぜあんな死に方をしたのか、どうしても理解できないんです。亡くなったときの地位に昇進させたのは、つい去年の秋のことです——はっきり申し上げて、昇給額もかなりのものでした」レイクスに問われて彼は具体的な額を口にし、レイクスはそれをメモした。

ぽっちゃりした指にあるはずもない皺を伸ばしながら、トランピントンは一瞬思案顔になった。

「彼女の遺体は水曜日の夕方、川から引き揚げられましたよね。その夜遅く、警官がパラゴンさんを訪ねてきました。家の外に来ただけで、そんな時間なので部屋の中を見ることもせずに、翌朝また来ると言って帰ったそうです。最初のショックから立ち直ると、大家としては住人のいなくなった部屋への感情のほうが勝《まさ》ったようです」

「警察がいようといまいと、行動に移すつもりになったわけですか」と、レイクスは呟いた。「ありがちですね」

「はい。彼女は部屋に入ったことを認めて——まあ、その権利がないではないですよね——たった一つを除いて何も動かさなかったと言っています」

「ほう」レイクスは大きな声を上げた。「こいつは面白くなってきた！」

「どうやら」レイクスの冗談を無視してトランピントンは続けた。「パラゴンさんは以前、持ち手が壊れて修理に出したランチケースの代わりに、グレーヴズさんに小さな革製のランチケースを貸したらしいのです。そのままずっと返却されていなくて、それが部屋の隅にあるのを見て、つい持ち帰ったんです。手順は間違っているとしても、当然と言えば当然なのかもしれません。そして、翌日警察に入られても彼女の名誉が傷つかない程度の部屋の状態に満足して、鍵を掛け直して出たそうです」

「埃や整っていないベッドのほうが、自殺に追いやられるほどの苦しみよりも重要な懸念事項だというのか。なんて女性だ！　その次はパンドラと同じことをしたんですか？」

「ひょっとして」少し考えてからトランピントンが言った。「彼女がケースを開けたか、ということですか？――いいえ、最初は違います。なぜなら開かなかったからです。彼女の話では、もともとそのランチケースの鍵は持っていなかったそうで、あったとしてもどこにやったかわからないのだとか。それなのに今は鍵が掛かっている。つまり、グレーヴズさんが鍵を見つけたか、合鍵を作ってもらったかです。とたんにパラゴンさんは好奇心を掻き立てられました」

「でしょうね。それで？」

「結局、鍵をこじ開けました。ああいう小さなケースの場合、造作もないことです。最初に持ち上げたときは空っぽだと思ったんですが、自分の部屋に持って帰る際、中で何かが滑ったのを感じたそうなんです。自分の持ち物である空のケースだけ保管して、中身はグレーヴズさんの部屋に戻すつもりだったと言っていました」

レイクスは疑わしそうな顔をした。「なるほど。ハムレットの言葉じゃないが、『もし貞操がなければ、持っているふりをしなさい』ってやつですね。しかも事件のあと説明が遅れたのならなおさらだ」

トランピントンはやや自信をなくしたようだった。「私は彼女から聞いたことをお伝えしているだけです。ケースの中には、衣料配給券の冊子が三十冊とたくさんの表紙が入っていました――配給券を取り除いたあとの冊子の表紙です」

「あなたもご覧になったんですか？」

「はい。死因審問が終わって二週間近く経ってから、パラゴンさんが私のところへ持ち込んだのです。恐ろしかったのだと言っていました。どうしたらいいのか、どうすべきなのかわからなかった、と。本人の言葉によれば『警察沙汰になる』のが怖かったそうで、私のところへ来たのは――あまり賢いとは思えませんが――その配給券が当店のものかもしれないと思ったからだと言い訳しました」

「おかしなもんですよね」と、レイクスは言った。「女性というのは、わざわざ自分の愚かさを宣伝するんです。にもかかわらず、それを指摘しようものなら厄介なことになる。しかし、あなたもです、トランピントンさん――なぜ、その冊子を警察に渡さなかったんですか」

　トランピントンはすっかりしょげ返ってしどろもどろになり始めた。「わ――私は、このショッキングな案件を取締役会に報告する決心がつかなくて――」

「取締役会などどうでもいいんです」レイクスは厳しい口調で言った。「これは警察の案件です。この配給券を持ったままでいると、立場が悪くなるどころか共犯も疑われかねないんですよ。今どこにあるんですか」

「ここです」浮かない顔のトランピントンが言った。「私の手の届く場所にしまってあります」

　ポケットから鍵束を取り出し、困惑ぎみにまごつきながらようやく小さな鍵を選ぶと、座っていた両袖机の浅い引き出しを開錠し、両手で衣料配給券の冊子の束を出してレイクスのほうに押し出した。

「ふむ」冊子にざっと目を通したレイクスが不満そうに呟いた。「名前も住所も登録番号もない。役所から発行されたときのままの状態だ。まあ、配給手帳と一致するシリアルナンバーを調べれば、持ち主は容易に突き止められるでしょう。発行元の役所のコードはまちまちなんですね――全部がレイヴンチャーチ周辺地区のものというわけではないのか」

「ええ」トランピントンも唸った。「一地方のスキャンダルにとどまらないということです」

「それと、この表紙だけのもの。これを彼女が燃やさなかったのは迂闊《うかつ》でしたね。綴じ金具を見てください――きちんと綴じてあるものもあれば、ピンが立っている箇所もある。新たな配給手帳に綴じ込みやすいように、配給券のページは丁寧に外してあります」じっと相手を見つめるレイクスの視線の先で、トランピントンはイタチに睨まれたウサギのような目を配給券に向けている。「グレーヴズさんが本当にこの配給券を売買していたという推理を裏づける根拠がほかにありませんか？　ここだけの話、その線はかなり濃いとは思うんですが——ただ疑わしいものを持っていたというだけでは、それを使って実際に金を得ていたとまでは言い切れませんからね」そうは言いながらも、その笑みはほぼ確信していることを物語っていた。

「実は、あるんです」と答えたあとで、それ以上の不法取引の証拠品を隠し持っていることは慌てて否定した。「いいえ、お見せできるものがあるわけではないんです。その点についてグレーヴズさんは用心深かったですし、ご存じのとおり、警察の捜索でもアパートからは何も出てきませんでした」

「パラゴン夫人がしらみつぶしに探したんでしょうしね」

トランピントンは顎が二重になるほど深く頷いた。「パラゴンさんが配給券を私のところへ持ち込む前のことです。だからなおさら戸惑ったんです。葬儀から一週間もしないある日、ランジェリー売り場担当のミス・キャパーが泣きついてきました。何も買おうとせず、事実なのかはわからないけれど亡くなったグレーヴズさんへの恨みつらみを言いつのって帰ろうとしない客がいる、と。アシスタントたちも気にし始めたので、彼女の話を内々に聞いたほうがいいのではないかと思ったんだそうです。

ランジェリー売り場に行ってみて、すぐに問題の女性がうちを利用するお客様ではないことがわかりました。その女性は薄汚い格好をしていて、そんな時間にもうすでに酔っているようでした。そこで急いでオフィスに連れていき、キャパーさんにも同席してもらって言いたいことをぶちまけさせました。残念ながら、はっきりしたことは聞き出せませんでしたが。とにかくわかったのは、グレーヴズさんに二ポンド貸しがあったということです――『それがあれの値段だったの』と繰り返して、『あの女は、仕事で知り合ったお金持ちから一枚につき五ポンド取ってた』と何度も何度も言っていました。

十五分ほどオフィスでとりとめなく喋りまくっていたんですが、私が詳細を聞き出そうとするとたんに曖昧になるんです。グレーヴズさんに二ポンドで何を売ったのか、どうしても言おうとしませんでした。それでとうとう私は、グレーヴズさんの財産に対して合法な請求があるのなら弁護士に相談すべきで、今度フリップ・アンド・ソルトマーシュに同じような用件で来店したら警察に通報して追い出してもらう、と言ったんです。そうしたら突然私のほうを向いて、『やめてよ！　そんなことになったら、私の立場がなくなるじゃない』と、ふてぶてしく言い返しました。追い返すのは大変でしたが、彼女も自分の立場を理解したと見えて、それ以後二度と迷惑をかけられることはありませんでした」

「名前はわかりますか？」

「名前と住所を書いてくれるよう頼んですが、彼女は急にずる賢い顔になって、ここでは言えないような口汚い言葉で拒否しました。もっと早く報告してくれればよかったのに、そのあとになってキャパーさんから聞いたんですが、グレーヴズさんの部署の販売員のところへ葬儀のあと見知らぬ女性が二人やってきたそうなんです。今回の女性と同じように騒ぎを起こしかけたあと、意味深長な言葉を言い残して去っていったというんです。一人は、グレーヴズさんが彼女にメッセージを残していないか訊いたそうです――『封筒に入ってるかもしれないわ』と。もう一人はもっと印象的な言葉を残しました。『グレーヴズさんが死んだことを私がどんなに残念に思ってるかわかる?』と。販売員のアトキンスさんによれば、二人とも店で見たことのない顔で、事を大きくしたくない様子がありありと見て取れたそうです」

「どうやら」と、レイクスは言った。「グレーヴズさんは仕事中に購入はしていなかったようですね」

「もちろんです」トランピントンは唸るように言った。「そんなことは考えられません」

「しかし」レイクスは無情にも追い打ちをかけた。「売却した可能性はありますよね――何と言いましたっけ?――『お金持ち』のお客たちへ。それなら簡単にできます」

そう言われてぐうの音も出なくなったトランピントンに、レイクスは別れの言葉を告げた。

「私に任せてください。今後はこの件であなたを煩わせないことをお約束します」

二

もつれた糸を解きほぐすことに多大な時間を費やすのが仕事のレイクスにとって、どんな類いのもつれも苛立ちの種であり、立ち向かうべき課題だった。それなのに、翌朝初めて目にしたロンググリーティングの牧師館の、草が絡み合った手入れのされていない状態は、どこか素朴で好ましいと認めざるを得なかった。

彼は昨夜発覚した「押収された配給券事件」について満足そうに考え込んでいるレッキー警視と彼の部下たちに、その件を任せることにした。彼らにしてみれば、この一、二週間に起きた残忍な事件よりよほどレイヴンチャーチらしい案件だった。もちろん、今回の殺人と関わりはあるのだが、ロンドン警視庁《スコットランドヤード》の男たちがまとっている血生臭さとは違って、「いいか、もうこんなことをするんじゃないぞ」と言って済むような、ありふれた臭いのする解決可能な事件なのだ。

当のロンドン警視庁の男はその朝、涼しい日になりそうなのと、これまでのすべての悩みが喜ばしい決着を迎えそうな二つの予感を楽しんでいた。「喜ばしい」という言葉は不謹慎だが、レイクスの今の気分にはぴったりだ。昨夜出現したたくさんの小さな雲の形を刻々と変える強い風が、ダニエル・バスキン牧師の庭の伸び放題の低木をざわつかせ、隣り合った教会の墓地の草を揺らして吹き抜けていく。老牧師本人がポーチで訪問者を出迎えたとき、薄くなった白髪が風で撫で上げられて、荒野に追放された、法衣をまとったリア王のようだった。

見たところ牧師はかなりの高齢で、長い年月と、自ら進んで対峙してきた苦悶によって霊的な存在にまで精錬されたような印象を受ける。背は高いが、肉体的な弱さはひと目でわかった。いや、弱いというのは違う――ひどく華奢《きゃしゃ》で、大きくて細い手やこめかみの伸びきった皮膚までも透けているかのようだが、それでも充分しなやかで、具合の悪そうなところはどこにもない。

必ず前もって下調べをするレイクスは、彼が四十年以上ロンググリーティングの牧師を務めていることを知っていた。それほどの長きにわたって教区民全員から尊敬され、一部の人たちからは愛されていた。ほんの一握りではあるが、現実世界の無頓着な生活の中にバスキン牧師が一貫して別世界の価値観を持ち込んでくれたことに気づいている人々だ。あらゆるもの、あらゆる人にいつでも平等に分け与えることのできない子供のような無能さを、幼稚な習慣として片づけるべきでないと理解している人々、早く言えば、ダニエル・バスキンが純粋で聖人のような心の持ち主だと知っている人たちだった。

「何かお役に立てることがあるはずだとずっと思っていました」玄関の奥にある、本がぎっしり詰まった小さな部屋にレイクスを案内したバスキン牧師は、さらりと言った。「それを教えに来てくださるのを待っていたのです」

牧師は弛《たる》んだ革の椅子をレイクスに勧め、とても誠実な、それでいてレイクスがレイヴンチャーチで何度も出会った探るような目を真っすぐこちらに向けた。これほどの誠実さを持った人がどんなに二面性を装おうとしても無駄なのに、と思う。ひと目見たときから、レイクスはバスキンのひたむきさを感じ取っていた。聖人と殺人者に共通する要素とも言える。

「お力になっていただけると思います」レイクスはそう言うと、レイヴンチャーチとロンググリーティングの人々を悩ませた春に続いた死が、最近起きたミス・タイディーとジェーン・キングズリーの殺人事件とつながっているとわかったことを説明した。「そのうちの四人がお宅の教区民で、こちらの教会に定期的に通っていたようなんです——リヴィングストン＝ボール夫妻、ヘイドックス・エンド校のエディス・ドレイクさん、最後に自殺したアイリス・ケインさん。四人ともお墓はこちらの墓地にあって、調べに当たっているわれわれから見れば、人生のかなりの年月をこの村の周辺で過ごされた方々です」

「みなさん、私の友人でした」と、バスキンは言った。「その点では、私は彼らの役に立てませんでした。ええ、役立たずだったのです。彼らの心が迷い込んでいる暗い道に少しも気づいてあげられなかったんですから」

「少しずつ事実が明るみに出始めています」と、レイクスは安心させるように言った。「話は暗くなってきていますがね。この四人がグループのように言いましたが、こちらへ伺ったのは全員のことをお尋ねしたかったからではありません。アイリス・ケインさんについてお訊きしたいんです」

バスキン牧師は驚いた様子を見せなかった。あたかもその名を予期していたかのようだ、とレイクスは思った。

「彼女に洗礼を施したのは私ではありません」唐突さが率直だったので、レイクスは驚かなかった。「私がしたのは堅信式です。結婚もさせるはずでした。それなのに、代わりに彼女を埋葬することになってしまいました」レイクスをじっと見つめるまなざしに奇妙な輝きが灯った。「私に何をお訊きになりたいんです？」

「彼女に洗礼を行わなかったとおっしゃいましたね。元々面倒を見ていたケイン氏のヨークシャーにいたお義姉さんのもとから、幼い頃にロンググリーティングに移ってきたと承知しています。ケインご夫妻が死因審問で受けた傷を再び開きたいとは思っていません――少なくともその必要が出てくるまでは。アイリスの幼い頃についてほかに付け加える情報はありますか？」

「ええ、まあ。それほど多くはないんですが。ケイン夫妻が彼女の養父母であることは間違いありません。実際、私はアイリスの生みの親が誰なのか知らないのです。警部さんがおっしゃるように、彼女は赤ん坊のときに北部に住むケインさんのお兄さん夫婦に引き取られました。ところが十三、四年前に奥さんが突然亡くなり、田舎の屋敷で下男として働いていたケインさんは――当時アイリスは八歳ぐらいだったと思いますが――男手一つでは幼い少女を育てきれないと考えたのです。そこで、まだこの地に来て間もなかった、子供のいない弟夫婦に譲り渡すことにしました」

「ロンググリーティングに移り住んで間もなくアイリスを養子にしたということですか？」

「そうです」

「ケイン氏は——こちらのケインさんですが——リヴィングストン＝ボール大佐に雇われていたんですよね？」

「はい。彼はロンググリーティング・プレイスの猟場管理人です。ですが、本当の雇い主はヨークシャー出身のリヴィングストン＝ボール夫人でした。十五年ほど前に結婚してここに住まいを構えたときに、ケイン夫妻が夫人についてくる形でスタッフに加わったのです。アイリスが赤ん坊の頃に面倒を見てもらっていたケインさんのお兄さんは、今もヨークシャーにあるリヴィングストン＝ボール夫人のご親戚の家で働いています」

「なるほど」自分のほうが多くのことをつかんでいると確信しているレイクスは呟いた。「ケイン夫妻の養子縁組が合法だったかどうかご存じですか？」

「違うと思います。少なくともロンググリーティングの法律には則《のっと》っていなかったはずです。元々の合意がどういうものだったかは知りませんが、親類同士で内々に行ったことではないでしょうか——戦時中の避難者と里親にはよくあることでしたから」

「ええ。アイリスは彼らを父母とは認識していなかったんですよね」

「いつも『叔父さん、叔母さん』と呼んでいました。彼女が時々私に話してくれた『パパ』は、ヨークシャーのケインさんのほうでした」

「彼女が初めてロンググリーティングに来たとき、名前はアイリスでしたか？　それとも別の名前ですか？」

バスキン牧師は一瞬黙ったが、この質問について考え込んでいるからではないとレイクスは思った。

「彼女には——ひょっとすると架空の子供を創り出す『ごっこ』遊びをしていただけかもしれません

が――フルールというもう一つの名前がありました。学校にはアイリス・ケインという名で登録されていたのですが、名前を訊かれると、たまにいたずら心を起こしてフルールと答えていました。とても容姿が美しくて、そのうえ」バスキンは勢い込んで付け加えた。「本当に善良で、それはもう心の優しい子でした。一度彼女は、映画女優への道を熱望したことがあります。『もし実現したら』と私に話してくれました。『またフルール＝ド＝リスに戻るの。だって、もともとそれが洗礼名だったんですもの』と。そうなったら、名前に似合わないからケインという姓は捨てなければならない、とも言っていました』彼はため息をついた。「そんな未来が来ることはありませんでしたが」

「では別の話題に移らせていただきます。個人的すぎると思われるでしょうが、警察の仕事とは常にそういうものでして。致し方ないんです。死因審問で間近に控えた結婚に触れられた際、ケイン夫妻はどちらもアイリスが心から楽しみにしていたと断言しています――彼女が亡くなったわずか二か月後に挙式予定だったんですよね。フィアンセのフロガットさんも進んで彼女の精神状態について情報提供し、最後の数週間、何の異変にも気づかなかったと言っています。証言のあいだじゅう、彼はやり場のない悲しみに打ちひしがれていました」

いったん言葉を切ったレイクスは、こちらに向けられたバスキン牧師の目に同情の色が浮かんでいるのに気づいたが、それが自分に対する哀れみでないことはわかっていた。

「それで？」バスキンの口から出たのはそれだけだった。

「言葉を選ばずに言わせていただくと、これらは全部でたらめだったんでしょうか。単なる見せかけだったのですか？　実は結婚するにあたって何か深刻な問題が起きていて、いずれの側もそれを知りながら認めようとしないとか？　その点について、彼らよりもあなたのお話が助けになるのではないかと思ってこちらに伺ったのです。ご存じでしょうが——誰もが知っていることなので——アイリスはあの朝、川に飛び込む前にケイン夫人に手紙を残しています。それをご覧になりましたか？」

「いいえ。そういう手紙があったことは知っています」

レイクスは胸ポケットからゴムバンドで留めた手帳を取り出すと、ゴムを外し、折りたたまれた罫線のない便箋を出してバスキン牧師に差し出した。

「どうぞお読みください」

バスキンは紙を受け取り、姿勢は変えずに視線だけをレイクスから離して、鉛筆で書かれた数行のよどみのない傾いた字に目を通した。

叔母さんへ
もう終わりです。こうする以外に方法はありません。クリスのお金がどうなってしまうかを知った今、現実に向き合うことはとてもできません。私のお金は、昔の愚かな行為を黙っていてもらうためにすべてなくなりました。彼のお金までそうさせるわけにはいきません。私たちはあまりにも幸せでしたから。みんなを愛していることを忘れないで。どうか許してください。

アイリス

バスキン牧師は手紙をレイクスに返した。「当然、昔の愚かな行為についてケイン夫妻にお尋ねになったんでしょうね」

レイクスは首を振った。「私ではなく、死因審問が行われた当時の地元警察が訊いています。夫妻は何のことかわからないと答えました。ですが、軍需工場で働いて貯めたささやかな貯金がなくなっていたのは事実で、郵便貯金通帳がそれを証明しています」

「夫妻は何のことかわからないと答えたんですか」バスキンはそっと繰り返した。「あの子に対する罪を暴くために、それを知る必要があるんですね？」

「参考になると思っています」

バスキンはゆっくり頷いた。「参考になりますか。そうですね。私がお力になりましょう。アイリスがこのことを打ち明けてくれたとき、私は助けることができませんでした。ですから今、できることをしたいと思います。ずいぶん短い言葉で言い表していますね」その目はレイクスをじっと見ているようで、実は見ていなかった。「『昔の愚かな行為』。彼女はそう言ったんですね。そのとおりです。ただ愚かだっただけだ。アイリスは若くて明るく活発で、美しい娘でした。しかも性格もよかった。周りからちやほやされて、時につけあがることがあっても心根は変わりませんでした。美貌を称える空虚な小さい賞をいくつももらって美しい顔立ちに満足していても、そのせいで魅力が損なわれたり、心が醜くなったりすることはなかったのです」

バスキンは年老いているがしなやかな手を軽く握り、少し顔をしかめた。「このことをお話しするのは、あの子をご存じないあなたが、ただの愚かさをもっと深刻なものと勘違いなさるといけないからです。アイリスは十五歳くらいのとき、学校を卒業したあとしばらく働いていませんでした。賢明ではなかったかもしれませんが、養父母は戦前にレイヴンチャーチで見つかる仕事より、もっと彼女に向いていてやりがいのある職に就かせたかったのだと思います。アイリス自身は、自分が実の娘ではないから将来を決めるのに熱心じゃない気がする、と言っていました」

「夫妻は誰か別の人物に相談しなければならなかったとか？」

「そうかもしれません。とにかく、人を惹きつける以外、彼女が特に何もしていない時期があったのです。ちょうどその頃、ロンググリーティングにアイリスの二歳年上の少年がいました。彼の生い立ちや家族は、この話には重要ではありません――彼は第二次大戦中、イタリア、アンツィオの戦いで戦死しました。当時、彼はレイヴンチャーチで自動車修理工をしていて、明るく聡明で、とても気立てのいい活発な若者でした。アイリスと彼は――レイというんですが――互いに惹かれ合うようになりました。そしてある週末、二人の姿が消えてしまったのです。両方の家族は狼狽《ろうばい》し、二人が一緒にいなくなったことに気づくまで、ああでもないこうでもないと騒ぎになっていたのですが、ケイン夫妻は何も言いませんでした。アイリスがわが子ではなく養子だからか、奇妙なまでに沈黙を通しました。警察に届けることさえしなかったのです――」

「ケイン夫妻は彼女が亡くなったときでさえ、司法の手が介入するのを最後まで嫌がっていました」と、レイクスは言った。

「知っています。彼らは常に人の目を気にするのだと思います。ですから、警察にアイリスを捜してくれるよう頼むことはしませんでした。レイの両親のほうもそうです。自分で生きていける年だから、と言って」

「実のところは」と、レイクスは言った。「警察沙汰にすると外聞が悪いと考えたからでしょう。だから、われわれがなかなか手がかりをつかめないんです」

「おそらく、あなたのおっしゃるとおりでしょう」と、バスキン牧師は静かに言った。「体裁を第一に考えるのはよくあることで、それが時に悲しい結果をもたらします。ですが、この件に関しては、それはありません。少し経った月曜の朝、レイは職場に戻り、アイリスは自宅に帰ってきました。二人が一緒にいたとわかったのはそのときです。彼らは素直に認めました。少なくともアイリスはそうでした。すぐに私に打ち明けてくれて、心配をかけたことを悔いていました。そして、許可を求めても突っぱねられるのがわかっていたから黙って出ていったのだと、屈託のない様子で言いました。

彼らは週末に釣りに出かけたのです──レイは釣りが大好きでしてね──十二マイルほどのところにあるチャニングリー川です。とてもロマンチックに見えたパイド・ブルという美しい古いホテルに泊まったんだそうです。二人ともまだ子供でした。ホテルのオーナーは、週末を楽しみに来た兄妹だという彼らの言葉を疑いませんでした。まだ身分証明書の提示や詳細な記名の習慣のなかった時代です。彼らはどちらも実に正直ないい子たちだったんです。見せかけではなく、本当に正直で誠実でした」

「それでも」と、レイクスは指摘した。「アイリスは故意にレイの姓を名乗ったわけですよね」

バスキン牧師は握っていた手を広げた。「そのとおりです。確かにその点に関しては嘘をつきました。でも、そのことが私の言葉の真実を弱めたりはしません。むしろあの週末が無邪気なものだったことを裏づけています。レイとアイリスは兄妹を装ったのです。彼らは兄と妹として週末を過ごしたんです」

「それを信じるんですか?」世慣れたレイクスは、思わず懐疑的な言葉を口にした。

「私にはわかるんです。アイリスとレイをよく知っていますから」

レイクスはそれに異議を唱える立場にはなかった。気を取り直して言った。「でも、さっきおっしゃったように、二人の目にはロマンチックな出来事と映っていたのでは──」

バスキンは確信に満ちた口調で話を遮った。「あなたのおっしゃるロマンスとは、単に性的なことでしょう？　アイリスとレイにとってのロマンスは、もっと別のものでした」

半信半疑だったが、レイクスは今度も否定できなかった。

袖から小さな虫を払いのけるのはやめたとでもいうようにバスキンは滔々《とうとう》と続けた。

「二人が黙って戻ってくると、彼らがいなくなった話題はぴたりとやみました。といっても、すでにそれまでに無責任な噂話がずいぶん出まわっていました。無垢なアイリスはとても率直でしたし。レイの家族のことは知らないので、そちら側がどうだったかはわからないのですが、戻ってきてすぐ彼は転勤になって、レイヴンチャーチではあまり見かけなくなりました。そしてそのあと――戦争が始まったのです。

でも、アイリスはここにい続けました。こっそり手に入れた愉《たの》しみの最初の幸せな高揚感や、よく若者が勝手気ままな行動を取ることで得る有頂天な喜びの気持ちが過ぎ去ると、そのあとの数か月、いわゆる『後悔を乗り越える』時期が訪れるものです。仕事も慈善活動も少ない小さなコミュニティーでは、意地が悪くて心ない、愚かな仕打ちがはびこりがちです。女性にもっとすることがあれば、思いやりのないことを言う人は減るのでしょうが」

レイクスはにっこり笑った。

「良識ある女性たちがずっと直面している経済問題ですね」

「ええ。私は誰も責めるつもりはありません。だがアイリスにとっては、こんな終わり方につながってしまった」バスキンは握り拳でテーブルを叩いた。その目に熱がこもっていた。「私の過ちの大きさを今さらながらに痛感します。大いなる教訓です」

話し続ける牧師をレイクスは考え深げに見つめた。

「アイリス――あの子は――あのあと少し変わりました。もちろん、いい子であることに変わりはありません。ただ以前よりおとなしくなって、垢抜《あかぬ》けたというか。自分に自信を持っているように見えましたが」と、バスキンは考え込むように言った。「実は逆だったように思います。誰かが――それも一人ではなく何人もが、彼女のしたことを罪に染めたのです。本人は罪などないことを知っているのに。罪があると納得させられはしなかったものの、自分自身への信頼は揺らいでしまいました。壊れるところまではいきませんでしたが、なにしろ疑念を持ちやすい青春期の自己ですから、疑念が根づいてしまったのです。

　一方、勤め口のほうはレイヴンチャーチのチェーン店で見つかりました。アイリスはほかの女の子たちと仲良く付き合いました。美しいだけでなく性格がよかったので、うらやまれるよりみんなに好かれたのです。警部さんがどこに向かっていらっしゃるのかわかりませんが、彼女の同世代の人たちは関係ないはずです」

　すかさずレイクスは訊いた。「どこに行き着くかわかりますか？」

「いいえ」

「そうお尋ねするのは、先ほどアイリスの手紙を読んでいただいた際、アイリスがこのことを打ち明けてくれたとき、助けることができなかったとおっしゃったからです。このこと、とは何だったんですか」

「数か月前、アイリスは昔の話がまたぶり返したと言ったのです。クリストファー・フロガットと婚約していた彼女は、そのことを心配していました。クリストファーは物質的財産があっても善良さと実直さを失わない、実に感じのいい青年です。私は彼女のトラブルを軽く考えすぎました――簡単に解決すると思ってしまって。それで、レイとのことをすべてクリストファーに話すようアドバイスしたのです。アイリスは愕然としました。彼は絶対に理解してくれないと言うんです。そんなことはなかっただろうと私は思うのですが。そのときは知らなかったんですが、すでに脅迫が始まっていたのです。私は彼女を慰め、アドバイスしようと努めました。でも、多くは詮索しませんでした。あのとき、もっとしっかり探るべきだった」

「どうやってお知りになったんですか」

「見つけ出すのが私の仕事であり責務でしたから。といっても、今と違って噂話くらいしかありません。これがもっと厄介な毒なのです。それにしても、どうして殺人事件がそのことと関係があると考えていらっしゃるんですか」

レイクスは直接的な答えをやんわりと避けて尋ねた。「亡くなったタイディーさんのことはよくご存じでしたか？」

「よく知っていたとは言えません」バスキン牧師は重々しい口ぶりで答えた。「彼女をよく知る人は少ないでしょう。年明けまではかなり定期的に教会に通っていたのですが、なぜ来るのか不思議に思ったことがあります。時々彼女を訪ねてみましたが――嫌な言葉を使わずにどう表現したらいいのか……。タイディーさんは、懐疑的とか理屈っぽいとか嘲笑的とか、そういうのとは違うのです。そうした態度は得てして信仰心の強さの表れです。しかし彼女は、神の否定の境界線を踏み越える一歩手前にいました。否定的で冷淡で――それも途方もなくです。言うなれば」彼は困惑したように言った。「この世のものとは思えないくらいに。こういうことは――心に関わることは――言葉で表すのが難しいものです。それでも私にはいつも彼女が、夢中になっているのに満足できない心の内の考え――あらゆる関心を注いでいるにもかかわらず実りのない何か――以外には目もくれないし耳も貸さないように思えました」

それまで、レイクスは自分がいつの間にか相手の率直さに心を奪われているのを感じていた。人間性を映し出す内に向けられたその目には、ぞっとするほど人の本質を見定めるものがある――なのに、なんなんだ？　彼は急に落胆した。牧師が言いたいのは、要するに強欲の神への崇拝ということじゃないか。なぜはっきりそう言わないんだ？　われ知らずレオニーのことが口を突いて出た。「家政婦さんですか」バスキン牧師の声に、いきなり疲労感がにじんだ。声からも瞳からも熱意が消えていた。疲れきって少し震えている。「ああ、彼女は違います。否定的でも冷淡でもない――それどころか、むしろ竈《かまど》のような心の持ち主です」髪をかき上げ、初めてぼんやりした目をレイクスに向けた。「申し訳ありません。少々混乱してしまって。レオニーはレイヴンチャーチにあるローマカトリック教会の信徒です。私の古い友人のコノリー神父のほうが詳しいでしょう」

先ほどまでとは打って変わって老け込んだ生気のない顔になり、完全に興味を失ったように見えた。これほど疲れさせてしまったことに気が咎《とが》めたレイクスは、これ以上の長居はやめて失礼することにした。玄関までの見送りも辞退した。

玄関に来ると最後にもう一度、椅子に力なく座り込んでいる牧師を振り返った。レイクスの目には、まるでダニエル・バスキン牧師が、その内に向ける目の焦点を自分自身の内面に合わせ、これまで見たことのないものを心ならずも発見して沈思しているかのように映った。

# 第十一章

## 「お前に十シリングの貸しがある」と、セント・ヘレンズの鐘が鳴る

### 一

レイクスはレイヴンチャーチにあるいくつもの銀行を訪ねるために車を走らせていたが、頭にあったのはそのことではなかった。ロンググリーティングから遠ざかるにつれ、バスキン牧師との面会で得た情報がより実りあるものに思えてきた。もはや聴取する必要も、情報交換をしながら議論する必要もなく、つかんだ事実を冷静に考察するだけだ。

レイとアイリスのあいだに何もなかったと信じているバスキン牧師をまるっきり否定するわけではないが、長年の経験から、そこを疑ったところであまり意味はないと思っていた。いずれにしても同じことだ。実際に二人の若者がしたことが何であっても、女性たちは最悪の推測をする。そういうふうにできているのだ。二人の特別な喜びの形がどんなものかを必ずしも知る必要はない。見せかけの同情を示し、若者の些細な過ちに対する寛容さを見せれば、もうそれで彼女たちの仕事は終わる。

あの週末のことを村じゅうが知っていたとするなら、固まった地面をあとから脅迫者が掘り起こすのは簡単だ。アイリスの短い人生にまつわる事実について考えると、初めはいくつもの別個の問題だと思っていたものが、実はいかに数が少なく、いかに重要で、いかに関連性があるかに気づかされる。何本にも分かれていた道が一つに集約されつつあった。この事件に深く関われば関わるほど、一人の悲劇が全員の悲劇であり、災難はそれぞれを単独で襲ったわけではなかったことが見えてくる。

バーサ・タイディー、フィービー・ヤング、リヴィングストン＝ボール夫妻のもとで働いていたケイン夫妻、そしてレオニーが産んだ子供は、全員同じ地に所縁《ゆかり》がある。ヨークシャーが彼らの共通点だ。

できるだけ早く、ヨークシャー警察にアイリスの出生届について調べてもらおう。

レイヴンチャーチに到着したレイクスは、タイディーが利用していた銀行と彼女の事務弁護士を務める〈バナーマン・バナーマン・アンド・ウエイト弁護士事務所〉があるブル・リングに向かった。階段でつまずき、古い砂埃の臭いを嗅ぎながら、年代を経て荒廃していることがもし高潔さを表すのだとしたら、バナーマン弁護士は騎士の鑑《かがみ》に違いないと思った。ところが彼を出迎えた代表は、高潔な騎士よりハンプティ・ダンプティに似た人物だった。遺言書について尋ねると、弁護士は小さな口をきつく結んで首を振った。

「われわれが知るかぎり」と、彼は悲しそうに言った。「遺言書はありません。誠に遺憾ですが――手落ちと言ってもいいでしょう」婉曲的な言い方を強める。「ただ女性のクライアントにはよくあることでして。最近ではこの春に遺言書の重要性を強調して説得したのですが、タイディーさんはそれについては頑《かたく》なで、永遠に遅延させる方針を貫こうとされているかのようでした」

繰り出される用語にレイクスが思わず苦笑いすると、バナーマンは取り澄ました笑みを浮かべた。

「信じてください警部さん、本当なんです。女性――特にビジネスで成功した女性は、財産の最終処分に関しては不思議とビジネスライクではないことが多いのです。おそらく、死ぬ運命に鈍感だからなのでしょう」

レイクスは礼を述べ、少なくともこの弁護士はユーモアに鈍感だ、という印象を抱きながら事務所を後にした。

この特徴は十分後に話した銀行の支店長にも同様に言えることで、財務を担う人のユーモアのセンスは、現金の匂いの中で蒸発してしまうのかもしれなかった。だが生真面目さは持ち合わせていて、おかげで聴取の効率はよかった。それは、事件に対するレイクスの見立てを裏づけるものだった。

「これは亡くなった方に対するひどい言いがかりです」と、支店長は言った。「それも、あのような立派な立場におられた方だというのに。ただ警部さんは、そうでなければあんな亡くなり方はしないだろうとおっしゃるわけですね？　いいでしょう、容疑を立証するのがあなたのお仕事です。短期間の投資記録と明細書を差し上げます――過去八、九か月ですね？　わかりました。少しお時間をいただきますが、今日中にご用意できます」彼は顔を曇らせた。「ロボットのように事務的に対応しているように思われるかもしれませんが、私だって相当なショックを受けています。最初は殺人で――今度はこれですから。ええ、毎週彼女は口座に現金で入金なさいました――いいえ、使いの人ではなく、いつもご本人がおいでになりました。クリスマスの頃から徐々に額が増えましたね。小切手ですか？　ほとんどありませんでした。社会的立場がおありなのに、顧客に現金払いを要求していたようです。小切手での取引がお嫌いで、それを公言なさっていました。みなさん、ぶつぶつ言いながら現金で支払っていらっしゃいました」

レイクスは手早くメモを取り、同じくこの銀行に口座を持っていたエディス・ドレイクに話題を切り替えた。支店長は口元をきつく結んで耳を傾けていた。

「ドレイクさんが亡くなられる前の数か月、何かが非常におかしかったのは確かです」と、彼は認めた。「ですが、私どもが詮索したりご忠告したりするのには限度があります。ご自分に小切手を振り出す形で何度も大きな額を引き出されて、亡くなったときには保有株式も預金口座もわずかしか残っていませんでした。それでも、いつも残高は気になさる方《かた》で——当座貸越をご利用されることはありませんでした。ところが一度、大金を超過引き出しなさったのです」

「それと同時に」と、レイクスは言った。「タイディーさんの預金が増えたのではありませんか?」

支配人の生真面目な顔に、これまで以上に苦い表情が浮かんだ。「本当に——その、それほど悪い状況にあるんでしょうか。まあ、警察に委ねなければならないのは、私にとっては幸運とも言えますが。ええ、実は、ドレイクさんが大金をしばしば引き出すことが、彼女の仕事上の付き合いにさえ影響を及ぼすような鬱《うつ》状態と関係しているのではと、大変心配していたんです。おそらく、それは間違いないでしょう。でも、私に何ができました? ご本人はあくまでご自分の権利を行使なさっていて、それについて口を閉ざす決意をしていらしたわけですから——私にはどうすることもできません。ですが確かに、以前の彼女は裕福なのにもかかわらず欲がなく、教師の給料で満足して、労せずして手に入れたお金はいわゆる慈善事業に使われていた方《かた》だったことを考えると、とても不思議でした」

支店長は今にも唸り声を漏らしそうなげんなりした様子で、死ぬ一年前からのエディス・ドレイクの口座収支明細をタイディーに関する書類とともにレイクスに送ることを約束した。

お昼を食べたくて仕方がなくなったレイクスは、リヴィングストン＝ボール夫人とベアトリス・グレーヴズの財務状況の調査を午後に回すことにした。美味しそうな外観のレストランに飛び込んでみると、悲しいかな、中は違っていた。三十分前にはあった食材がみんな切れてしまったらしく、まさかスパムを笑い飛ばす日が来るとは、と思いながら、得体の知れない「チーズオムレツ」を眺めた。

二

数時間後、レイクスはレッキー警視の前で事実を整理していた。

「別々に考えると」と、彼は言った。「疑わしいとしか言えませんが、総合してみるとこの推論に間違いはありません。銀行口座の取引明細が来れば明白になるでしょう」

この恐ろしい事件の推理を聞かされたレッキー警視の顔には、諦めの表情が浮かんでいた。配給券の捜査から戻ったばかりのブルック巡査部長は、またもやレイヴンチャーチで起きた不祥事が、この先どこに行き着くのだろうと思うと驚きを隠せなかった。

「こいつはだめだ」と、彼は声に出して言った。

言葉の意味を誤解したレイクスはすかさず答えた。「大いに役に立つさ。貸借対照表は印刷された客観的な証拠になる。それに数字は、いろいろな意味に取れる言葉なんかより公正だ。だが、確かにベアトリス・グレーヴズの件ではたいして役に立たないかもしれないな」

「ええ」と、レッキー警視が言った。「彼女は自分でこっそり怪しいビジネスを行っていて、売買記録のようなものは残していないようです」

「そうでしょうね。衣料配給券の売買では小切手による支払いはあり得ません。グレーヴズは紙幣で支払いをし、買い手にも紙幣でしか売らないと主張したはずです。彼女の口座は昨年秋以降ほとんど引き出しがありません――驚くほど回数が少ない。代わりにその期間、相当な額の預金をしています。注目すべき点は、いつも法廷紙幣だったことです。たいていが一ポンド紙幣でした」

「つまり、銀行口座に頼らなくても脅迫に応じることのできる現金が充分あったということですか」

「そうです。訊き込みで出てきた話のとおり、冊子一冊につき三ポンドの利益を得たとしましょう――売り手に二ポンド支払い、自分が売るときは少なくとも五ポンド取っていたそうですから――すると手元にはいつも現金があり、タイディーへの分け前を渡せたことになります」

レッキーはため息をついた。「しかし、衣料配給券の冊子が年に二回しか発行されないことを考慮に入れなければ。この件が冬に始まったのなら、とっくにグレーヴズは収入源を使い果たしていたはずです」

レイクスは首を振った。「地元だけにとどまらないことを忘れてますよ」

ブルックが頷いた。「そのとおりです。われわれはレイヴンチャーチ以外に、すでに六か所突き止めています。全部でいったい何か所に上るのか、まだわかりません」

「そうなると」と、レッキーが言った。「フリップ・アンド・ソルトマーシュ側も怪しくなりますね。彼らが何も知らないところで、こんな大規模な不正が何か月にもわたってできますか？」

レイクスは肩をすくめた。「可能だと思います。グレーヴズは信頼される立場にありました。だからこそ、タイディーは狡猾に恐喝したんです――名声だけでなく給料も上がっていましたからね。トランピントンが内緒にしていたことで店の立場は悪くなるでしょうが、現段階では、自分一人の判断だったという彼の言葉を信じない理由はありません。われわれがさらに突っ込んだ捜査をして店側が真剣に怒った場合、彼が職を失う確率は五分五分といったところでしょう」

「そうなるべきですよ」レッキーが珍しく語気を強めた。「ああいう気取った連中は、自分たちのスキャンダルをあえて見ようとしない――決して見えないわけではないんです。何がなんでも平穏を手に入れようとする――今回の件では店の評判です――だからひた隠しにして見て見ぬふりをするんです。そのせいで誰かが死のうと知ったことではない、自分たちの手は汚さないでおこう、とね。あなたや私のような詮索好きが現れて事実が引きずり出されるまでは」

レイクスもブルックも、幾分驚きながら警視の言葉に耳を傾けた。そして、レイクスは今回の事件にまつわる度重なるおぞましさが地元の人間にとっては耐えがたいストレスに違いないことを、ブルックは警視がレイヴンチャーチを愛していることを思い出した。

前置きなく話題を変えたのはレイクスだった。「リヴィングストン＝ボール大佐の姪御さんから預かったこの手紙を見てもらえますか。亡くなったリヴィングストン＝ボール夫人にタイディーが宛てて書いた手紙です。夫人が顔を見せなくなり、自分を――というより自分の銀行口座を満足させてくれなくなった春に出したものです」実際に顔を見なくてもレッキーがどんな表情をしているかを感じ取り、彼はこう付け加えた。「われわれは今、根拠の薄い仮説ではなく事実と対峙しているんです。これが現実です」

レイクスがデスクの上に滑らせて渡した二通のうち、レッキー警視は日付の早いほうを選んで読んだ。

フィービーへ
最後にお喋りしてからずいぶん経ちますね。遅れすぎだと思いませんか？　二度お電話をしたけれど通じなかったので、これを書いています。哀れなシリルと昔のすべてのことに、忘れる前にきっと見通しを立てたいだろうと確信しています。

あなたの親友　バーサより

レッキーは無言でそれをブルックに渡し、九日後に書かれたもう一つの手紙を手に取った。

フィービーへ
あまりにも遅すぎるとは思いませんか？　私はとてもあなたに会いたいし、よく考えればあなたも私に会いたいと思うはずです。私たちは共通の利益を追求しています。お互い様なんです。あなたが相変わらずヘンリーの幸せのことで頭がいっぱいなのはわかっていますが、どうやったらそれを維持できるかははっきり教えたはずです。あなたの愛情深い生活は私のおかげでもあることを忘れないでください。つまりあなたは、私に借りがあるんです。先日の午後訪ねたけれど、いないと言われました（しかも怪しいくらいの即答ぶりで）。どうか来てください――ミネルヴァへ。あなたは、そのくらい私に借りがあるはずでしょう？

気が気ではない友　バーサより

ブルックが二通目の手紙を読み終わるまで誰も言葉を発しなかった。そのあとで、レッキー警視は考え込みながらゆっくりと二つの手紙の端と端をきっちり合わせてテーブルに並べた。

「この女は頭がイカれてる」常々抑えた表現を使うレッキーが、憤慨したきつい言い方をした。「線を引いている箇所を見てください。しかもやたらと線が濃い――『遅れすぎ』、『見通しを立てたい』、『私に借りがある』。最後の言葉に至っては二度も出てきます」

「誇大妄想癖でしょうね」と、レイクスも同意した。「初期成功を収めた脅迫者は、のちのち誇大妄想に陥っていくんです。考えてみれば無理もありません。毒殺者もまた然《しか》りです。最初の犯行がうまくいくと、それに味を占めて犯行自体が増えていくだけでなく、無謀さも増します。精神の毒殺者と言ってもいいバーサ・タイディーも同じです」

ブルックが大きく息をのみ込んだ。「そういえば」と声をひそめるように言う。「彼女がレイヴンチャーチの町会議員選挙に立候補したのは戦争が起きる直前でした」

「で、当選したんですか?」と、レイクスが面白そうに訊いた。

「いいえ」レッキーはきっぱり答えた。「実を言うと、この町の住民はみんなタイディーさんが好きではありませんでした」

レイクスは、結局レイヴンチャーチの評判は落ちていないのだとほのめかしていることを察知して微笑んだ。

「町会議員ですか。万が一当選していたら、きっと相当多くの住民を苦しめたでしょうね」

# 三

〈ロッガーヘッズ〉に戻ると、レイクスを一通の手紙が待っていた。女性が預けていかれました、とフロント係からあからさまに声をひそめて伝えられた。彼の滞在を誇らしく思っていたのに落胆した、とでも言いたげだった。

正方形の大きな白い封筒は固く、明らかに手紙以外にも何かが入っているようだ。レイクスは急ぎつつも丁寧に封筒を開け、茶色いボール紙をあてがわれた、少しひび割れた古い写真を取り出した。台紙代わりのボール紙の隅に留められた小さなメモ用紙に、几帳面な文字で次のように書かれていた。

もしかしたら同封した写真が何かお役に立つかもしれません。シリル・バランタインの左隣が、最初の結婚をする前の義姉です。彼の右側にいるのはバーサ・タイディーです。

C・リヴィングストン＝ボール

レイクスはいまだ光沢を残すセピア色の写真に目を落とし、彼を見上げる三人の奇妙に光る白い顔を見つめた。エドワード七世時代風の腰が細くくびれた服を着た二人の若い娘が今にも壊れそうなガーデンテーブルを挟んで座り、テーブルの奥に制服姿の若者が立っている。三人とも折り目正しく堅苦しい目つきを真っすぐカメラに向けているが、すぐにレイクスは、バランタインの左側の娘が両手を控えめに膝に置いているのに対し、右側の小柄な娘のほうは左手をテーブルの端に乗せ、凛々しい中尉がその手を上から握っているのに気がついた。色が消えかかっているにもかかわらず、時の流れを飛び越えて滑稽なほど気取った空気が伝わってくる写真だった。

考え込みながら写真に見入っていたレイクスは、やがて興奮を覚えた。ポケットからメジャーを出して長さと幅を測る。横が約七・四インチ、縦が四・五インチ――タイディーのベッド脇の戸棚に残っていた、埃のついていない長方形の跡と同じサイズだった。よし、ここまではきわめて順調だ。写真とボール紙と手紙を封筒に戻すと、突然頭によみがえってきた先日の〈キープセイク〉でのレオニーの聴取を、詳しく思い出そうとした。

あの日、何かが頭に引っかかっていた。こだまのような、はっきり思い出せない何かが、追い払っても追い払ってもつきまとう蚊のように繰り返し脳裏を掠めた。それは〈キープセイク〉に足を踏み入れた瞬間から気になっていた。レオニーに話を聞いて部屋を調べてまわっているあいだもずっと消えず、グレートレクスが帰っていき、レイクス自身がコテージを後にしたとき、急にまた存在を増したのだった。

「こだま……声？　声に出されたことだろうか……関係しているとすれば……たった今レッキー警視の部屋でやっていたことか？　ばかな！」思考を解き放って自由にさせたとたん、くるくると忙しく動き始めた。「関係あるはずはないと思うが、それでも……一時間くらい前まで自分たちがしていたのは何だった？　手紙……手紙を読んでいた……そうだ――手紙だ。だが同じ手紙ではない。手に入れたばかりの、バーサ・タイディーがフィービー・リヴィングストン＝ボールに書いたものではあり得ない。〈キープセイク〉を訪ねた時点で彼の頭にあったのは、タイディーが警察に持ち込んだ匿名の二通の手紙と、同じ夜にケイト・ビートンが提出したもう一通だった。〈キープセイク〉の四方の壁から不明瞭なこだまのように彼に向かってささやき始めたのは、あの三通の手紙だったのだ。すると突然、レイクスは自分にできる具体的で有効な手段を思いついた。

五分後、このところ〈ロッガーヘッズ〉のいくつもの窓から警部の様子を注視するのが習慣となっている人々の目は、ホテルを出て軽快な足取りで歩いていくレイクスの姿を目撃したのだった。

## 四

ケイト・ビートンの家でレイクスのノックに応えたのは、寄木張りの床を慌ただしくこする犬の足音と激しい吠え声だった。一、二フィート離れた一階の窓から、聞き慣れたぶしつけな口調が呼びかけた。「警部さん、入ってくれる？　私と同じで、彼らは咬みついたりしないわ――めったにね。ちゃんとドアを閉めてね。さもないと、うちの犬たちがバスに轢《ひ》かれちゃうから」

指示に従って中に入ってみると、エアデールテリアたちは熱意を使い果たし、玄関の床を這《の》うように動きまわってノミを追いかけるのに夢中で、もはや関心の薄れた対象となったレイクスは除け者扱いされた気分だった。右側の開いたドアから、ミス・ビートンに別れを告げながら訪問客の女性が現れた。

躊躇《ちゅうちょ》したレイクスを見てビートンが声をかけた。「どうぞお入りになって。ウォードル＝フロックスさんはちょうどお帰りになるところだから。ご紹介しますね」

不安そうに彼を見つめてさっと顔を赤らめた年配女性に、レイクスはお決まりの当たり障りのない言葉を呟いた。

「あなたも、あなたのお仕事も」ウォードル＝フロックス夫人は小声ながらも感嘆したように言った。「なんて恐ろしくて、なんて素晴らしいんでしょう！」

パルマバイオレットの香りを漂わせ、息を切らしぎみにそばをすり抜けていく夫人を見送りながら、レイクスはどちらの形容詞が自分にぴったりなのか決めあぐねた。

「友人ではないの」彼女がいなくなると、ビートンが口にしなくてもいいことを言った。奇妙なほど率直な視線をレイクスに注いでいる。「表向きは、脈があるか打診に来たのよ――ユア・パル・アンド・マインっていう犬愛好家クラブに寄付してほしいんですって。でも、メンバーの飼い犬はペキニーズとパピヨンだけみたいで、うちの乱暴者たちが細切《こまぎ》れ肉にしちゃうといけないから適当に濁しておこうと思って。それでもね」窓のそばのテーブルを指して、わざとらしく陽気に言った。「姉妹のように仲良くお茶を飲んだの。ティーポットに残っているお茶はすっかり冷めてると思うわよ」

「お茶なら、もう飲んできました」と、ぶっきらぼうに言ったあと、レイクスは口調を変えて尋ねた。

「なぜ『表向き』なんですか？」

「何が？」

「あなたは、あのご婦人が――お名前を忘れてしまいましたが――『表向き』、寄付のために訪ねてきたとおっしゃいました。本当は何をしにいらっしゃったのですか」

「あら、まあ！」ビートンは素《す》っ頓狂《とんきょう》な声を上げた。「警部さんの知りたがりは底知れないのね。本当は噂話をしに来たの。彼女は若返りたくて熱心にミネルヴァに通っていた常連でね。女はみんなそうだけど、あの人も根っから噂が大好きなのよ。だから真相を探りに来たわけ。だって私が――その」

「はい？」言いよどんだ彼女をレイクスが促した。

「ジェーンの遺体の第一発見者だから」ビートンは静かに締めくくった。「ウォードル＝フロックスさんは、自分では手に入れられなかったむごたらしい詳細な情報を知りたかったのよ。警部さんがいらしたときは、まさにすてきなクライマックスの真っ最中だったの」

「少々引きつっているように見えましたが」と、レイクスは言った。彼は散らかったままのティーテーブルに座り、残り物のスコーンと向かいで彼女がかき混ぜている飲み物を見ないようにした。

「実はですね」彼は身を乗り出した。内密な雰囲気を漂わす手法は、たとえドライなタイプであろうと、女性相手にまず失敗はない。「今回の事件のことであなたを煩わせるべきでないのはわかっています。ただ、こう言ってはなんですが、あなたは話のわかる方《かた》だとお見受けします。それに、そもそもこの件に関わっていたわけですし――」

そこで言葉が途切れた。硬い目つきと声でビートンが急に怒鳴ったのだ。「どういう意味よ？」

「どうしたんですか」純粋にびっくりしてレイクスは答えた。「深い意味なんてありませんよ。本当です。あなたに反論や否定のできないことなど何もありません。私はただ、あなたが匿名の手紙に関わっていたと言いたかっただけで。タイディーさんに急いで警告したうえで、ご自身でわれわれのもとに持ってこられたわけですから」

ビートンはため息をつき、柳枝《りゅうし》製の安楽椅子を軋ませながら背もたれに体重を預けた。

「なんだ、それだけ？　かっとなってしまってごめんなさい。確証もないのに人に罪を着せることに頭にきてて――ここ数日、この村ではそんなことばかりだから。いいわ。中傷の手紙のことで何をすればいいわけ？」

答えながら、レイクスの頭は別のことを考えていた。(どういう意味だと思ったんだ？　ジェーン・キングズリーに関することか？　ひょっとしてエディス・ドレイクにまつわること？　それともタイディーのことなのか？)「あなた宛ての手紙と、タイディーさんが受け取った二通の手紙を読み上げていただきたいんです。警官に読んでもらってもいいんですが、どうも自分でも説明できない何かが引っかかっていて、ぜひ女性の声で聞いてみたいと思いまして。お願いできますか？」

「いいわよ」だがビートンの目つきはまだ険しく、レイクスから視線を離そうとしなかった。走ったあとのような呼吸で言う。「タイディーのを見るのは初めてだけど。ずいぶん愉《たの》しそうだこと！」

彼女はレイクスが差し出した手紙に手を伸ばした。タイディーの持っていた、切り貼りされた手紙とブロック体の文字が書かれた手紙を最初に見たときの反応をレイクスは注視していたが、特に変わった様子はなかった——それとも、信じられないくらい平静を装えるのか？

三十秒ほどして、彼女は顔を上げずに読み上げ始めた。静かな口調だが、書き手が伝えたかった脅しの意図が充分に伝わる読み方だ。

「『お前は罪から逃れると思っている。待て。見てみろ。神の目がお前を捉えている。次に死ぬのはお前かもしれない。誰にわかるだろう？』」

レイクスは何か言いかけたが、ビートンが二通目の手紙を手に取るのを見て黙って待った。

「『お前が客間に座って眺めるとき』」と、ビートンは読み始めた。「『柔らかなベッドで眠るとき。用意された美味しい料理を食べ、ベッド脇の戸棚の写真を見るかもしれないとき。どうだ、恐怖を感じないか？　五人が死んだ。だが六人目も死ぬかもしれない。よく考えることだ。手遅れにならないように考えるのは今かもしれない』」

ビートンはしばし何も言わなかった。やがて「愉快なペンフレンドだわね」と呟き、自分自身が受け取った手紙を取り上げた。

「『ロンググレティングでの死について、いつすべてがわかるのかと何度も考えただろう。ミス・タイディーに訊け。彼女の身は安全ではないと教えてやるのだ。あと一人の死で犠牲がつくなわれることになる』」

急にビートンは、見当違いな細かい点に気づいたという顔でレイクスを見た。「最後の言葉を『つぐなわれる』じゃなくて『つくなわれる』と書き間違えてるわ。それに、私が疑問文のように読んだ箇所も、実際にはクエスチョンマークがついていない。書き手はピリオドしか使えないみたい」

「ええ」レイクスはたたみかけるように言った。「しかもあなたは、もっと重要な役目を果たしてくださいました。一通目のことです。切り貼りしてある手紙。それには句読点がありませんが、あなたはわれわれよりも上手に新たな句読点を入れていました。書き留めたいので、もう一度読んでいただけませんか？」

ビートンは怪訝そうな表情で唇を舐めた。「変ね。私の読み方以外に句読点が入る箇所はないと思うけど。まあ、いいわ——ただ言っとくけど、さっきとまったく同じになるかどうかわからないわよ」

だが、結局彼女は同じ読み方をし、レイクスはそれを書き取った。真意の読み取りにくい笑みを浮かべてビートンがこちらを見ているのがわかった。

「ありがとうございます」彼は手紙とメモをしまって立ち上がった。「大変助かりました——どうしても引っかかっていたことがありましてね。それが何なのか、やっとわかりました」

「それはよかった」ビートンは気のなさそうな口調で答えた。彼が急いで帰りたがっているように見えたからだ。玄関で、彼女はレイヴンチャーチ警察には婦人警官が何人かいることを思い出して言った。「この私のしわがれ声を女性の声に選んでくださって光栄だわ——大勢の候補がいる中から選ばれたんですものね」

解釈に迷うその言葉を聞き流し、レイクスは礼を言って立ち去った。

# 第十二章

## 「いつ払ってくれるんだ」と、オールド・ベイリーの鐘が鳴る

### 一

期待に満ちた傍聴人たちであふれ、仰々しく始まったジェーン・キングズリーの死因審問は、三十分もしないうちにレイヴンチャーチの住民たちの落胆とともに終了した。つい最近の殺人事件は、一連の自殺についてやや薄れつつあった世間の関心に再び火をつけた。殺人が連続して起きたとたん、現代のジャック・ザ・リッパーかもしれない犯人を見つけられないことに業を煮やした人々は寄ってたかって警察の生温いやり方を非難し、私刑を望む声さえ出始めていた。

必要なのは犯人の捜索だ。気の毒だが、年老いたレッキー警視では役に立たない。偉そうなロンドン警視庁《スコットランドヤード》の連中も同じだ。今こそ住民が立ち上がるときだ。なんたって、美しい老婦人が絞殺され、罪もない無垢な娘が撲殺されるのだから。

乾いた唇とヴェールが掛かったような目をした無愛想な検死官は、はっきり言って傍聴人たちの期

待に添わなかった。聞き取りにくいが簡潔なヘアー医師の証言は誰が見てもまずまずだったのだが、貪欲な傍聴人の中には、公の場への反感を匂わせながらも遺体発見時の状況をきっぱりした口調で証言したミス・ビートンのほうがましだと感じた者もいた。そのあとすぐに、警察が要求したとおり二週間の休廷が宣言され、その場にいた全員が外に出された。レイクスは目立たない場所に立ち、出ていく人々の不満の声に耳を傾けていた。誰かが罰を受けるべきだ。誰かが償わなくてはならない。それが誰だろうと関係ない……。

「地平線で雷がゴロゴロ鳴っているみたいですね」と、彼は言った。「この行儀のいい町に嵐が起こりそうだ」

「その嵐が最大になるのだけは防がねばなりません」レイクスの言葉にレッキー警視も比喩で返した。

「行儀がいいだと?」ヘアー医師が吐き捨てるように言った。「君たちが何を非行と呼ぶのか教えてほしいもんだ。無免許運転かなにかか? 一週間に二件の殺人など、私でさえ理解に苦しむ。もっとも君らロンドンの人間にとっちゃ、髪の毛《ヘアー》一本動かさず平然と受け止められることなんだろうがな」

「ヘアーだけに?」

その軽口に、ヘアー医師は苦虫を嚙み潰したような顔をした。

二

ジェーンが死んだベンチを覆う木々の葉のあいだから、午後の陽射しが差し込んでいた。今そのベンチに座っている人物の上で木漏れ日がちらちらと揺れ動き、草の上に落ちた彼自身の影は、雑木林から不意に現れた森の神シレノスのように異様に見えた。もし近くで見ている者がいたら、両者の相似に気づいたかもしれない。周囲に誰かいるのだろうか？

オーエン・グレートレクスは、その考えを打ち消した。誰かいたなら、一人きりのときでも決して崩すことのない姿勢のまま、これほど静かに落ち着いて座ってはいられなかっただろう。気品漂う無帽の頭の周囲を、役目を心得た太陽が繊細な光で照らし、ひっそりした雰囲気の中で多少損なわれた感があるとはいえ品がいいことに変わりなかった。

グレートレクスはヘンリー・ジェイムズのことを考えていた。後世の人々、あるいは同時代の人々は、あの小説家と同じような台座の上に自分の像を飾るだろうか？　彼は、台座や彫像といった物質的な名声の証しに興味があった。バナーマン弁護士の言う、「死ぬ運命に鈍感」だからこその兆候かもしれない。世間はグレートレクスを高く評価している。近年、彼の作品はやや派手になり、完璧な成功を収めたジェイムズの高貴な雰囲気は漂っていないと自分でも認める。だが、言うまでもなくそれは創造性の部分であって、すべてが華美になったわけではない。今でも簡潔な文体が作品全体を引き締めていると、自信を持って言える。

グレートレクスは目の前の草を立派なステッキの先で突きながら、現在の悩みの種に再び思いを巡らせた。どうしてレオニー・ブランシャールを家に呼ぼうというフェイル夫人の提案に同意してしまったのか、いまだにわからない。きっと今ではフェイル夫人もわからなくなっているはずだ。哀れむ気持ちはもちろんある（彼は思いやりという観念に疎かった）。英国の社会を維持するためには、誰しもにとって必要な資質だ。だが、それにも限度がある。彼女の料理は確かに美味しいかもしれないが、極端に内にこもった態度には、控えめに言っても啞然とさせられる。自分たちは何を期待しているのだろう。彼女が三人目の被害者になることか？　彼は思わず含み笑いをした——そう考えると、やけに可笑しい。身体を揺すりながら声に出して笑うと、やはり森の神に少し似ていた。すると彼は、不意に笑いをやめた。面白がっている場合ではない。あのアマゾネスのようなブルターニュ人は自分を不安にさせる。彼女を家に置いておくのは決していいことではない。

グレートレクスの好みは小柄で可憐で従順な、美しい女性だった。女性には彼のために尽くす人生を生きてほしいと考えている。バーサ・タイディーのことが頭に浮かんで、彼は身震いした。日の傾きかけた林の空き地まで寒々しくなったように感じる。本当に、彼女はなんとしつこく彼につきまとったことか！　そして彼女は——なんという報いを受けたことか。少し気持ちが高まったグレートレクスは背筋をぴんと伸ばした。男の虚栄心が物議を醸すことはあるが、たいていは許されるものではないのか？　確かに、彼はこれまでずっと女性に敬意を払い、彼女たちが文学における自分のキャリアの助長のために進んで力になろうとするのをいつも受け入れてきた。だが、彼のほうから求めたことはない。誰もがそう言うはずだ。それに、レイヴンチャーチでは一般的に、おべっかやへつらいは無益なものと考えられている。失明した小説家ミルトンを助けた娘たちのような役割はもちろんのこと、ほかの女たちが金ではなく愛のために手伝った、さほど難しくはないタイプライターを打つ作業でさえ、この町の女性たちはやらない主義だ。そう——彼女たちが唯一得意としているのは互いに対抗意識を燃やすことであり、早い段階で対抗心が満足すると、競争の原因となったものに対する熱はあっという間に冷めてしまうのだ。絶えず逃げまわるのは、なかなかにしんどい。それを彼はどれだけたくさんやってきたことか！　バーサ・タイディーとケイト・ビートンは決して諦めることなく、常につきまといをやめなかった。

死によってしか、解放されないように思えた。もちろん、彼の死ではない。彼は女のために死ぬつもりはさらさらなかった。死ぬべきは女たちではないのか？　だから、そのうちの一人が死んだのだ。「一寸の虫にも五分の魂」と言う。バーサを殺した犯人には、果たして五分の魂があるのだろうか。グレートレクスはまた含み笑いをした。が、陽気な気持ちは消えていた。そんなものはとうの昔になくしていたような気がする。にわかに押し寄せてきた記憶の波にのまれながら、台座に載った彫像のことなどまだ考えもせず、ただ書くことが好きでたまらない、意欲に燃えた青年時代を思い出した。だが、そんなものを思い出したところで意味がない。遠いか近いかにかかわらず、過去を振り返ることは現在置かれた状況に迷いを生じさせるだけだ。

グレートレクスは再び背筋を伸ばした。バーサが相当な男好きだったのを警察に話さなかったことに、得意な気分になったのだ。近頃はめったにしないが本当のところを正直に言うと、それを警部に打ち明けたら自分のこともある程度話さなくてはいけなくなると考えたのだった。だから固く口を閉ざした。それにしても、刺激的な状況に遭遇しても紳士のように振る舞えたのは、自分でもたいしたものだと思う。

ケイト・ビートンもだ。彼はまたもや身震いした。やり方は違うが、こちらもまた欲求不満を抱えた迷惑女の最たる例だ。バーサと違って美しさもない。彼にとって、ビートンは気性の荒い女以外の何者でもなかった――じゃじゃ馬キャサリン。死んだのがバーサだったのが本当に残念だ。だが、次に何が起きるかまだわからない。何もかもがどうも妙な具合だ。それに、おかしなことが一つあったではないか――ビートンがあの日、犬を連れずに出かけたのは変じゃないか？　あいつらは彼女の腰巾着なのに――だが、もし生死に関わる用事をこなすつもりでいたなら、腰巾着だろうが犬だろうが厄介な存在ではないのか？　簡単に秘密をばらされてしまうかもしれないのだから。

藪の中で何かがぶつかり合う音と、鼻を鳴らして涎《よだれ》を垂らすような音がし、遠くで吹く鋭い笛が聞こえた。グレートレクスは年に似合わない素早い動きですかさず立ち上がった。彼女が来る。だが自分の愛しい女ではない。一瞬、身体がこわばった。ケイト・ビートンと犬たちだ。家の外では警察に見張られ、中にはレオニーがいるが、じゃじゃ馬に追いかけられるよりはましだった。ジェーンの記憶がよみがえるこの場所ではなおさらだ。

小道を大股で歩いて草地の明るさの中に出ながら、ギリシャ神話に登場する、犬に追われて食い殺されたアクタイオンのような気分になった……走れ、走れ、とにかく走れ……。

開けた草地に出たところで、肩のあいだに思いきり石が当たった。とたんにグレートレクスは青ざめたが、痛みのせいではなかった。草地に誰の姿もなかったのだ。彼は足を速めた。

その晩、ケイト・ビートンの家のダイニングルームの窓がレンガで割られた。〈ロッガーヘッズ〉の鴨居にはナイフで汚い言葉が落書きされた。〈フリップ・アンド・ソルトマーシュ〉はさらにひどい目に遭った。翌朝、申し分のない板ガラスが粉々に割られているだけでなく、その奥に立っていた赤紫のドレスを着た緑色の顔の美しいマネキンまで壊されているのが見つかったのだ。

レッキー警視の決意をよそに嵐は地平線を離れ、レイヴンチャーチの空を黒く染め始めていた。償え、償え、償え――自分が犯していない罪さえも。そうでなければ、どうやって住民全員にとって必要なスケープゴートが得られるというのだ？

オーエン・グレートレクスは自宅の〈マイルハウス〉の中で、比較的安全な状況で座っていた。

だがそこにも、常にレオニーがいる。

三

近頃スリップはやけに静かだ、とエミー・ウィーヴァーは思った。施錠されて静まり返った〈ミネルヴァ〉の見張りは引き揚げたが、法の番人が相変わらずこの小道に関心を寄せているため、一人か二人の警官が毎日必ず通りを巡回するようになったからだろう。当初は小さな男の子たちや時には不良グループが距離をおいて警官の後をついてまわったりしていたが、そのうちに極端に狭い区域への興味は薄れていった。今は、レイヴンチャーチの町全体が不穏な空気に包まれているという話は耳にするものの、フルート・レーンはひっそりとしていた――まるで墓場のように。

いい喩《たと》えじゃないわ、とウィーヴァーは自分をたしなめた。それでもやはり、どうしてもその言葉が頭に浮かんでくる。ここ二日ばかり、彼女は思考をうまくコントロールできずにいた。ジェーンが殺され、エディス・ドレイクの悲劇を恐ろしい思いで振り返って以来、いつものように無関心な立場ではいられなくなっていたのだ。もはや本は防壁ではなくなってしまった。少なくとも難攻不落の要塞ではない。

ウィーヴァーはキッチンのドア近くに積んだまだ荷ほどきしていない本の裏側の、彼女がオフィスと呼ぶ、店の奥の薄暗くてかび臭い一角に座っていた。ペンやインク、カタログや送り状などが雑然と置かれた小さなテーブルがあり、冬場はそこで臭いが鼻につくストーブを燃やしている。今の季節でさえ息の詰まりそうな、閉ざされたひそやかなこの空間が、彼女の大のお気に入りだった。菓子パンと冷たいお茶を運んで本を片手にそこに座り、人に見られずに狭苦しい隅にいることに子供のように喜びを感じるのだった。店の客や本の虫、ただ外の世界のことを忘れるために立ち読みしたいだけの人たちが店内をぶらついていても、彼女の隠れ家からは見えない。彼女からも彼らのほうからも、互いの姿は一切視界に入らず、書棚のあいだを歩きまわる足音が聞こえるだけだ。その中に時々、棚から本を滑らせて出し入れする音、うっかり床に落とす音が交じる。考えてみると、このほうが彼女にはぴったりだった。人の顔にはまったく興味がないのだから。彼女が好きなのは本だけだ。

やがて、店内をうろついていた人たちは奥に積まれた本を回り込んで彼女がいる穴蔵を覗き、女性客は時に「まあ、ウィーヴァーさん、ビックリするじゃないの！」と大声を上げる。男性客は目を見開いて、彼女に向かってきまり悪そうに頷いてみせる。ウィーヴァーにとってはどちらの遭遇も楽しかった。

その晩、ウィーヴァーは高額に値するニューイングランドの魔女裁判に関する十二折り判の本を、ぎこちない指でめくっていた。いつもなら本の内容にふさわしい不敬な関心を抱いて心躍らせるところだ。もしかしたら、今もそうなのかもしれない。書かれた文字にぼんやりと目をやりながら、実は殺人犯たちのことを考えているのだから。いや、正確には違う。彼女が考えているのは、一人の殺人犯のことだった。

店内で、本を探しに来た人の気配がした。入ってきたのは知っている人物だった。前にも店に来て、話しかけるとこちらに背を向けて突き放したような態度を取り、取り残されたような思いにさせられたことがある。それは〈ミネルヴァ〉で働いていた、彼女が常々寂しそうな子だと思っている最年少の内気なオーツという娘だった。もしかするとウィーヴァーには何より理解できる、孤独を好むタイプなのかもしれない。実際、他人をすべて排除できる孤独を心から愛し始めていることを知ったら、古本屋のウィーヴァーは頭がおかしいと言う人も出てくるだろう……核兵器などに頼るのではなく、兵士や鈍器を使うのでもなく、人々が露のように自然に消え去って、世界が自分一人のものになったなら……。

ウィーヴァーは殺人犯についてなおも考え続けていた。

戸口の電動ベルがうるさく鳴り、冷たい風が店内に吹き込んだ。しっかりした足音が中央の通路を横切り、普段のように近くの棚の前で止まることなく真っすぐオフィスに向かってきた。

ウィーヴァーが目を上げると、帽子をかぶらず、いつものツイードの服を不格好に着て、大切にしているアカデミックな領域に彼女が忌み嫌う田舎っぽい雰囲気を持ち込んで、ケイト・ビートンが立っていた。

「絶対ここにいると思った」まるで手柄でも立てたかのようにうれしそうに言う。「散歩のあとでお茶を飲んでいたら、あなたに訊きたいことを思い出してすぐにバスに飛び乗ったの。ところで今日の午後、林で『年老いた芸術家の肖像』に会ったわ。どういう意味かわかる？」

ビートンは突然笑いだした。顔が紅潮し、声も大きい。どうやらマリオン・オーツはビートンが入ってきたときに書棚の陰に隠れ、二人の会話に関わらないようにしているようだ。そのことをビートンに知らせる義務はないと思ったウィーヴァーは黙っていた。

「グレートレクスさんに会ったんですね」と、彼女は静かに言った。「彼は若々しいと思いますけど」

ビートンは再び笑い声をたてた。「ただのうぬぼれ屋でしょう？　琥珀に閉じ込められたハエみたいなもんよ。彼に何があったか知ってるわよね？」

ウィーヴァーはビートンに向き直った。グレートレクスがレイヴンチャーチの自殺者のリストに加わったのだろうか。

「昨日の午後、殴られたのよ」ビートンが心から哀れむように情報を提供した。

するとと彼女はいきなり物がいっぱいのテーブルの端に腰かけ、汚れた吸い取り紙にウィーヴァーが飲んだ紅茶のティーバッグを圧しつけた。そして、そもそもオフィスにあまり差し込んでいなかった光をすべて遮る格好で、一つの章を終えて次の章に移ろうとでもするかのように膝を叩き、くるりとウィーヴァーのほうに身体を向けた。

「ひどく心配になったことがあったの」と言うのを聞いて、少しも心配そうには見えないとウィーヴァーは思ったが、礼儀正しく相手に耳を傾けた。

「警察ときたら」まるでウィーヴァーが呼んだかのように、ビートンは喧嘩腰の口調で続けた。「そこらじゅうをうろついているくせに、肝心なところにだけいないんだから」

「それってどこですか?」と、ウィーヴァーは何食わぬ顔で訊いた。

「あちこちで起きてるちょっとした事件のことを言ってるんじゃないの」イライラと乱暴に脚を揺らす様子は、ウィーヴァーからするとどう見てもいただけない。「私が言いたいのは、昔のことをあれこれ調べていないで、ジェーン・キングズリー殺人事件に集中すべきだってこと。そう思わない？過去の自殺を掘り返したりして。遺族にはつらいのに」

「どの人にもほとんど遺族はいないはずです」と、ウィーヴァーは言った。「もちろん、ドレイクさんの妹さんは別ですけど」

重い沈黙があった。ウィーヴァーは半ば目を伏せ、ニューイングランドの魔女の変色した革表紙のことを考えていた。変色しているのは一部分だが、そのせいで値段が下がるかもしれない。本に関わることとなると、彼女はとても正直なのだった。

ビートンの脚の揺れが止まった。噂話の競争に負けたことに憤ったように鼻を鳴らす。

「妹ですって?」と、彼女は言った。「妹って誰?」

心の中の喜びを隠し、ウィーヴァーは悲しげに首を振った。裏にこもった孤独な人生において、今回ばかりは前面で目立つ人間を出し抜いたのだ。

「名前は知りません」無関心なそぶりを装って答えた。「妹さんがいる、としか。お気の毒に、どんなにか責任を感じていらっしゃることでしょう!」

これはやりすぎだった。「何を言ってるの!」ビートンがいきなり大声を上げた。(この婆さんはどうしたっていうの? 罠《わな》かなにか?)「妹なんているもんですか。彼女は孤児で天涯孤独だったのよ」

「あなたは間違っています」と、ウィーヴァーはにこやかに言った。本の王国以外の場所で誰かにこんな指摘をしたのは初めてだった。「ドレイクさんについていちばん詳しいのはあなただと私はいつも言うんですけど、警部さんにもお話ししたとおり、妹さんは彼女の人生にとって大切な人だったんです。ところで、私に何を訊きにいらしたんですか?」

「あなた、盗み聞きでもしたのね。妹とやらの話。エディスがしょっちゅうこの店に来ていたのは知ってる。彼女のお喋りの中から適当な箇所を拾って勝手につなぎ合わせたんでしょう」

「そうです」

「なんですって?」

博識のケイト・ビートンに対する勝利に酔いしれて顔を紅潮させたウィーヴァーは、長いあいだ本とともに守ってきた、匿名性と寡黙さを大事にする伝統をかなぐり捨ててすべてを話した。

ビートンの瞳に輝きが宿った。なんて浅はかな婆さんなの。「あのね、ウィーヴァーさん、わからない？　彼女は妹のことなんてちっとも心配していなかった。だって、妹なんていないんだから。彼女がアドバイスを求めたのは自分自身のためだったのよ」

「あら、まあ」ウィーヴァーは言い方に柔らかな皮肉を込めた。慌てて勝利を横取りに来たビートンを軽くあしらうかのような口調だった。このエミー・ウィーヴァーが気にするとでも思っているのかしら？「いずれにしても亡くなったんですから、違いはないと思います」

彼女の負けん気の強い態度に怯んだビートンは、諦めて尋問者の役割に徹することにした。

「エディスは欲しい情報をどうやって手に入れたの？」

「ミネルヴァでです」

店の中は静寂に包まれていた。外からレイヴンチャーチの町の物音が聞こえる。

「あの婆さんが――」

「亡くなった方ですよ」ウィーヴァーは珍しく早口で遮った。たとえ人々が排除されればいいと思ってはいても公正さは保つべきであって、口汚い言葉で罵ってはいけない。「誰が情報を与えたかは言っていません。そんなの、わからないでしょう？　あそこには若い人たちだっているんです――それに昨今は、若い人のほうがいろいろな情報に詳しかったりしますから」

店の入口付近で、悲しみと絶望の入り交じった「ああ！」という声がした。本が床に落ちた。もう一度本が床に当たる音がしたかと思うと、ベルがけたたましく鳴り響いて、誰かが大慌てで出ていったことを告げた。

ビートンは、わずかに恥じたような顔になった店主をじっと見つめた。「私――忘れてました。そういえば――立ち読みしているお客さんがいたんでした」と、ウィーヴァーは言った。

「まあ仕方ないわ。名前は言えないってわけね。とにかく、町はありとあらゆる噂で大騒ぎよ。今だってバスを降りるとき、どこの誰だか知らないけど私にブーイングをしたやつがいたの――どうして私になの？」

「ひどいですね」と言いながら、ウィーヴァーは心の中でその人物に賛辞を送った。

戸口までビートンを送ったウィーヴァーは、一見平和な通りにちらっと目をやると踵《きびす》を返し、定位置に戻る前に、いつになく注意深い目つきで誰もいなくなった店内を見まわした。

メアリー・ウェッブの小説に登場する粉屋に心から共感するわ。確か彼は同時に生まれた子猫たちを溺れさせながら、全世界が一枚の絵だったらいいのにと願うのだ。そうすればそれも溺れさせてやれるのに、と……。

「その間抜け面が嫌い！」と、ウィーヴァーは全人類に向かって声に出して言うと、侵害された孤独の中にもう一度戻ったのだった。

四

サメラ・ワイルドは、クリスタルとケネスのベイツ夫妻とお茶を飲んでいた。互いに同意の上で、彼女たちの頭を支配している話題はあえて避けていた。おかげでぎこちない不自然なお茶会になってしまい、終わったときには正直ほっとした。こんな大事なことを話さないでいるとは、なんて愚かなの。ひどくばかげていて何の役にも立たない！　ただのお茶会でだって、自分の考えをすべて吐き出すのが結局は唯一の道なのに。

前日に一日中涼しい風が吹いたせいか、その日の夕方近くは明るい陽射しがあふれていた。モート街《ストリート》はメインのバス通りから外れているため、彼女のアパートに帰るには二度乗り換えなくてはならない。が、そこまでする価値があるとは思えなかった。バスに頼るのは、きまってお茶を飲む習慣みたいなもので、彼女の足は若くて軽快だし町は夏の盛りだ。

ヒナギクのように鮮やかな色の古いリネンの服を着たサメラは、優雅さを意識してきびきびと歩いた。頭の中は、考えを口に出さないことの愚かさに対する腹立たしさでまだもやもやしていた。裏通りの角の八百屋で立ち止まり、結構いい値段のする美味しそうなイチゴを買った。夫のジョージはイチゴに目がないのだった。彼女はできるだけ気を配りながらそのイチゴをそっと持って歩いた。

町の中心まで来て、〈フリップ・アンド・ソルトマーシュ〉の隣の〈イーグル・アンド・チャイルド〉の前を通り過ぎたとき、足を引きずりながらジョージが目の前に現れた。

サメラは夫のむっつりした顔に微笑みかけた。このところ、ジョージはいつもそういう顔をしている。

「帰るの？」

「そんなとこだ」

「私もよ」

「なあ」と、ジョージは覗き込んで言った。「何を持ってるんだい？　昔の作家か誰かがイチゴについてこう言ってたよな。『おそらく神はもっと美味しいベリーをお作りになれたのだろうが、おそらくそうはなさらなかったのだ』って」

イチゴを一粒口に放り込む夫の傍らで〈フリップ・アンド・ソルトマーシュ〉のショーウインドーに視線を奪われていたサメラは、彼の袖を引っ張った。

「ああ、ジョージ」とガラスに鼻先をくっつけてため息をつく。「今朝これはなかったわ。なんてすてきなの！　暗い赤紫色じゃないし——あの絶妙な色合いを何て呼ぶのかわからないけど、ローズ・キャラメルって言ったらいいのかしら——」

「僕らには衣料配給券がない」と、現実的な夫は言った。「だから、わざわざ値札を見る必要はないよ。それに僕に言わせれば、あれはアルゼンチンビーフ色だ——」

俗物に表現できるのはそれが精いっぱいだった。その直前、映画館からの帰途に就く人々が大通りにあふれ出してきていた。誰かがサメラの背中に激しくぶつかった。二度目の体当たりで肘が大きく揺れ、イチゴが四方八方に散らばるのと同時に、しわがれ声が耳を突いた。「ミネルヴァの殺人者たちめ！」

あまりに一瞬の出来事で、あとになって事の経緯を説明できる者は誰もいなかった。手近なアーケードに素早く逃げ込む若者たちのグループのあいだから笑いが起こり、ジョージは散り始めた群衆の中に飛び込んだ。一分と経たず、排水溝から水が勢いよく流れ出るように群衆は跡形もなく消え去っていた。幼い少女が縁石に自転車を立てかけ、踏まれていないイチゴを拾うサメラを黙って手伝った。女の子は怯えているようだった。拾い終えると、サメラはその子の手に小銭を握らせた。

「取っておいて」と少女に小声で言って、巡査と話しているジョージのほうを振り返った。そして彼女も会話に加わった。

「その連中なら知っています」と、巡査が言った。「知りたいのは、具体的な罪状で罪を問える個人の名前です。今やみんな散り散りになってしまっていて、一人を捕まえても、別のやつがやったんだろうと、しらっとした顔で言い逃れをするでしょう」

「俺がこの拳を鼻に打ち込んで思い知らせてやる」と、ジョージが言った。

巡査はため息をついた。「今朝の死因審問のあと、吹き出物のように次々にトラブルが起きているんです――警察署にも二度石が投げ込まれましたし、汚い言葉も飛び交っています。劇的な展開を期待したのに、形式張ったやり取りの結果、休廷になったわけですから」

ジョージは頷いた。「レイヴンチャーチの公共心も地に落ちたな。こうなったらモート街を歩きまわって、石を投げられるのを待つしかないか」

巡査は同情するように、ややばつの悪そうな顔をした。

「私が言いたいのは――おわかりいただけるとありがたいんですが――奥さんがミネルヴァにお勧めだったことを考えると――」

「わかってますよ」と、ジョージは即座に答えた。「家にこもって、やつらを無駄に刺激するな、って言いたいんですよね。そうなんでしょう?」

「ええと」提案が受け入れられそうにないのを察知した巡査が言った。「そう長い期間ではありません。信じてください。そのうち、われわれがなんとかしますから。そろそろ収束するはずです」

「いいでしょう」と、ジョージはぼそりと言った。「頑張ってください。じゃあ、これで」

別れかけたとたん、巡査が急に戻ってきた。

「奥さん、おケガをなさってますか?　服が!」

サメラは身体を捻《ひね》ったが、何も見えない。リネンの布地が腰から首の辺りまで切り裂かれているのを彼女に教えたのはジョージだった。

「今こそローズ・キャラメルに着替えなくちゃならないわね」サメラはやっとのことで、弱々しいがヒステリックな声で言った。

ジョージが彼女の背中を隠しながら、遠回りをして家に帰った。二人とも無言で歩いた。だがサメラには、それが始終ジョージと交わしてきたなかで、最も心が和む会話のように思えた。

そびえ立つ大聖堂の尖塔の真下を通って、二人はシスル広場《スクエア》に出た。すでに辺りは暗くなり、店も閉まって人気《ひとけ》がなくなっていた。見てはいなかったが、ジョージはマリオネットのように歩いていた妻が再び身体を捻るのを感じた。

「どうせ見えないよ」と、彼は呟いた。「それに、ここには誰も見ている人はいない」

それでもサメラが立ち止まったので、彼も足を止めた。

「そうじゃない——全然違うの。あなた、見なかった？　あそこで、マリオンが急いで家に向かっていたの。私は振り向いて彼女に笑いかけようとした」

「ああ、そうだろうとも」ジョージは辛抱強く言った。「俺は見なかったけど、君の言いたいことはわかるよ。そんなに思いつめるな——大丈夫だから。彼女だって家に帰らなきゃいけないんだし、そりゃあ顔も合わせるさ。気をしっかり持つんだ、サム」

「しっかりしてるわ——前からずっとそうだった。ジョージ、わからない？　マリオンは私を見ていたのよ。私が微笑んだのを見たの。彼女が私を切ったのよ——マトンみたいに」

ジョージはサメラを抱き寄せたが、何も答えなかった。レイヴンチャーチの町を侵している疑念が彼をも包み込んでいた。そして、妻は恐ろしく間違った考えに取り憑かれているのかもしれないと思い始めた。サメラが先日口にした言葉を思い出した。「彼女はマクベス夫人みたいだった」。十代の女の子が殺人など犯すだろうか。頭の中でさまざまな過去の事件を思い出す。十六歳で異母弟を殺害したコンスタント・ケントの事件が真っ先に思い浮かぶが、抑圧されたマリオンを彷彿《ほうふつ》させるとはいえ、いまひとつピンとこない。

だが、あり得ないと断言もできなかった。抑圧の原因がバーサ・タイディーだったとしたら——実際、それ以外の可能性があるだろうか？——ついに、その仕返しをしたとも考えられなくはないではないか。

# 第十三章
## 「お金持ちになったらね」と、ショーディッチの鐘が鳴る

### 一

昼間、レオニーは〈マイルハウス〉の自室で、独居房にいるかのように誰にも邪魔されず何時間も座って過ごした。カーテンを引いて薄暗くなった状態が夏の夜と呼べるなら、夜は遅くまで、すっかり頭に入っているロンググリーティングの裏道や〈ロンググリーティング・プレイス〉裏の林、南京錠があろうがなかろうが彼女にとっては関係ない〈キープセイク〉の庭、教会の墓地の高い草の中などを歩きまわった。

彼らは――といっても、主にフェイル夫人だが――最初はそれが気に入らず、真夜中に戻るときに使う鍵を貸してもらえなかった。だが、腕のいい料理人でい続ける努力をしていると、またとない妥協や譲歩をしてもらえることがある。レオニーはそれをよく知っていたし、フェイル夫人も、そして書斎に閉じこもっているグレートレクスさんもおそらくわかっていたはずだ。それなのに、彼女が帰

ってきたときのために勝手口の閂《かんぬき》を開けておく、とぶっきらぼうに伝えられた際、あえて彼女の料理に言及した者は誰もいなかった。脅し方を熟達させていったミス・タイディーの手法が、使用人であるレオニーにもいくらか――ある意味さらに巧みなやり方で――受け継がれていたということだ。

彼女が長時間部屋にこもっていることについても、文句は言われなかった。家政婦のフェイル夫人などは息が抜けることに感謝しているくらいだった。レオニーが〈マイルハウス〉に来てすぐに、彼女がきわめて有能かつ狭量な料理人で、キッチンを独り占めしたがり、食事を出し終えるまで家全体に緊張感を漂わせることに気づいたからだ。山場とも言える食事が終わったあと自分から二階の小さな部屋に引っ込んでくれるとほっとするのだった。彼女が部屋で何をしているのかは、誰もはっきりとは知らなかった。フェイル夫人より想像力のあるグレートレクスは、彼女がお祈りをしているのではないかと思っていた。女性が祈りを捧げるのはごく真っ当な行為だ。だがある日の午後、無作法にもこっそりレオニーの部屋のドアまで行って聞き耳を立てたフェイル夫人は、紙の擦《こす》れる音とチャリンという音を聞き、そのあと早口のフランス語で、時折驚くほど優しい口調になりながら何かを呟く低い声を確認したのだった。フェイル夫人の限られた語彙力からするとそれはとても不気味で、彼女は逃げるようにその場を立ち去った。このところ、時々咎《とが》めるような目でレオニーを見るようになっているグレートレクスには、その件は報告しなかった。

そんなわけでレオニーは、夜は歩きまわり、昼は――考えた。フェイル夫人ならいくら外国人の特性とはいえ、とんでもないと思いそうな客観性で、亡き女主人の人生と死、そして今いるであろう場所について思いを馳せた。彼女には何の疑念も迷いもなかった。遺言書がないこと、長年の貢献を彼女に認めさせられなかったことを思い出しても、落胆もしなければ、非難する気もなかった。他人と鼻を突き合わせて暮らして裏の顔も見てきた人間の鋭い洞察眼で、こういう不測の事態に準備してきたではないか。年齢とともにほとんど自分のものを買わなくなり、その結果、月々の細々とした給金でもさほど苦労せずにそれなりの蓄えを増やすことができていた。ところが去年、新たな収入源ができた。タイディーが自分の関心事に夢中になり、以前のように家のことに目を光らせなくなったのだ。そしてレオニーは、いろいろな意味でやり繰り上手だった。若い頃ほとんど学校に行っていなかったので英語の綴りはおぼつかないが、どうすれば数字を操れるかについての知恵には非常に長《た》けていた。物の価値など二の次で、値段を何よりも意識することに少しもやましさを感じない。

だからこの一年近く、使用人の仕事に無頓着なタイディーに、もらっている食材費の半分以下の値段で済ませているのを悟られることなく、うまく彼女の喜ぶ食事を作り続けてきたのだった。本来なら受け取っていいはずの給料を密《ひそ》かに埋め合わせているだけなのだから当然の権利だ、と思っていた。

おかげで蓄えはどんどん増えた。お金を貯め始めた当初の目的はもう果たせなくなってしまったが、そんなことは問題ではない。実際に彼女は今、それを手にしているのだ。しかも、彼女の人生に価値を与えてくれるはずのたくさんのものを二十年にわたって搾取してきたタイディーから奪った金だった。薄暗い夕闇に包まれた部屋の中で、硬い指先で最後のコインを撫でると愛おしむように旅行鞄にしまった。そして鞄に鍵を掛け、積み重ねた見栄えのしない服の下に二分ほどかけて丁寧に隠した。

マントルピースの上に置かれた質素な丸い文字盤のブリキの時計が十時を指していた。レオニーは壁の掛け釘から着古したコートを外して羽織り、引き出しの中をかきまわして取り出した紫色の幅広いウールのスカーフを器用に頭と喉の周りに巻いた。そして一階へ下りると、誰もいない勝手口から外に出た。

庭は涼しく、月明かりに白く照らされていた。ほぼ満月に近い月の光で星は淡く、彼女が待ち焦がれていた夜は冷然とした輝きの中で静まり返っている。ためらわずに小道を移動し、グレートレクスの美しいバラが妖しいきらめきを放っている区画に向かった。領収書を偽造してきたのと同様の冷静さでポケットから厚みのあるペンナイフを取り出すと、茎の根元のほうから一ダースほど切り取った。蕾《つぼみ》も取ってしまおうか？　蕾は若いうちに消えるほうがいいのかもしれないが、問題は消え方だ……。

レオニーは庭の門を出て大通りを横切り、心に決めてあった場所を目指した。

二

レイクスが銀行から無理やり提出させた預金関係の記録は、レッキー警視の最後の希望を打ち砕くものだった。明らかになった各々の預金の減り具合と、まさに調査中の収入の増え方を比較してみると、バーサ・タイディーが相当な期間にわたって計画的に恐喝を繰り返して私服を肥やしていたのは間違いなかった。

「おそらく、この証拠が示す期間よりだいぶ前からやっていたんでしょう」と、レイクスは手にした書類を叩きながら疲れた顔で言った。すべての書類に目を通すのはかなりの時間を要する大変な作業で、大きな収穫は得られたものの、終えたとたんに埋め合わせができないほどの疲労感が残った。

「その根拠は？」と、レッキー警視が訊いた。レイクス警部はとっておきの推理を披露したつもりかもしれないが、そもそも初めから憶測に基づいていることは指摘すべきだろう。

「いくつかあります。大規模な強請《ゆすり》というのは――今回の件の規模についてはもう否定しませんよね？――ほかのビジネスと同じように小さなところから始まるものです。もし初期のタイディーの犠牲者がみんな、命を絶つまでの苦痛を感じなかったとしたら、そのやり方にスポットライトが当たらなくても不思議ではありません。それに――ヨークシャーからの報告書を見てください。彼女は校長を務めていた学校を突然辞め、当局が――この場合は教会の学校ですが――スキャンダルや訴訟を避けようとした疑いは拭えない、とあります。それでもいまだに後味の悪さが残っている、と」

「男の影は？」レッキーは希望を込めて見つめた。

「それは触れられていません。わかっているのは、補助教員と非常に仲が悪くなった時期があったということです。その女性教員はタイディーに威圧され、怯えてさえいたようです。いよいよ関係がまずくなると、どうやら金の話が持ち上がって、タイディーは考えた末に口をつぐんだらしいんです。二人とも辞めてはいますが、状況を考えるとクビになったのはタイディーのほうでしょう。そうでなければ、その後の身の振り方に疑問が残ります。それに、彼女がわれわれのところへ匿名の手紙を持ち込んでエディス・ドレイクの話が出たとき、急にかっとなって、自分も教鞭を執ったことがあるから教師の仕事については言われなくてもわかっていると言ったのを憶えていませんか？」

「ふむ」警視は考え込んだ。「負け惜しみですかね。それとも仕返し？　ですが、去年やっていたこととと違って、どこにもつながりませんよね」

「わかりませんよ。少なくとも人物像は浮き彫りになります。さらに重要なのは、この町まで追いかけてきたフィービー・リヴィングストン＝ボールに対する計画的な復讐に間接的に関わっていることです。タイディーが冷たくなったのは、バランタインが彼女をだましてフィービー・ヤングと結婚したときからでした。まったく、なんとも汚いやり口です。学校での一件は彼女が振られたあとの出来事ですから、人間不信が悪いほうに向かい始めたのは、やはりそのときでしょう。気に入らない世の中——すなわち同性——に仕返しして満足するために脅迫という手段を用いたのは、それが初めてではなかったと思います」

じっと耳を傾けていたブルック巡査部長が、同性という言葉に食いついた。「そういえば、彼女の被害者が全員女性というのは不思議ですね」

「しかも全員知り合いの女性だ」と、レッキー警視が言った。

「ええ」レイクスは続けた。「彼女を捨てたのは男ですが、虚栄心だけでなく、たぶんそっちの方面にまだ未練があったために、男にダメージを求めることはしなかったのでしょう。自分から大切なものを奪ったのは女なのだと思い込んで、女性にターゲットを絞ったんです。しかし、彼女は間接的とはいえ、フィービーが自分の金を使い果たしたら手をつけることになるかもしれない夫のリヴィングストン＝ボール大佐の資産にも目をつけていましたし、フロガット氏の財産にも手を掛けようとしていました。アイリス・ケインの蓄えだけではたいしたことはありませんが、彼女が結婚すれば、まさに金鉱を掘り当てたに等しい」

「ですが」と、警視はため息をついた。「われわれはまだ真実にたどり着いていません。つまり、彼女を殺した犯人は誰かということです」

「勇者は最後の土壇場に照準を合わせるものです」と、レイクスが言った。

「誰が殺したにしても」ブルックが低い声で言った。「そいつがキングズリーさん殺害の犯人でもあります」

レイクスは素早く鋭い視線を彼に向けたが、その顔は無表情だった。「ジェーンがタイディーを殺したのでなければな」

レッキーがいかにも小ばかにしたような口調で訊いた。「何のために？　それに、もしジェーン・キングズリーがタイディーを殺したのなら、誰がタイディーの敵《かたき》を討ったって言うんです？」

レイクスは肩をすくめた。「レオニーとか？　とにかく、一つずつ考えていきましょう。まず、ジェーンの動機からです。あなたが思うほど優柔不断ではなかったようですよ。兄夫婦が奇妙な話をしていたじゃありませんか。あの子は何か秘密を握っていて、それを隠していることが自慢そうだった、と。殺人事件が起きたあとのことです。ミネルヴァの従業員たちが夜、しきりに店の周りをうろついていたらしいことを思い出してください」

「ジェーンは違います」と、レッキーがすかさず口を挟んだ。「彼女の住まいはストーンエイカーですから」

「断定はできません。もし実際に彼女に雇い主を排除する動機があったとしたら、ストーンエイカーとレイヴンチャーチの距離は、さほど問題ではないでしょう。それに健康な、決意を秘めた若い娘なら、身内に知られずにあの時間に家を抜け出すことを考えついてもおかしくはありません。若者が家族の目をごまかすのはよくあることです」

「確かに」とても納得したようには聞こえない口調でレッキーが言った。「しかし、たとえ夜間にレイヴンチャーチへ行く機会があったとしても、タイディーを殺した理由の説明にはなりません」

「タイディーについてこれまでにわかったことからすると、答えを探すのは難しくないと思いますがね」レイクスはやや渋い顔で返した。この町へ来て以来、大切なレイヴンチャーチの名誉を失うまいとするレッキー警視が何かと足手まといになる。「迫害かなにかを受けたんでしょう。狭量で邪悪な雇い主に嫌気が差したか、あるいは彼女も脅迫されていたとは考えられませんか？」

「ですが」レッキーはブルック巡査部長の無言の同意を感じながら辛抱強く言った。「ジェーン・キングズリーは、タイディーの基準からすると貧しいほうに入ると思います」

「トゥシェ《一本あり》」レイクスは頷いた。「確かに、タイディーは裕福な人か、アイリスのようにこれから裕福になりそうな人物をターゲットにしていました」

「それに」ジェーンから話題を逸らしたいレッキーは言った。「新たな線が出てきました。どうやら、ほかにもタイディーに脅されていた富裕層がいるようなんです。その中の、自殺を選ばない強い性格の持ち主が彼女を殺したということはありませんかね」

「あり得ます」と、レイクスは答えた。「ただ、それが新たな線と言えるかどうか。最初からはっきりしているのは、自分の命を絶つよりタイディーの命を奪うほうがいいと考えた恐喝の被害者が彼女を殺したという推理ですよね？」

「そのとおりです。ですから、ワイルドさん、ベイツさん、オーツさん、あるいは亡くなったキングズリーさんが犯人かもしれないというあなたの仮説は成り立たないと思うのです。ミネルヴァのスタッフの誰一人として、タイディーの強請《ゆすり》の相手になる経済的基準に見合う者はいないんですから」

レイクスは、なだめるように言った。「ええ、ええ、わかってます。ですがあなたは、彼女が脅迫者だからではなくまったく別の理由で殺されて、強請が絶好の目眩《めくら》ましになっている可能性を見過ごしています。スタッフたちの関係が悪くなって、耐えがたい状況が生まれたのかもしれません」

「誰だって耐えがたい状況を辛抱しているんです」レッキーは執拗に食い下がった。「でなければ辞めます。そんなことで殺人は犯しません」

レイクスは警視をじっと見た。「本当にそうですか？　もっと些細な理由から起きた犯罪はいくらでもあります。しかし、あなたのおっしゃる脅迫された立場にある強い性格の持ち主——それ以上に、おそらく追い詰められた人物——が彼女を殺したという推理に、私も乗りましょう。そうなると、二人の名前が挙がってきます。どちらも、タイディーのターゲットになってもおかしくないくらいに裕福な人たちです」

「その二人というのは？」見当はついていたが、レッキーは尋ねた。

「ケイト・ビートンとオーエン・グレートレクス。まずはグレートレクス。彼自身はバレていないと思っているのでしょうが、あなたも私も、ここにいる巡査部長も、そしてレイヴンチャーチの人々もみんなが知っています——彼がバーサ・タイディーにしつこく追いかけられていたことを」

「それが動機になるとおっしゃるんですか？」

「なりませんか？　アド・ノージアム《うんざりするほど》と言ってもいいくらいだったんですよ。脅迫もあったかもしれません。もし一度でもグレートレクスのほうに軽率な行動があったとしたら——肉体関係とは言いませんが、手紙のやり取りでもあれば彼はかなり追い詰められたはずです——タイディーに分別あるちょっとした圧力をかけるのは当然と考えてもおかしくはありません。ところが、いざその場になったら分別がなくなってしまい、彼女を絞め殺したという仮説も成り立ちます」

「つまり、あの晩、彼がミネルヴァへ招き入れられたと思うんですね？」

「あり得るでしょう。あの店の夕方以降の個室が絶対に女性だけのものだとはかぎりません。それにウィーヴァーさんの証言では、あの夜ミネルヴァを出ていった訪問者の性別はわかっていませんからね」

「彼ほど名声のある人にとっては、あまりに危険な賭けだ！」

「殺人犯というのは、もっと危険な賭けに出るものです。名声という意味では、もしタイディーがグレートレクスを脅迫していたとすれば、どちらが彼にとって危険だったかわかりませんよ。彼女が生きている場合と比較して、殺すほうがリスクは低いと考えたのかもしれません」

レッキーとブルックには、グレートレクスに対するこの嫌疑がアルバート記念碑に嫌疑をかけるくらい重大なものに思えて、二人とも何も言葉を発しなかった。そんな無言の抵抗など意に介さず、レイクスは続けた。

「わりと説得力のある仮説だと思いませんか。彼には明らかに必要条件が揃っている——富、立派な地位、名声、世間に知られたくない女性関係。そして、手放すつもりのない富と名声を守るための意志と機会。要するに、さっき警視がヒントをくれた、強い性格を持った恐喝の被害者の有力候補というわけです」

「私は違うと思います」と、レッキーは言った。「でも続けてください」

「では次の候補に行きましょう。ケイト・ビートンの場合はどうでしょうか。彼女は何かと反発しすぎではないですか？　もちろん、脅迫状を書いたのは彼女ではないかと初めに私が言ったとき、あなたがはっきりと反論なさったのは憶えています——が、それについてはあとにして、今はもう一方の行為——すなわち殺人に彼女が関与しているかどうかを考えてみましょう」

「彼女はミネルヴァの客ではありませんでした——帽子店にもカフェにも美容室にも通っていませんん」

「何を言ってるんですか！　そんなのは問題ではありませんよ。タイディーとコンタクトを取れる場所はカフェだけじゃありません。レイヴンチャーチの町外れでも、ロンググリーティングのビートンの家やタイディーの家でもこっそり会うことはできます。むしろあの村のほうが人目につかなくて都合がいいかもしれません」

「確かに、あそこなら何か起きていても誰も気づきませんと、経験豊かなブルックが同意した。

「ところが実際はそうでもないんだ。村人たちは詮索好きだからね。決まった就寝時間とか、裏口に鍵を掛けたかどうかとか、二週間前の金曜に郵便配達員に何を言ったかを知られないようにするには、相当用心深く、賢く立ちまわらなければならない。でも、そこは問題ないだろう。タイディーもビートンも人一倍頭のいい女性だから、ロンググリーティングの住民の目をごまかすのはたやすいはずだ」

「もめ事の原因は何です？」と、レッキーが質問した。

「いくらでも考えられます。女性に関しては不要な質問です。彼女たちのお互いに対する嫉妬心に根拠など必要ありません。この二人の対抗心にいたっては特にそうです。通常のパワー・ポリティックスとは少し違いますが、それを引き起こす誘因となるグレートレクスがいたじゃないですか——ロンググリーティングの女城主に当たるのはどなたでした？」

「それなら」レッキーが即答した。「リヴィングストン＝ボール夫人でしょうね」

「気の毒ですが、夫人は亡くなる数か月前に、競争相手から脱落していました。彼女がずっと控えめな立場にいるのを見て、タイディーとビートンはほとんど影響のない存在だと見なしたのだと思います」

「失礼に聞こえないといいのですが」少し間《ま》をおいてレッキーが言った。「あなたは、これまで出会った中で誰よりももっともらしいことを言う人だ」

「そんなことはありません。それを言うならあなたのほうです。私は単に、あなたが提案なさった強い性格の被害者に関して検察官の役目を果たしているだけです」

「まあ、そうですね」と、レッキーは頷いた。「ただ、今お話しになった二人の件について、ある点に驚いているんです」

「というと?」

「グレートレクスにしてもビートンにしても、わざわざ夜レイヴンチャーチにタイディーを殺しに行ったことになります。三人ともロンググリーティングに住んでいるのに、なぜ彼女が自宅のキープセイクにいるときを狙わなかったのでしょう」

「それなら簡単です。謎めいた訪問客の来ない自宅でタイディーを殺せば、容疑者が限られてしまいます。しかも、自宅には常に同居人がいます。あのコテージで比較的安全に彼女を殺せるのはレオニーだけです。でも、夜一人で寝泊まりしているレイヴンチャーチのカフェで犯行に及べば話は違います——ある意味、より厄介ですが、その代わり疑わしい容疑者の数が格段に増えます」

ブルックが頷いた。かなり説得力があるように聞こえる。

レッキー警視が言った。「確かに。だから捜査がこんなに難航しているんですから。容疑者の少ないキープセイクと違って、タイディーが夜こっそり店に人を招いていたことを考えると、ミネルヴァでは犯行の機会のある人間が多すぎます」と、ため息をつく。「ここで誰か生きている人間が容疑者として挙がれば、ジェーン・キングズリーの容疑が晴れるんですがね」

「ジェーンがタイディーを殺していないとすれば」レイクスは重々しい口ぶりで言った。「タイディーを殺した犯人がジェーンを殺したんです。巡査部長が指摘したとおりね。そうなると兄が言っていたジェーンがあの晩言いかけてやめた秘密というのは、犯人が彼女を危険人物だと思う、犯行の物的証拠だった可能性が出てきます」

「つまり彼女は、何が犯人を殺人に駆り立てたかをはっきりさせたかったわけですよね？　だとすれば、あなたが今おっしゃった彼女が握っていた秘密は、自分自身がタイディーを殺害したことではないはずです」

「いいですか」レイクスはうんざりしたように笑みを浮かべた。「ばかげたように思えるかもしれませんが、それは仕方ありません。私はただ、あらゆる可能性を捜査しているだけなんですから。個人的には、ジェーンが殺人犯だとは考えていません。不合理な仮説を排除していくことは、それが否定的なものであっても、真実にたどり着く近道なんです。とにかく、彼女がやっていないとするなら、ビートンがジェーンを殺した可能性を考える必要があります」

「ジェーンがまずビートンを訪ねて、そのあと一緒に犬を連れずに家を出たということですか？　二人の姿を目撃した者はいませんが」

「ちょっと待ってください。待ち合わせが家とはかぎりませんよ。彼女が殺された林でビートンと待ち合わせたとしたらどうでしょう。犬ですか？　ええ、それも重要です。そういう用件で出かけるのに犬は連れていかなかったでしょうからね」

「ジェーンがあの日の午後早くにバスを降りたとき、林への入り口とは反対方向に歩いていくのを目撃されています」

「ええ。ですが、彼女がロンググリーティングに早く着きすぎたということは考えられます。ストーンエイカーのバス便は本数が少なくて、正確な待ち合わせ時間に合うバスがあるとはかぎりませんからね。彼女が殺害された時刻はわかっています。バスを降りてから死ぬまでの長い時間、ずっと林のベンチに座っていたとは到底思えません」

「だったら」しきりに考え込んでいたブルックが言った。「彼女は殺人犯のいる前で、あの見つかったワイルドさんへの葉書を書き始めたとおっしゃるんですか？　だって、待ち合わせた相手を待っているあいだに書き始めたのだとしたら、宛名を書いたところであんなふうに途切れているのは変ですよね？」

「葉書は、たいした問題ではないよ。彼女が襲われたとき、ペンを握っていただろう。たぶん彼女たちはすでに別れていて、無警戒のジェーンがロンググリーティング・プレイスの壁にあるポストの集配時間に間に合うようにメッセージを投函しようとしていたとき、犯人が戻ってきて殺したんだろう」

「かもしれませんね」と、レッキー警視が呟いた。

「あるいは」レイクスは続けた。「誰かの家を訪ねて話し合いを終えたあと――かわいそうに少なくとも本人はそう思ったんでしょう――どうしてもすぐにワイルドさんと連絡を取りたくなって、ベンチへ行って帰りのバスを待っているあいだに葉書を書こうとした。すると、訪ねた先の家にいた犯人が林までつけてきて彼女を襲った、とか」

「その家ですが」持ち出された話題にブルックが憂鬱《ゆううつ》そうに反応した。「考えられるのは――」

「ビートンの家、ロンググリーティング・プレイス、マイルハウス、ロッガーヘッズ、閉じられているキープセイク、牧師館で働くトム・コブレイの家……」レイクスは大きな声で列挙した。「そう、絞りきれないんだ。それに家とはかぎらないし、林の空き地でもないかもしれない。ブランシャールがグーズベリーを摘んだキープセイクの庭だってあり得る」

「そのとおりです」と、レッキー警視も同意した。「でも、そこはコテージに含めていいでしょう。もしジェーンがそこを訪ねたのだとしたら、アーサー・タイディーの要請で家が閉じられていることを知らなかったからでしょうね」

「あるいは」ブルックが再び反応した。「知っていて、あえて庭でブランシャールと待ち合わせたということも考えられます。キングズリーの到着を待つあいだにブランシャールはグーズベリーを摘み取ったのかもしれません」

彼の言葉に誰も直接は答えなかった。それぞれ、ほかの二人が何を考えているかわかっていたからだった。するとレイクスが静かに言った。「明日、北部から二度目の報告が来ればよりはっきりします。ロンググリーティングの件はそれまで棚上げにして、レイヴンチャーチの事件について考えてみましょう――」

「またですか」レッキーがうめいた。「どうせ、スタッフの誰かに罪をなすりつけたいんでしょう――」

「断っておきますが」やや苛立ちを込めてレイクスが言い返した。「私はタイディー殺害の罪を店の従業員の一人に押しつけたいわけじゃありません。それはおわかりのはずです。若い娘が裁判にかけられるのを見たくはない。しかし、この事件に関して絶対に見逃してはいけない要素があります。一つは、タイディーがカフェに泊まったあの夜、彼女が好ましく思う人物を店に招き入れた可能性です。だとすれば、犯人がどうやって店に入ったかという疑問が解けます。あの晩、誰でも店に入ることができたわけです。二つ目は、タイディーが脅迫者だったからといって、必ずしもそのために殺されたとはかぎらないということです。十中八九そうだとは思いますが、脅迫とは関係のない動機を除外するわけにはいきません。邪悪な人間はいろいろな面で堕落するものです。他人を脅迫できる人間は、ほかのことだってできたかもしれない。さっき、従業員の給料ではタイディーの関心を惹くはずがないと強調されましたね。私も同感です。でも、金銭が原因ではなかったとしたら？　そう考えると、無実を証明する事実が出てくるまではサメラ・ワイルドもクリスタル・ベイツもジェーン・キングズリーも、そして、そう、マリオン・オーツも、容疑者の一人であることに変わりはありません」

「おっしゃるとおりです」レイクスの熱に押されてレッキーは言った。「なにも、あなたがワイルドさんたちを殺人の罪で検挙したがっていると言っているわけではありません。ただ、私にはどうも真犯人とはかけ離れているようにしか思えなくて――」

「それはそうでしょう」レイクスは、先ほどよりにこやかに言った。「あなたは彼女たちと生きてきたんですから――ああ、もちろん男女の関係を抜きにしてですよ――あなたにとって、言わばあの三人は汚《けが》れのない繭から出てきたばかりの女学生のままで――」

「やめてください」と、レッキーが遮った。「あなたが彼女たちを疑うのはもっともだと認めましょう。ですから、頭に引っかかっていることがあれば何でも話してください」

「それは前にもお話ししました。第一発見者のワイルドさんの発見時の行動が必要以上に彼女の容疑を強めていると言ったはずです――キープセイクに電話をせずにいきなり窓を割って入り、カフェの鍵をこっそりハンドバッグに入れていたうえに、聴取の際の受け答えも変で、どうも納得がいきません。それらの点からすると、ベイツさんへの疑いは少し弱いと言えます。殺害現場に最後に現れたのは彼女ですが、わざと遅く来てワイルドさんとキングズリーさんに遺体を発見させたということは考えられます。ですが、人を殺しておいて、十五分間の聴取で馬脚を現さずにうまく切り抜けられる頭脳が彼女にあるとは思えません」

「あの」マリオンの保護者のような気持ちになっていたブルックが低い声で言った。「オーツさんに関しては、容疑は薄いと思います――頭脳の問題で言うわけじゃありませんが――」

「ああ、もちろんだ」と、レイクスは答えた。「彼女の場合は、絶対に頭脳の問題じゃない」

レッキーが驚いた顔をした。「そこまで頭のいい子だとも思いませんけど」

「ワイルドさんを除けば、彼女はほかの二人の頭脳を合わせたよりも賢いですよ。それにもう子供じゃない。マリオン・オーツは、成熟した芯のようなものを持っています。早熟というんでしょうか。二人の叔母をすっかりリードしていますからね。彼女はミネルヴァのダークホースですよ。十代の少女による殺人は珍しいですが、彼女がどの程度追い詰められていたかによっては、あり得ない話ではありません」

三人とも口をつぐんだ。少なくとも二人は、若い娘を追い詰める人間の非道さについて考えていた。レイクスの瞳に光が宿ったのを見たレッキー警視は、飽くことを知らないこの男がまた何か新たな仮説を思いついたのではないかと身構えた。その予感は当たっていた。

「もしも」と、レイクスは愉《たの》しげに言った。「ウィーヴァー夫人が犯人だったとしたら?」

レッキーは驚きのあまり、反論すらできなかった。「機会と能力という点では条件に当てはまります。でも動機は? 今度もまた、隠れた理由があるはずだとおっしゃるんですか?」

「いいえ。彼女の場合は脅迫のほうがしっくりきます。ウィーヴァーさんは希少な書籍でかなりの金を稼いでいて、しかもそれを何年も続けています。それに証言によれば、彼女はあの晩カフェを訪ねるようタイディーに招かれています――われわれの知る唯一の訪問者です」

「彼女はとても丈夫そうな女性ですが、いかんせん年老いています」と、ブルックが真面目な顔で言った。「でも、もし脅迫が動機なら、何をネタに脅されていたんでしょうか」

「どんな人生にも、脅迫者が利用できるネタはあるものさ」という、すげない答えが返ってきた。

レッキーとブルックは慌ててそれぞれ無言で検討を始め、レイクスはあくびをした。

「この事件の捜査は、単純な疲れだけでは済みませんね」と言う。「眩暈《めまい》がしてきました。バスキン牧師が連続殺人犯だという気までしてきそうな状態だ」

「せめてトランピントンにしておいてください」レッキーがぼやいた。「それなら私も乗りますから」

「彼には、もっとすてきな事件を割り当ててやりますよ」冗談を言うだけの力が、レイクスにも少しは残っていた。

# 第十四章

## 「きっとだぞ」と、ステップニーの鐘が鳴る

### 一

ダニエル・バスキン牧師は目が見えないわけではなかったが、奇妙にもすぐ身近で起きている大部分のことに気づかずにいた。通常の視界の外で起きていることがあまりに激しいため、よく考えてみれば容易に解決できない荷の重い状況になるのがわかりそうなものなのに、長いことそういう手近な問題を見ないようにしてきたのだった。

窓が割られ、公の場に匿名のメッセージが落書きされ、暗がりで狙い打ちされるなどということは、彼の日常の経験の中には存在しないものだった。それはロンググリーティングの風景についた見たことのない染みであり、これまでレイヴンチャーチを描いた絵の背景の隅でひっそりとしていた村は、黄昏時に忍び寄るそうした荒々しい要素を引き寄せてこなかった。

このところ、バスキンはほったらかしの木々と会話でもするかのように、しばしば教会の墓地の中

を散策した。せせこましく立ち並ぶニレ、クリ、ライムの木が混み合いながら空に向かって伸び、そのずっと下にこんもり茂るイチイやイトスギにささやきかけているかのようだ。天国と同じように木々には独自の音楽があり、天国への扉を掠めるように風にそよいでいる。音楽を奏でるのは忙しく動きまわる小鳥やリスたちだ。コマドリの鳴き声を除けば、歌はほとんどない。一度、やはり声をたてないハリネズミが、オークの根元の枯れ葉を鼻先で掘っているのを見かけた。伸び放題の草が二世紀前に造られた傾いた墓石を包み込むように生え、悲しそうな作り笑いを浮かべる智天使《ケルビム》の歪んだ顔を撫でている。

そこでは、深く思考するのではなく感じることができた。だが、ここ数週間よく来ているこの場所は、より新しくてこざっぱりしていた。草は適度に刈られ、大半の墓穴がまだ使われていない。何基かある墓石は真っすぐ立っていて、時代を経て灰色がかった緑になったり剝げたりはしておらず、飾り気のない大理石や御影石がきれいに磨かれていた。

この区画に新たにできた、まだ周囲に馴染んでいない盛り土がいくつかあった。先の尖った草が気後れしたようにまばらに周りを囲む様は、まるでそこに埋葬された人たちの安らいでいない状態に気づいているかのようだ、とバスキンは思った。彼はその中の一つ、小道にいちばん近い、枝の陰になっていないため陽射しを思うままに浴びている墓の前に屈んだ。彼がアイリスのために埋葬式の祈禱文を読み上げたのは、まさにここだった。

またバラの花が置かれていた。十二本のバラの細い花の先は、まだ露に濡れて光っている。葬儀以降、ほかの花と一緒にバラが供えられていることはあったが、こんなふうに置かれるようになったのは数日前からだ。昨日、墓石前の花瓶にオダマキを生けているケイン夫人を見かけたので声をかけて、バラの美しさを褒めた。

「それは私のじゃありません」と、夫人は顔も上げずに木で鼻を括《くく》ったような返事をした。彼女の話し方はいつもそうだった。敵意もない代わりに温かみもない。バスキンはケイン夫人のそばを離れた。フィアンセのクリストファー・フロガットが供えたのかもしれない。といっても、彼が墓参りに来ている姿を見たことはなかった。夕方少し萎れ始めたバラは、翌朝にはまた新しくなっている。ロンググリーティングとストーンエイカー界隈でこういうバラが咲いている庭を、バスキンは一つしか知らなかった。

彼の胸に、ある疑念が湧き上がって大きく膨らんできた。不安を目的と意志に変換する方法はずっと昔に学んでいた。今誰よりも会わなくてはならないのは、一か月近く話していない友人のコノリー神父だ。

バスキン牧師は次のレイヴンチャーチ行きのバスに乗った。白髪頭には帽子をかぶっておらず、予言者のような光をたたえたその目は別世界をさまよっていた。司祭館に到着すると、コノリー神父は十時間ほど前に倒れ、医師から食中毒かもしれないという診断を受けて、現在、意識が混濁していて面会謝絶であることを知らされた。

二

ロンドン警視庁《スコットランドヤード》が犯人逮捕の計画の概略を説明し、レイヴンチャーチ警察を代表してレッキー警視が耳を傾けていた。

「ずっと私と一緒に見張っていてほしいとは言っていません」異議を唱えるだろうと予測してレイクスは先回りした。「とりあえずやってみようと提案しているんです。犯人はすでに二人を手に掛けているので、警戒心や身を潜める意識が低下し始めている可能性があります。そういう場合、通常のやり方では逮捕が難しい」

「一人殺した殺害犯より向こう見ずになっているということですか？」

「一般的には。二人殺して一時的にでも逃げおおせると、一人殺した犯人よりも慎重さは半分になります――あるいは、軽率さが二倍になると言ってもいいのかもしれません」

「それは毒殺者にも当てはまるわけですね」警視はゆっくりと言った。「しかし、今回の二件の犯行はきわめて暴力的で荒削りな手口なので、私はむしろ――」

「かっとなって思わず犯行に及んだ犯人が今頃、自分のしたことに恐れおののいていると？」

「まあ、そんなところです」レッキーは少し考えてから言った。レイクスの頭の回転の早さに、いまだになかなかついていけないのだった。

「その考えは忘れてください。確かに、毒殺は静かでゆっくりと蓄積させていく用意周到な手口です――もちろん、私が言っているのはシアン化物ではなくヒ素を用いた犯行のことですが――だからといって、プールに石が投げ込まれたかのように地元住民を動揺させる凶悪な殺人が、冷静で計算高い犯人によるものでは**ない**と思い込んではいけません。実際はそういう人間なんです。犯行における凶暴性は、必ずしも性急な行動の結果とはかぎりません」

「もし犯人があなたのおっしゃるような人物だとしたら、衝動的な犯行ではないと言わざるを得ませんね」

「そう思います。話を元に戻しましょう。一人目の殺人より三人目の殺人のほうが犯行へのハードルは下がるはずです。無謀さが増すだけでなく、捕まらずに時間が経過することで、妨害されることへの怒りが沸々と湧いてくるんです。なんとしても自分の身を守りたいと思うようになる。その結果、逆に危険を犯して連続殺人に行き着くケースはしばしば見られます」

こういう理論的な考察が苦手なレッキーは、落ち着かない気分になっていた。たとえ苦々しく不愉快なものであっても、ズバリ核心を突くほうが好きだ。彼はレイクスに即決の必要性を思い出させることにした。

「おっしゃることはわかりました」と、硬い口調で言った。「お話だけ聞くといい計画のようにも思えます。ですが実際に行動に移した場合、三件目の殺人が起きるのは困ります。三人目の被害者が出るなどということがあってはなりません――あなたが今言われたように、なんとしてもそれだけは避けなければならないんです」

「もちろんです」警視はレイクスの言葉の中に初めて腹立ちがこもっているのを感じた。彼をなだめようとする笑みにも心がこもっていない。

「あなたが危険にさらそうとしているのは」レッキー警視は噛みついた。「あなたの命でも私の命でもないんですよ」

「私は」と、レイクスが言い返した。「誰の命も危険にさらすつもりはありません。私が提案しているのは、ほかにも命を奪わなければならない人間がいると犯人に思わせることです。それとこれとは大違いだ。私の見るところ、この誘惑はかなり有効です。三件目の犯行に及ぼうとする可能性が高い。もちろん、われわれが阻止しますがね。それには、危険にさらされてもおかしくない人物の善意の協力が必要なんです」

普段はめったにしないのだが、レッキーはできるかぎり不満を伝えようと鼻を鳴らした。「善意の協力者をこの計画でちゃんと守れるのでしょうか」

「警視は本当にいい人なんですね」レイクスはため息をついた。「私はあなたより罪深いので、脅迫犯や誘拐犯になろうとする人間に罠《わな》を仕掛けることも、警察がすぐそばで張り込みながら被害者となり得る人物を差し出して餌をまくことも、市民を守る行為だと思っているんですがね」

「私は犯人逮捕の倫理については関知しません」と、レッキーはむっとして言った。「犯行が広がる前にあなたのやり方で捕まえてください。私が守るのはネズミ捕りの中のチーズです。無理に入れられたのであろうと、自分から入ったのであろうと――」

「ゴルゴンゾーラみたいなね」レイクスはにやりとした。「といっても、私のチーズは中に入るのを拒否するかもしれません。その場合、あなたにとっては喜ばしい事態でしょうが、第二の計画を考えなくてはいけなくなります。それはそうと、それ以外の件についても解決する必要がありますよね。殺人犯はどんなことがあっても捕まえますが、その前にまず、匿名の手紙のことでレオニー・ブランシャールに会わなければ」

レッキー警視の顔が晴れやかになった。ほんの一時《いっとき》であろうと、深刻な殺人事件の捜査から離れられるのは大歓迎だ。

「不思議ですね」レッキーの憤慨は収まり、すっかりくつろいだ口調になった。「あの人物にすぐにたどり着かなかったとは」

「ある意味、たどり着いていたんですよ。もったいぶった言いまわしや、奇妙な倒置法と句読点に頭を悩ませたのを憶えているでしょう?――いい線までいっていたんですが、最後のところで足踏みしてしまった。声に出して読み上げてもらったら、外国人の英語だということに気づいたんです」

「われわれも声に出して読みましたよ」と、レッキーが思い出させた。

「わかってます。適切な人に読み上げてもらったら、ということです」

「ビートンさんですね」名前を強調したレッキーの言い方は、まるで今の今までその名を口にするのをためらう魔法にかけられていたかのようだった。

「ええ――知性と表現力のある読み方のできる人物です。彼女は小説家ですから、初めて見る文章でも、細かなニュアンスまで解釈して読むことのできる想像力とスキルを持っているんじゃないかと思いましてね。思ったとおり、完璧な読み方をしてくれました。ビートンの解釈どおりに手紙の内容を聞いてみたら、あの日キープセイクでレオニーのぶっきらぼうな会話を耳にしたときに私の頭に何が引っかかったのか、はっきりしました。口調が脅迫状の文とそっくりだったんです」

レッキーが大きくため息をついた。「これで、あの手紙の背景に何があったのかわかりましたね」

レイクスの顔が険しくなった。「ヨークシャーからの報告を見れば明らかですよね?」

「少なくともケイン夫妻は知っていたわけです。今では彼らも認めています」

「彼らには、ほかに選択肢がなかったんでしょう。もちろん知っていたはずです。父親から非公式にレオニーに支払われている金――名乗らない代わりに、いまだ彼は責めも負っていません――そこからレオニーを介して定期的に報酬を受け取っていたんです。最初はヨークシャーのケイン夫妻に、その後は、アイリスが働くようになるまで弟のケイン夫妻に払われていたのだと思います」

「フルール=ド=リス」レッキーがおもむろに言った。「つまり、アイリスですね」その名前に悲哀があるかのような言い方だった。レイクスが黙っていると、彼は続けた。「ブランシャールが彼女に関係を教えないままでいたのは不思議ですね。アイリスはまったく知らなかったはずで、その点はケイン夫妻も断言しています」

レイクスは頷いた。「ただ、ケイン夫人がこんなことを言っています――レオニーはタイディーのもとを離れて子供に会いに来るとき一文無しでいたくないというプライドのために、辛抱強く秘密を胸にしまったままお金を貯めていたのだそうです。アイリスの結婚が決まって、それができなくなってしまった。二十年じっと耐えてきたブランシャールは、名乗ることによって愛する娘の良縁を邪魔したくなかったのです」

「拒絶でしょうね」レッキーが思わぬ洞察力を見せた。「拒絶を身につけたんです。娘が生後一か月のときよりも、二十年後のほうが沈黙を続けるのは楽だったのではないでしょうか」

「だと思います。アイリスに関係を打ち明けなかったのが不思議だとおっしゃいましたが、本当にそうでしょうか。ブランシャールはブルターニュ人の農民の出でカトリック教徒であり、教養は乏しいが知性は豊かな、偏った道徳観念の持ち主です――考えようによっては不道徳と言えるかもしれない。どちらも大差はありません。ですから、何よりも大切で人生の支えである愛娘《まなむすめ》が、同時に自分の罪であると考えたのでしょう。告解していない罪です。娘だと打ち明ければ、その子にまで汚《けが》れが及ぶと恐れたのだと思います」

熱弁を振るってやや息が切れたのか、レイクスは椅子に背を預けた。こちらを見ているレッキー警視の視線を感じると、あくびをしながら伸びをし、再び肘掛けに腕を置いて身を乗り出した。

「まったく、警察の仕事ってやつは時々嫌になりますよ！」

レッキーは何も言わなかった。彼にはレイクスが何を考えているのかわかったし、彼もまた同じことを思っていた。結末を握ってはいてもなかなか近づけない。急に気持ちがくじけそうになり、明日が来なければいいのに、と思った。

レイクスが立ち上がった。「『オー・ザルム・シトワイヤン《武器を取れ、市民たちよ》！』」調子外れの声でフランス国歌の一節を口ずさむ。「話は終わりです。やるべき仕事がわれわれを待っています。まず手紙の件でレオニーと渡り合う。そして殺人犯の逮捕という大仕事のために協力者を募る。最低でも一人は欲しい」

「ただ」と、レッキーが言った。「あなたが無実の人の中から協力者を探そうとなさらないといいんですが――」

レイクスは鋭い視線を警視に向けた。「まるで無実を確信しているかのように聞こえますよ」

三

レイクスが罠を仕掛けるのに必要な協力者を手配した日の午後、サメラ・ワイルドは映画館の裏通りを一人で歩いていた。初めは家にいるようにしつこく迫り、次には自分もついていくと言い張って彼女を困らせたジョージは、今アパートで『タイムキーパー』紙の編集者に依頼されたメレディスに関するエッセイに没頭している。彼が心から待ち望んでいた仕事だということを、妻のサメラはよく知っていた。

いかにも元気よさそうに歩いていたが、内心は情けない気持ちでいっぱいだった。昼間にレイヴンチャーチで屋外を歩くことに不安を感じるとは、なんてばかげているのだろう。この町は彼女が生まれ育ち、学生時代にはたくさん楽しい思い出を作り、ジョージと出会って結婚した場所なのに。ばかげているどころか、これでは裏切りだ。だが、近頃レイヴンチャーチが変わってきていることは認めざるを得ない。ティータイムが近づいているこの時間は人通りがそこそこあるほうだが、六、七人知り合いを見かけるものの誰も挨拶を交わしてくれない。気味が悪いのは、どの人も自然に彼女を無視していることだった。特に冷たい態度を取るわけではなく、みんな静かにそばを通り過ぎて去っていく。単なる偶然かもしれない。よくあることだ。本当に？　誰もが、周りを気にしないアリのように店の中で自分のことに夢中になっていて、彼女が目に入らなかったというのか？　たぶん、そうなのだろう。多感な少女のように自分が神経過敏になっているだけなのかも。こんなのよくない。

不安なのは、ずっと心に懸かっていることのせいでもある。そのとき、よく知る女性が向こうから歩いてくるのに気がついた。〈ミネルヴァ〉の美容室の常連だった人だ。すれ違いそうなところまで来ると、カメの甲羅の縁に似た瞼《まぶた》の奥のぎょろりとした目がまともにサメラの目と合った。女性は苛立ったようなしぐさで踵《きびす》を返し、いきなり手近な宝飾店に二歩足を踏み入れた。わざとだ、とサメラは思った。次の瞬間、ファルキン夫人がかなりの近眼であることを思い出した。それでも彼女の不安と胸のつかえは少しも解消しない。そう思ったとたん、吐き気と寒気を覚えた。

肚《はら》を決めて好戦的に顎を突き出したサメラは、ショーウインドーに映った自分の決然とした姿に微笑みかけた。そして、通りを挟んだほとんど客のいない魚屋になんとなく視線を向けた彼女の目が、商品のまばらになった台のそばに歩兵の幽霊のように立っているレオニー・ブランシャールの姿を捉えた。

心臓がドキッとし、サメラは自分でもよくわからないまま再び歩きだした。レオニーにどうしても言いたいことがある。普通なら〈マイルハウス〉を訪ねるか、手紙を書くかだ。でもどちらも気が進まない。たぶん、こっちのほうがいいだろう。今がチャンスだ。

　そう考えながらも彼女は花屋のウインドーの前で立ち止まり、スイートピーに探るような目を向けたが、本当は花を見てはいなかった。自分はいつもこんなふうに、人に声をかけるのをためらって責任を回避する人間だったろうか？　そんなことは断じてない。もし振り返ってレオニーが同じところにいたら、くじけそうになる気持ちを鼓舞してやり遂げよう。

　サメラは身体ごと振り向いた。レオニーはまだそこにいた。彼女は迷わず道を渡ってレオニーの隣に立った。

　結局、彼女が口火を切る必要はなかった。入ってきたサメラにはまったく注意を払わずに、レオニーは魚屋に向かって小ばかにした冷たい口調で話しかけていた。

「いいえ、そんなの要らない。ここにあるので全部なら、ブリームをちょうだい」身体の向きを変えずに横目でサメラを見て、ほとんど間《ま》をあけずに言った。「ヴァイルドさんじゃありませんか？」

　サメラは戸惑った。自分を避けようとしない人間もちゃんといるのだ。だが、満足のいかない買い物を引きずったような物言いは、真っ向から侮辱している気さえする。こんなのよくない、と、その午後二度目にそう思った。神経過敏な自分に腹が立ち、心を奮い立たせて相手に微笑みかけた。

「ええ、そうです。あなたをお見かけしたものだから。こういう機会をずっと待っていたんです。いつからお目にかかっていなかったかしら、ええと――ええと――」言いよどんでやめた。「とにかく、数週間はお会いしていませんでしたよね」

　レオニーは哀れな魚屋から魚を受け取り、ぴったりの代金を注意深く選んだ。サメラは店を出た彼女と並んで歩いた。

「そんなになりますか？」レオニーは取りつく島もないほど冷淡だった。「私は死因審問に行きました」

ジェーンの審問のことでないのはサメラにもわかった。「ええ、そうですよね。でもそのときは話しかけられなくて」

「そうですか？　そのときは何を言おうとしたのですか」

サメラが足を止めたのを見て、一瞬迷ってからレオニーも立ち止まった。

「ここでは言えません」サメラは言いにくそうに小声で言った。通りを見まわしながら、早くこの場を去れればいいのに、と思った。「だけど、どうしても確かめたいことがあって。よければあなたに助けていただきたいんです。でもその前に、お見せしなければいけないものがあります」

レオニーは肩をすくめた。「ここで話さないのなら、グ、レ、ー、ト、レ、ーさんのお宅へ来ますか？」

「それは嫌です」と、サメラは正直に答えた。「もしよかったら、キープセイクで会えませんか？　明日の朝から警察がいなくなるんですって」

相手が無言でいる短い時間がサメラに重くのしかかってくる。すると、レオニーがきっぱりと言った。「そうかもしれません。でもミスター・タイディーは違います。彼はあそこに鍵をつけました」

「いいえ、それなら大丈夫です。南京錠をつけたのは警部さんが家に出入りする期間だけのためだったんですもの」サメラは急いで言い足した。「明日には取り外すそうです。あなたが鍵をお持ちなら――あそこでお会いしたいです――二人だけで」

再び重たい沈黙があった。やがてレオニーが虚《うつ》ろな声で訊いた。「どうして何かを確かめなければいけないんですか」

「友人のことを誤解し続けたくないからです」と口を滑らせ、サメラは混乱している自分に苛立った。まったく、ごく単純な会話さえもぎこちなくなってしまっている。

レオニーが眉をひそめた。「それで？　いつですか」

「いつ、って何が？」サメラは間の抜けた質問をした。

「いつ家に来るんですか」

「コテージにですか？　ああ、それなら夜がいいです。ご都合がよろしければ、ですけど。そのほうが自由に時間を取れるので。くれぐれも人に言わないでくださいね」少し念を押しすぎだろうか。

「じゃあ――」

「はい？」

「九時ではどうです？」

「早すぎます。十一時で」と、レオニーが言った。

「そんなに遅く」サメラは不審そうな声を上げてから、気持ちを引き締め直して答えた。「わかりました」

## 四

スリップまでは遠くなかったが、クリスタル・ベイツは夫のケネスに黙って自転車を持ち出した。このところなにかと感じの悪い彼に話したら、このどうということはない使い走りさえ強硬に反対されそうだった。

ケンは当初から殺人事件について持論を展開していた。といっても、タイディーの事件のほうだ。ジェーンの事件は、一連の「自殺」騒ぎはバーサ・タイディーを殺すための目眩《めくら》ましとして計画された連続殺人だったという、彼の元々の推理と矛盾していたからだ。それでも犯人の正体について自分なりに見当がついていて、警察に相談されれば教えてやってもいい、と何度かほのめかしていた。それなのにいつまで待ってもやってこないので、警察の能力に対する彼の評価は一向に上がらなかった。やつらもまだまだだな、というのだ。

殺人犯が誰なのかを推測するときに身体的特徴を重視するのは、漫画の影響じゃないかしら、とクリスタルは思った。風刺漫画のせいでケンは人一倍、いかつくて筋肉質な人間に注目している気がする。それとも本人が言うように、彼には素晴らしい眼識があるのかしら？　私よりずっと頭がいいのは間違いないけれど。

ケンの疑いがどこに向いていて、今日の午後自分の頭に何が浮かんだかを思い出し、クリスタルは鳥肌が立って小さく身震いした。もちろん、正確には自分で頭に浮かべたわけではない。彼女にとっては責任も思考もコウモリのようなものだった。そもそも思慮が浅くて極端に鈍感なため、どんな大事なことでも、それが最初から自分の考えなのか他人の受け売りなのかは全然気にならない。おかげで、賢い人でもできなかった仕事をうまくやり遂げられたこともある。

出かけることをケンに言わないでよかった。昨日サミーが暴行被害に遭ってから、一人で出歩くことにうるさくなっていたからだ。自転車なら歩く人より有利だから襲われる心配は低いと思う、とクリスタルは反論した。とはいえ、いつも自転車に乗っているわけではないのだが。

いったいどれくらいウィーヴァーさんを見かけていないんだろう！　詩を読んだり古本を立ち読みしたりするのが好きなジェーンやマリオンと違って、彼女はウィーヴァーとめったに顔を合わせなかった。本はあまり性に合わない。美しさを保つ努力をする時間が一日のうちでいちばん大切で、化粧や髪型のセットのほうが読書より没頭できる。ひどく風変わりに聞こえるかもしれないとは思うけれど、人は正直であるべきで、それが本当なのだから仕方がない。それに、古い本はなんだかかび臭くて嫌いだ。

自転車から飛び降りて、いつものようにスリップに向かって駆けだした。静まり返った〈ミネルヴァ〉の前を震えずに通ることができて思わず胸を撫で下ろした。自分には度胸がある。レイクス警部にもそれがわかっているのだ。

次の瞬間、クリスタルのその自信は揺らいだ。古本屋のドアを押し開けたとたん、足元でおぞましい音が鳴り響いたのだ。彼女はその装置に慣れていなかった、というより忘れていたのだった。手を口に突っ込むように当てて呆《ほう》けたように立ち尽くし、けたたましい音が鳴るままにした。そしてようやく何が起きたのかを理解すると、マットから飛び退いた。

「なんなの、このベル！」と大声を上げる。

ほかの店と同じように、誰かが出てくるのを待った。本の世界のことはよく知らないので、勝手がわからなかったのだ。いくら待っても誰も出てこない。

この冷たい対応、というより無対応を薄気味悪いとは思ったが、だからといってさほど動揺はしなかった。クリスタルにとって言葉は実体のない記号のようなもので、いろいろな角度から吟味したことも、本当の意味で内容を感じたこともないのだった。気味の悪いことや不安にさせることについて興奮気味にお喋りしているときでも、その言葉が意味を持って胸の扉をノックすることはなかった。「おかしいわね」と小さな声で言った彼女は、角張った書棚のぼんやりとした影を見て探検に踏み出すのはやめておくことにした。その場で大きな声で呼びかけた。「ウィーヴァーさん！」

「はい」

クリスタルはまたもやぎょっとした。どこからともなく見えない人間の声がしたからだ。

「ここです」と、ムハンマドに山へ行くよう提案する専制君主のような声が再び聞こえた。「ご用ですか？」

「おかしいわね」限られたボキャブラリーしか持たないクリスタルは言った。「お客の扱い方としてはおかしいわ」彼女はウィーヴァーを捜しに店内に入った。

ウィーヴァーは店の隅で慎重に手紙を書いていた。硬く先が尖った古くさい木製のペン置き台を使っていて、震える細い字で一文字一文字丁寧に書いている。まるで、まるで――懸命に想像力をはたらかせる――クモの巣の細い糸みたい。

興味をそそられ、ウィーヴァーが顔を上げて怪訝そうに彼女を見るまで、三十秒ほど邪魔をせずに見守った。これまで気づかなかったのだが、ウィーヴァーは金縁の眼鏡をかけていて、その奥にある目は思っていたよりも小さく、内気そうに見える。だが、彼女はその眼鏡を素早く外してゆっくりレンズを拭き、くたびれたケースにしまうとクリスタルに話しかけた。

「ああ、アテナの侍女のお一人ですね」と下手な冗談を口にした。「うちの店こそその名にふさわしいと常々思っていたんです――アテナ、すなわち知恵と武勇の女神ミネルヴァに。お宅はどちらかと言えば美と愛の女神アフロディーテでしょう」

古典の引用にいつも当惑させられるクリスタルは、無知をカモフラージュする弱々しい笑みを浮かべて同意を示した。ウィーヴァーは不思議そうに彼女を見た。

「あなた、本を狙って来たことはありませんよね？」

「ああ、ええ」まさかサミーやマリオンやかわいそうなジェーンが本をくすねていたと言っているとは思わなかったが、急に不安になって慌てて答えた。「あの――私、あなたにお伝えしたいことがあって来ました」

「それは面白いわ」ウィーヴァーはクスクス笑ったが、クリスタルは少しも愉《たの》しくなかった。「たいていの人は、私が何を知っているかを訊きに来るのに。どうぞお座りになって――お茶を一杯いかが？　ちょっと早いですけど、忙しい時間を避けて食事をしなければならないので。よかったら、お茶を飲みながら――」

「あ、いいえ、結構です」と大きな声で言ったあとで、少々やりすぎだった気がした。「本当に、お茶をいただく時間はないんです。ちょっと買い物もありますし、そのあと夫の食事の支度もしなくてはいけませんから」

ウィーヴァーの表情が和らいだ。「お上手ね」と鷹揚に言う。「私とお茶を飲んだからって、毒を入れるわけじゃありませんよ。そんなことするもんですか。あなたがたの集まりならわかりませんけど、あなたと私しかいないのだから、すぐに私がやったとバレるじゃないですか」

この突撃をクリスタルは陽気な笑いで迎え撃とうとしたのだが、自分の声のヒステリックな響きに動揺してしまった。窓の外でケンが見ていてくれたらいいのに――中にいてくれればもっとよかった。だが、彼女がここにいることを知ったら彼は激怒するに違いない。

「私、結構向こう見ずになってきていると思いません？」ウィーヴァーは澄ました顔で続けた。「私に何を言いたかったんですか」

クリスタルはその内容を伝えた。

かなりの時間、沈黙が流れた。ウィーヴァーは微かに笑っているように見えた。

「つまり」と、彼女は言った。「私がずっとそれを欲しがっていることをみんな知っていたんですね」

「そうじゃないかとは思ってました」と、クリスタルは同意した。

「そうでしょうね。たぶん顔に出てしまっていたんだわ。でも、それほど物欲しそうではなかったでしょう？」

「ええ」

「こんなに待っていたなんてばかだと思います？」

「まさか。きっと――急ぐことができなかったんですよね」

「バーサ・タイディー相手ではね」ひどく感じの悪い言い方だったので、クリスタルは返事をしなかった。

ウィーヴァーが彼女を見た。「それでベイツさん、あなたはどうしろとおっしゃるんですか」

「いいえ、私は何も。あなたにお任せしようと思って。ただ、明日は間違いなく鍵が開いているので――」

「それで？」

「その、店長の弟さんがいらっしゃることになっているんです――あとで」

ウィーヴァーはクリスタルをじっと見つめていたかと思うと、急にのけぞって大きな声で笑いだした。とても好感の持てる笑いではなかった。

「あなたがおっしゃってるのは、こういうこと？」喘ぎながら笑いをやめると彼女は言った。「私に先に行って、それで……」

「私はただ、タイディーさんがあそこに行くと言っているだけです――明日」

クリスタルは逃げ出したい気分だった。彼女の不安に追い打ちをかけるようにウィーヴァーがおそろしくゆっくりと立ち上がり、クリスタルはその背の高さに威圧感を覚えた。積み上がった本のあいだの狭い通路を前に立って歩かされながら、戸口まで付き添われて戻った。

息苦しさに耐えながら別れを告げてドアを抜けると、嘲《あざけ》るようにベルが短く鳴って彼女を狼狽《ろうばい》させた。

あまりに慌てていたのでクリスタルはエミー・ウィーヴァーを振り返って見る余裕がなかったが、あとに残ったウィーヴァーの瞳には、たとえ眼鏡をしていても隠しきれないであろう期待どおりの勝ち誇った輝きが浮かんでいた。

五

一方マリオンは、シスル広場《スクエア》の角を曲がる前に振り返るゆとりがあった。やっぱりだ。思ったとおりカーテンが動いた。叔母のうちのどちらかがこちらを見ているのだ――いつも、いつも、始終見張られている。叔母たちがあれほど控えめで彼女自身が別の関心事に巻き込まれていなかったなら、こんな絶え間ない不安を前に頭がおかしくなっていただろう。実のところ、彼女はそれを人が生きていくなかで出くわさざるを得ない少々芝居がかった恐怖の一部として受け入れていた。舞台の裏で人生は以前と同じように続いていくに違いない、と思う。だが、あらゆる楽しみや、普通の人たちの心を開いた交流といったものを遮断する幕が下りた後ろで気取って歩いたりポーズを取ったりしている叔母たちは違う。代わりに彼女たちは、横目でそっと視線を交わし、ばかげた逃避を続けるのだ。

そして今、彼女には課せられた使命があった。といっても無理強いされたわけではない。自分からその重荷を引き受けたのだ。だから、成功するかどうかは別として逃げ出すわけにはいかないのだった。自分に対する忠誠心は、他人に対するものよりずっと強力な心の拠《よ》りどころになる。これは彼女自身と、クリスタルとサメラ——特にサメラ——そしていちばんはジェーンのためなのだ。みんな口にはしなかったが、カフェの仕事で彼女が時々ヘマをするせいでジェーンに少し厳しく当たられていると思っていたのは知っている。彼女たちに何がわかるというのだ？　ジェーン……マリオンはジェーンが大好きだった。

急がないとロンググリーティング行きのバスが出てしまう。とても重要な任務でぐずぐずすることは許されない召集に応えるかのように先を急いだ。知りたい。どうしても知らなければならない。最後の数ヤードを走って、動き始めたバスのステップを駆け上がると、少し息切れしながらドアのそばの座席に腰を下ろした。

また手足に嫌な汗が噴き出してきた。時々、急に人目が気になって落ち着きを失うことがある。人並みの心の安定と自信を持てたことがないのに、ヘアー医師はウィン叔母さんに、ただの成長期の情緒不安定だと言った。今日こそは彼らにきちんと理解させることができるだろうか。とにかく、余計なことをうっかり喋らないようにしなければ。そうでないと話をはぐらかされて、知りたい情報が得られなくなってしまう。

道の両側に広がる静かな田舎の景色に目をやる。辺りを包む暑い夏の午後の風景は美しかった。潮の流れのない青空に雲が錨を下ろし、野原に映る微かに動く影は、優しく撫でて眠りに誘《いざな》う手のようだ。夏は、ジェーンの季節だった。彼女の輝くような小麦色の肌は夏の賜物《たまもの》だった。それもう、消えてなくなってしまった。マリオンは垣根のてっぺんまでしか目に入らないくらい顎を引き、口を一文字に結んで、横をすり抜けていくレースのようなシャクの白い花々を見つめた。そこここに鮮やかなゼラニウムが交じり、まるで雲の切れ間のように見えた。

マリオンは〈ロッガーヘッズ〉でバスを降り、来た道を少し戻った。

その家は、いつにも増してつまらない、かび臭い印象だった。草原や川には夏があらゆる美しさを与えているのに、この四角いコンクリートの建物は温かみも爽やかさももらえずに取り残されている。

「きっと冬もそうね」と呟き、マリオンは玄関への小道を上がった。

ドアノッカーは思ったより大きな音だったが、中で起きた騒々しさとは比べものにならなかった。深呼吸をしたが胸の鼓動は収まらない。犬がいるということは、ミス・ビートンはまだ午後の散歩に出かけていないということだ。

マリオンは両手を握り締めて待った。ドアを開けたケイト・ビートンは周りの騒ぎを少しも気に留めていなかった。犬たちはマリオンを見ると吠えるのをやめ、おもねるように飛び跳ねながらクンクン鼻を鳴らした。

「あなたのことが気に入ったみたいよ」と、ビートンは言った。意外にもかなり着古したレンガ色のガウンをまとっていて、ビール樽のように見えなくもなかった。短い髪はぼさぼさに乱れている。クリスマスの日の終わり頃にロンドンの店にいる疲れきったサンタのようだ、とマリオンは思った。

ビートンは目をしばたたいて顔をしかめ、マリオンの顔を自信なさそうにじろじろ見た。

「あなた、知ってる」と、無遠慮に言う。「でも名前はわからない」

「マリオン・オーツです」マリオンはにこりともせずに言った。「ミネルヴァのカフェに勤めていました」

「そうだった」と、ビートンは言った。「どうぞ」

マリオンは少しためらってから、エアデールテリアたちも驚いて散るような勢いで玄関に飛び込んだ。玄関はほの暗く、奥に広がる未知の空間につながっている。彼女はやや乱暴にビートンのほうを向いた。

「ドアを閉めないで！」

「あら、でも犬たちが出ていっちゃうわ」ビートンは青ざめた真剣な顔を怪訝そうに見つめた。「どうしたっていうの──閉所恐怖症？」

その言葉はよく知らなかったが、マリオンは頷いた。

「しょうがないわね」ビートンは舌打ちした。そのふりをしている可能性も考えられなくはないが、彼女はマリオンのパニックを感じ取ったのだった。「じゃあ、犬たちをキッチンに閉じ込めるから、ここで話しましょう」

玄関からは見えないがいかにも暗そうな部屋に犬たちを急いで誘導し、いったん姿を消して大きな音をたててドアを閉めたビートンは、すぐにマリオンのそばに戻ってきた。

「私に用？」訪問者に主導権を握らせないよう、できるだけ無愛想に尋ねた。「どういう用件かしら？」
マリオンは用件を伝えた。

# 第十五章

## 「私は知らない」と、ボウの大鐘が鳴る

### 一

頭がふらふらするという、ぼうっとしたフェイル夫人が一時的に明け渡してくれた〈マイルハウス〉の家政婦部屋で、レイクスはテーブルに置いた手紙を挟んで、レオニーがそれについて何か言うのを黙って待っていた。レッキー警視は両手をポケットに突っ込み、テーブルに背を向けて窓の外のグーズベリーの生えていない家庭菜園を眺めていた。

オーエン・グレートレクスは書斎で上品に爪を噛みながら、なぜ今朝の聴取に三人も警察官が来たのだろうと訝《いぶか》っていた。

レオニーはどことなく印象が変わった、とレイクスは思った。鋭い眼光が和らぎ、これまで感じる余裕のなかった疲れに身を任せているかのように見える。垂れた頭と膝の上で握った手は、見たところ従順な雰囲気を醸し出していた。最初に何を言うのかに彼は注目した。

ようやく口を開いたレオニーの言葉は意外なものだった。目を伏せたままこう告げたのだ。「ほかにもたくさん私が書くのがあります」

ポケットの中でコインをチャラチャラ鳴らしていたレッキー警視が動きを止めた。少しして、レイクスは静かに訊いた。「タイディーさんにですか？」

「もちろんです。ほかにいません」

レイクスはテーブルの上の手紙を指さした。「ビートンさんのもありますよ」

「はい。でもそれは彼女への警告ではありません。バ、バータさんに警告するよう頼んでいます」

「わかっています。しかし、なぜそんなにバーサさんに警告したかったんですか」

レオニーは物憂げにレイクスを見た。「ご自分の罪のために死なないようにです」

「罪というのは？」

「罪は知っているでしょう。私が知らないとでも？」

「あなたにお訊きしているんです」

「他人が自分のためにお金を払うようにする罪です」

「犯した過ちのために金を支払わせるということですか？」

「ウイ《はい》。バータさんがやっていたのはそれです――しかも、年がら年中」

「それを脅迫と呼びます」と、レイクスは言った。「つまり、あなたはタイディーさんが脅迫者だということを知っていたんですね？」

レオニーは大げさに肩をすくめた。気持ちを奮い立たせようとしているようだった。「私が？　そんな名前知りません。私は頭が悪いので」

レッキー警視が彼女の頭越しにレイクスにちらっと目をやると、彼は大胆さを欲して祈りを捧げるかのようにしばらく目を閉じていた。

「たとえ名前は知らなくても、脅迫が何か、あなたはご存じのはずです」と、彼は言った。「どうしてわかったんですか」

「だって、難しくありません。私は彼女と暮らしているんですから」

「脅迫のことは秘密にするものです——殺人以上にね」

「そうですか？　でも私——私は二十年以上彼女のもとで働いています。秘密なんてありません」

「きっと、そうなんでしょうね」レイクスは小声で言った。

「バータさんはお喋りです。時々、話さずにはいられなくなるんです。私はいつもそこにいます。椅子とか、キッチンのテーブルみたいに」最後の言葉は大きな声になった。「人は私がいることに慣れます。私に心や口や目があるとは思っていません。でも耳だけは——舌が休暇を取って牢屋から出たときには、それを聞いています」

喋りすぎたのが心配になったのか、レオニーはぴたりと口を閉じて息をのんだ。

「それで」レイクスは優しく尋ねた。「タイディーさんの舌は牢屋から休暇で抜け出してきたとき、何を漏らしたんです？」

レオニーは冷ややかに彼を見た。「知りません——今では。ずっと前のことで憶えていません。私は頭が悪いので——記憶力もよくありません」

「そんなことはないでしょう。ほんの少し前ですよ」と、レイクスは明るく言った。「あなたがこれらの手紙を書いていたときです」

「彼女に警告します」習ったことを繰り返すかのように淡々と答えた。

「ええ、そのとおりです。あなたは彼女に警告しました。ですが、彼女が死ぬだろうということをどうやって知ったのですか」

レオニーは見下すようなよそよそしい目をレイクスに向けた。「知りません。彼女が死ぬだろうなんて知りません。でも、悪銭で生きる人がしばしば死ぬことは知っています」

レイクスはため息をついた。「それと同じくらい死なない人もいるんですがね」

「人間は自分の罪を人には償いません」彼女は落ち着いた声で言った。「神に対してだけ償うのです。彼女はそのことを忘れています。それに彼女は神のことも忘れています。神の目が彼女を見ているのに」叩くように親指を手紙に当てる。「だから教えてあげてる。それだけです」

「それだけではありません」レイクスは引き下がらなかった。「なぜ、手紙にわざわざ文字を貼りつけて署名もせずに出したんですか。一緒に暮らしているんですから、口で言えばよかったでしょう」

レオニーはもどかしそうに両手を広げた。「だって私――私は使用人ですよ？　ご主人に仕えて、喋らない存在ですよ？　何も知らない存在ですよ？　それがこの私、レオニー・ブランシャールです。足拭きマットと同じです。誰が足拭きマットに助言を求めますか？　たとえ釘で足をケガしても」と、急に気の利いた言いまわしを使った。「人は玄関マットを責めようとは考えません」

「では、彼女はこの手紙を送ったのがあなただとは疑っていなかったと思うんですね？」

「ノン・ネヴェール《それは絶対にありません》。私は殺される前に彼女を止めようとします。そう、夜カフェに行くのが多すぎるから、そこで殺されてしまう、と何回も口で警告します。彼女は笑い飛ばします。だから、人に意地悪をするのをやめさせようと手紙を書きます。たくさん書いて、カフェにも何度か送ります」

「しかし、もしあなたの言うように彼女が時々話をしたのなら、あなたを疑う理由があったのではないでしょうか。あなたは、口外しないほうがいいことを聞いていた人なわけですから」

「彼女はあなたの思うようには話しません」レオニーは小ばかにしたように言った。「彼女は私に『私は彼を脅す、私は彼女を脅す』とは言いません。バータさんは賢い人です。時には『レオニー、私には嫌いな人たちがいるの。小さな肖像画を作って、そこにピンを突き刺せたらいいのに』と言います」

レッキーもレイクスも厳しい目つきで彼女を見た。

「たぶん」と、レオニーは付け足した。「小さな肖像画は作ると思います。でも、ピンを刺すとは思いません」

「刺さなかったんですか？」

「ノン《いいえ》。溺れさせるのだと思います」

「なんてことを！」レッキーは低く唸って背を向け、退屈だとしても間違いなく健全なジャガイモ畑に目を移した。

レイクスがさりげなく訊いた。「誰の肖像画を作ったのですか」

「近くに住む美しい人のです」

「リヴィングストン＝ボール夫人？」

レオニーはゆっくりと目を閉じた。顔が虚ろだった。「わかりません」

「でも、あなたの知っていることはたくさんあります。これに見覚えがありますか？」

テーブルに置いてあった封筒から、リヴィングストン＝ボール大佐の妹が送ってくれた写真を取り出し、手を開いてしっかり押さえるとそのままレオニーのほうへ押し出した。

　彼女が蒼白になって息をのんだのがわかった。ひったくろうとするかのように伸ばした手をすぐに引っ込めて、椅子の上で怯えたように身を縮めた。

「どこで手に入れるんですか」と、かすれた声でささやく。「私が取って焼く――もうないはず」そこで彼女は機転を利かせた。「これは私が火に入れる写真じゃない。あなたはもう一枚持っているんでしょう」

「なぜ」と、レイクスは訊いた。「戸棚の中にあったものを焼いたのですか」

「彼女が写真にひどいことをするから」

「どんなふうに？」

　レオニーは写真には触れずに若い頃のフィービーを指さした。「彼女――この美しい人――この人を彼女は酸で溶かします。そして顔がなくなると、いつもベッドのそばに置いています」

　レイクスは写真と手紙を手に取った。「なるほど」と言って、それらを封筒にしまう。「こういう手紙を書くのは危険です。これは殺されることに対する警告だけではありません。読みようによっては、殺すことの脅しとも取れます。わかりますよね？」

　レオニーは首を横に振った。垂れ下がった瞼《まぶた》の下から、どんよりしたまなざしでレイクスを見る。

「わかりません。私は頭が悪いので。はい、その手紙を書くのは私です。彼女に警告するために書きます」

　レッキー警視がテーブルに歩み寄って彼女を見下ろした。「レオニー」と静かに言う。「われわれが帰る前に、何か言っておくことはないかい？」

彼に対して答えながらも、レオニーはレイクスから目を離さなかった。「いいえ。何もありません」レッキーは不安げにコインを鳴らした。「タイディーさんが死ぬかもしれないと思ったとき、誰が彼女を殺すだろうと考えたんだ?」

家のどこかでドアがそっと閉まった。

レオニーはレイクスの顔から視線を外し、所在なげに壁のほうに向けた。

「わかりません」と、彼女は言った。

二

入ったとき同様、できるだけ目立たないようレイクスとレッキーが〈マイルハウス〉を後にしたのは、そろそろ昼時を迎える頃だった。二人は村を出るまで言葉を交わさなかった。三人揃って出ると目立つと思ったのか、まだやり残した仕事があるのか、ブルック巡査部長は一緒に帰らなかった。

午後のロンググリーティングは金色の陽射しに包まれ、眠気を誘われるような静寂の中にあった。とても暑かったので犬と散歩をするミス・ビートンの姿は見られなかった。〈ロンググリーティング・プレイス〉は塀と木々にすっぽり囲まれ、〈マイルハウス〉には生気が感じられず、アーサー・タイディーが下ろしてほしいと主張した〈キープセイク〉のブラインドは下りたままで、〈ロンググリーティング・プレイス〉の窓からぼんやりと眺めるクララ・リヴィングストン゠ボールには、それらの家々の頭上に枝を伸ばす木々が、死者の目が落ち込まないよう支えるために入れるペニー硬貨のように見えた。

やがて郵便配達員が四時の配達に来て、そんな景色にいくらか活気を与えた。彼は陽気で自由なタイプで、殺人事件のことはほとんど気に留めていなかった。そんなものより、彼にとってはロングリーティングにおける郵便配達の時間を厳守するほうがずっと大事で、そのことに誇りを持っていた。そういう凶悪事件が解決しなければいいと思っているわけではないが、悪意のないほかの手紙を汚《けが》すような悪質な脅迫状を知らないうちに鞄に入れて運んでいたと非難されるのはご免だ。

まあ、地元警察がちゃんと仕事をしてくれているはずだ。警視はいい人でいつも挨拶をしてくれるし、ブルック巡査部長とは時々、野菜の栄養の効能や産卵鶏に餌を食べさせる難しさの話をする仲だ。〈ロッガーヘッズ〉に泊まっている知らない色黒のロンドンの男もいるが、ありがたいことに、しょせん自分の仕事とは関係ない。そんなたいそうな野心は持っていないのだから。美味しいセロリと豆の畑をひと畝《うね》と、ニワトリの遊び場さえくれれば、おぞましい殺人事件はそっちにお任せだ。

今日は〈ロンググリーティング・プレイス〉への手紙はなかった。大佐と奥さんが亡くなって以来、ここのところほとんど手紙は届かない。あとは牧師館に届ければ今日の配達は終了だ。

雑草が生い茂って、伸びすぎた草で家との境がわからなくなっている小道を苦労しながら歩き、牧師館の郵便受けに三通の手紙を押し込んで、来た道を戻りながら抑えた声でそっと「アニー・ローリー」を口ずさんだ。

レイヴンチャーチで起きた連続殺人事件の最後の行為にたった今自分が加わったことに彼が気づく要素は、何一つなかった。

# 三

その日の午後バスキン牧師が訪ねたのは、かなり前から死に向かいつつある老人で、バスキンは六時近くまでそばに付き添っていた。老人は教区民の中でも遠くに住んでいるほうだったのだが、彼はいつもの習慣どおり徒歩で帰ることにした。あまり歩いたことのない畑と小川の脇の道を選んだところ、彼のひょろ長い脚の歩幅だと驚くほど短い時間で牧師館までたどり着いた。

書斎ではお茶が待っていた。トレイの横に午後の郵便物が置かれている。外見には興味がないため、封筒をよく見て誰からの手紙なのかを確認することはしなかった。どれも見覚えのあるようないような筆跡だった。どうせ中身を読めばわかることだ。長年愛用しているカップに入ったお茶を飲むと、いちばん手近にあった封筒に親指を突っ込み、折りたたまれた便箋を取り出した。それは、よく見るタイプのやや押しの強い無心の手紙だった。ひと目見ただけで断るのも嫌なので、あとで考えようと脇に置き、二通目を手に取った。今度のはコノリー神父の家政婦からの短信だった。バスキンはそれを二度読み、簡潔な文面にじっくり目を通した。そして手紙を静かに置くと、長いことじっと動かずに座っていた。そのうちに、もう飲み終えただろうと察した年配のメイドがやってきてトレイを手に出ていった。

再び一人になったバスキンはわれに返り、傍らにまだ開けていない白い真四角の封筒があることに気がついた。テーブルの上が片づいたせいか、いやに目立って見える。開けてみると、ひどく丁寧に隙間なくペンで文字が書かれた便箋が数枚入っていた。出だしを読んだバスキンは、びっしり埋まっている文字を指で辿《たど》るようにして署名を捜した。それから一枚目に戻って続きを読んだ。バスキン宛ての三通目の手紙は、バーサ・タイディーとジェーン・キングズリーの殺害犯からだった。

バスキンはいつも早起きをして昼間の明るい時間に体力を使う仕事にいそしみ、夕方からは読書や書類書きなどに没頭する。この五、六年は、年齢と体力のなさからどうしても疲れには勝てず、十時前には床に就いた。今夜も同じだった。ただ、九時からの一時間、彼は書斎にいなかった。出ていく音を耳にしたメイドは、教会へ続く私道を歩いていったのに気がついた。

夏の黄昏の青い薄明かりが通路の南北にある透きとおったガラス窓から入り、祭壇とそのそばの内陣だけがぼんやり明るく浮かんだ教会の中で、ダニエル・バスキン牧師は悪魔と戦っていた。もしかしたら天使なのだろうか。彼には解くことのできない問題だった。

しかも、牧師館に戻り、おぼつかない足で探るように階段を上って自分の部屋に入ったとき、年老いて疲れた彼には、そこが失ったものなのか、勝ち取ったものなのかもわからなくなっていた。

だが、普段の夜なら打ち寄せる波の中に引きずり込むように彼を包むはずの眠気が、今夜は思考の端で待機している。窓に顔を向け、西の空に最後に残ったオパール色とグリーンの光に目をやった。色は暗くなってきているが、まだ美しい輝きを保っている。目が覚めていると思っていたが、いつの間にか眠ってしまったのか、次に目にしたとき、窓は地平線から染み出してきたあらゆる色彩の明るい光に覆われ、聞き慣れない奇妙な音が耳に入ってきた。あらゆる色彩？　いや、違う。青みがかった薄いグリーンも半透明の色もない不穏な光に瞼が大きく開いた。光が天井に邪悪なまだら模様を作っては消えたかと思うと、次の瞬間には激しさを増して揺れながら戻ってくる。引いては寄せ、引いては寄せ……。いったん瞼を閉じたバスキンは、辺りで急に起き始めたざわめきにすぐに目を開けた。

ベッドの上で身体を起こすと、瞬いて消えた赤い輝きが今度は部屋の壁を照らした。外で叫び声が上がった。ばか騒ぎする野次、脅威に満ちた言葉や指示が入り乱れ、年老いた彼の耳ではよく聞き取れない。夜は突如、静かな海から荒れ狂う嵐の海に変わった。

ベッドから出たバスキンは、眠りの淵からいきなり呼び覚まされて震えながら、急いで服をまさぐった。着替えているときにメイドの部屋のドアが閉まる音がし、上の踊り場から彼を呼ぶ声が聞こえた。が、バスキンは答えなかった。その瞬間、彼の意識は〈キープセイク〉の一階の窓に吸い寄せられていたのだった。そこでは大きな赤い光が膨らんでは縮み、縮んではまた膨らむという動きを繰り返していた。

「バスキンさん！　バスキンさん！　タイディーさんのお宅が——火事です！」

彼も自分の階の踊り場に出た。メイドを言葉でなだめ、一緒に階下へ走った。玄関まで来たとき、ドアノッカーが三度大きく鳴った。先にドアに着いたのはバスキンだった。閂《かんぬき》を外していると、そばにある振り子時計が突然鳴りだし、のんびりした音で十一時を告げた。

クララ・リヴィングストン＝ボールが戸口に立っていた。まだ昼間の服を着て、足首までの短いブーツを履いている。彼女が口を開きかけたとき、遮るように突如サイレンが鳴った。むせぶようなその音は、まだ聞こえ続けている叫び声をかき消すように鳴り響き、ロンググリーティングじゅうの人たちを叩き起こした。

「よかった」サイレンが静かになるとクララが言った。「それに、あなたがわざわざ起きていらっしゃる必要はなかったんですよ。あのコテージに誰もいないのはみんな知ってますから、そう心配は要りません。あの恐ろしい騒ぎがいけないんです——いったい誰が何を考えてあんなに騒いでいるのかしら」

「しかし、誰もいないとはかぎらないかもしれません」と、バスキンは言った。「今朝、鍵が撤去されたんです」

三人は一列縦隊で轍《わだち》だらけの道を急ぎ、しだいに騒々しい声が大きくなってクララの答えをのみ込んだ。

小道とその上の道路では大勢の人々が動きまわり、跳んだり跳ねたりぶつかり合ったりしているかのように見えて三人は当惑した。交錯する停まったままの何台もの車のヘッドライトが誤った印象を与えているせいで、明かりから暗がりの中へ落ち着きなく二人走っていったかと思うと、次にはそれが五、六人に増えた。しかもコテージの方角から聞こえてくる不明瞭な騒音が、群衆の野次馬根性に余計に拍車をかけているのだ、とクララは思った。

「火事って、すごい見世物ね！」クララは、怯えて主人の姿も見失い、彼女のそばにくっついていたバスキンのメイドに呟いた。「知らない人がどこからともなくこんなに集まって、親指を下げてブーイングしながらショーを見てるわ」

だが数分後、火事が見世物かどうか彼女にはわからなくなったのだった。

## 四

レイヴンチャーチの消防隊が現場に入り、直前に駆けつけていた警官らとともに、以前はガーデニングの手本のようだったタイディーの庭に用具を持ち込んだ。ブルックと巡査は、次から次に押し寄せてくるものの概しておとなしい野次馬を止める役目に就いていた。大変だったのはコテージの裏側だった。ブルックが手伝いに行ってみると、炸裂する炎に向かって叫び声を上げる手に負えない連中を前に巡査たちが格闘していた。

「魔女を燃やせ！　燃やし尽くせ！　出てこい。俺たちが燃やしてやる！　外国人も燃やせ！　魔女を燃やせ！」

窓から舐めるように炎が噴き出し、垂木のあいだを照らしていた。せっかくの修繕も三世紀にわたる乾燥にまでは及ばず、〈キープセイク〉には火事に充分な条件が揃っていた。猛烈な勢いで燃えているのは客間とその上の寝室だった。厚い煙が渦を巻きながら小さな玄関に吹き込み、階段を隠して、ぞっとするような熱で覆い尽くしている。

消防隊は玄関ドアに体当たりするまでもなかった。内側のコイルが甘くなっていて簡単に開いたのだ。消火ホースが動きまわり、炎が雄叫びを上げるなか、消防士の後ろから口と鼻を布で押さえてレイクス警部とともに飛び込んだのはジョージ・ワイルドだった。消防士は階段に突進したが、レイクスは一瞬迷った末、初めて家に入ったためにに迷ってキッチンのほうへ向かったジョージのあとを追った。キッチンは煤《すす》けた煙が立ち込めて薄暗く、今にも爆発しそうに熱くなっていたが、まだ玄関周りほど黒煙が渦を巻いてはいなかった。レイクスは二階へ行った消防士に下りてくるよう大声で叫んだが、意識は鉤爪《かぎづめ》のように指を曲げてテーブルにしがみついて座っている人影に集中していた。

「レオニー、レオニー！」ジョージは自分でもよくわからない激情に駆られて叫んだ。「しっかり――」と彼女の両腕を握ったとたん、動きを止めた。

レイクスが手を貸してレオニーを椅子から引き起こす。

「死にかけてる」と誰にともなくぶっきらぼうに言った。二人とも顔から滝のように流れ落ちる汗にかまっている余裕はなかった。彼女を抱え上げたとき、煙と、音をたてて裂ける木材の焦げた臭いに交じって、傲慢《ごうまん》で致命的な苦いアーモンド臭がした。

踏みつけられたイヌハッカの香りが漂う、庭の端の空いたスペースに並べて広げられた外套《がいとう》の上にレオニーは横たえられた。救急隊員の一人が彼女の上に毛布をかけた。だが、欲しいものの少なかった人生の終わりに際し、もはやレオニー・ブランシャールは何も必要とはしていなかった。

「助ける前にすでに死んでいたんだ」遺体のそばにひざまずいてレッキー警視が言った。

苦悶に歪んだ厳しい顔と紫色になった唇を不気味に照らす、燃えさかる家の炎の明かりが、死んだ女性を囲む集団の背後に立つ人々の上にも揺らめいていた。それは警察が規制線を張る前に入り込んできた人たちで、みな互いに距離をおいて立ち尽くし、本来は共有する立場にない作業の成り行きを呆然と見守っていた。

レイクスと救急隊員たちのそばに立ってヘアー医師の手際のいい検死を見ていたジョージは、急にサメラに会いたくて仕方がなくなった。目を上げて、二人の自転車を立てかけておいた月桂樹のほうに視線を移すと、炎に白く照らされた妻の顔が見えた。彼女のほうも彼を捜していたらしく、すぐさま微笑んだ。だがそこから動くことも、彼に呼びかけることもしなかった。ジョージはほっとした。彼女はこの場に来てはいけない。即座に反応してくれたことで、身体に触れなくても妻の存在を強く感じられた。数ヤード離れた場所にオーエン・グレートレクスが見えた。火花を散らす屋根を見上げる顔は報復の天使のようだった。両手をポケットに突っ込んで彼の近くにぴったり寄り添っているのは、ケイト・ビートンだろう。

ヘアー医師が立ち上がり、警視の言葉を受けて救急隊員たちが遺体を運び出す準備をした。家はまだ激しく燃えているものの、華々しく燃え上がる炎は収まってきていた。黒っぽい人影が出たり入ったり縦横無尽に交錯し、見分けがつかなくなった花壇の上に絨毯《じゅうたん》や家具が積み上げられていく。周囲によく耳を傾けてみると、ずいぶん収まったという声がいくつも聞かれた。

薄くなった髪を不意にかき上げたヘアー医師とレイクスの目が合い、ヘアーが言った。「君の事件は大変なことになったようだが、驚くには当たらないのかな?」

「まだこれからです」と、レイクスは答えた。

ヘアーは踵《きびす》を返した。彼の仕事は別にある。

奇妙に照らされた暗がりの中から一人の警官がパントマイムに登場する悪魔のような動きで走り出てきて、レッキー警視と短い会話を交わした。奇妙に静まったコテージ裏に再び警官が消えると、レッキーがまだレオニーの死んだ場所にいた一同を振り向いた。

「五人取り押さえました」家のほうを顎で指しながら言う。「警察署に石を投げたり女性の服を切り裂いたりするより悪質です。放火ですからね」

「『魔女を燃やせ』、か」ジョージが唇を歪めて引用した。「肝っ玉の据わったそいつらの誰一人として、鍵の開いている玄関から中に入って生きたまま丸焼けになろうとしている老女を救い出そうとはしなかった。ああいう中世的なくずどもは中世的な刑罰を求めるんだ」

「大丈夫だ」と、レイクスは言った。「あの連中はこれから長いことつらい思いをするさ」聞き覚えのある太い声がして彼は顔を上げた。

「『喧噪はやみ、歓声は途絶え』」オーエン・グレートレクスがキップリングの詩『退場』の一節を朗々と披露した。

「でも」と、レイクスは薄笑いを浮かべて言い返した。「大佐たちも王たちも」――グレートレクスに向かってお辞儀のまねをする――「まだここにいますよ」

陳腐な表現がその場の緊張を少しほぐした。若いジョージの顔にだけは笑みが浮かばなかった。

「さてと」レッキー警視が言った。「ブルックは例の五人の連行を見届けに行ったようですし、われわれも引き揚げてはどうでしょう。消防隊が直ちに仕事を全うするはずですから、夜が明けるまで巡査を二人ほど残しておきましょう。ばらまいたいろいろな罠は、関係のないごろつきたちを惹きつけてしまったようです」とため息をついた。「レイヴンチャーチにこんなヤクザな一面があったとは」

「脅迫が邪悪な毒を注いだんです」と、レイクスは言った。「土壌さえあれば、トラブルはいくらでも起きます」

「『大きいノミは小さいノミに嚙まれる』ってね」あえて明るさを装った声で言いながら、ケイト・ビートンが近寄ってきた。

彼女は誰からも挨拶されなかった。というのも、全員の目が門の騒ぎに引き寄せられていたからだ。

「誰か知らないが、ショーには間に合わなかったな」騒ぎを耳にしたレイクスは呟いた。

「モクソンがなんとかしてくれるでしょう」レッキーは頑とした巡査の背中をちらっと見て言った。

だが問題の男は彼らのほうをしきりに見ていて、途方に暮れているその姿に、仕方なくレッキーがそちらに足を向けた。

「ああ」苛立ちを募らせたアーサー・タイディーは年上のレッキーに挑むように大声を上げた。「いると思いましたよ、警視さん。どうか私の不動産――というか、その名残に入ることを許可してください」

レッキーは巡査に合図を送った。「大丈夫だ、モクソン。君は間違っていない。タイディーさん、どうぞお入りください」

皮肉と不機嫌の入り交じった顔で駆け寄ってきたアーサーは、快適なレイヴンチャーチのベッドから叩き起こされたことに不満の矛先を向けた。

「でたらめ話の結果がこれだ」とせせら笑う。「警察に協力して鍵を外したらこんなことになるとはな！　私に何の得があった？　たった一日で結構な財産を失った——あの年寄りの悪女め——火事なんか起こしやがって——」

レイクスは半ばどつくように彼に手をかけた。

「レオニー・ブランシャールは死んだんです。それに、彼女は家に火をつけてはいません」

「絵に描いたような資産家だな」と、オーエン・グレートレクスが呟いた。

「姉弟愛かも」と、ケイト・ビートンが言った。「彼にとっては、バーサはすてきな家と庭だったのよ。棚ぼた狙いってやつね」

五

レッキー警視とレイクスが車に向かって歩きだしたのは午前一時を回っていたが、まだあと一時間はレイヴンチャーチに帰れそうになかった。淡いヘッドライトの明かりの中に、細い人影が現れた。

「バスキン牧師だ」と呟いて、レッキーは車を降りた。話を聞いたあと三人で車に乗り込み、レイクスの運転で牧師館まで車を走らせた。一階の明かりがついていて、年配のメイドを一人きりにするのを心配したクララ・リヴィングストン＝ボールが、バスキン牧師が戻るまで付き添っていた。メイドは三人に暇《いとま》を告げ、震えているバスキンに書斎の暖炉を燃やして暖かい飲み物を用意してあることを伝えると自室に引っ込んだ。彼女の気遣いと、普段と変わらず家にいてくれるその存在のありがたみを感じながら、彼はレイクスたちを書斎に案内した。

書斎に入って暖かさと慣れ親しんだ静かな部屋に戻った安心感で恐ろしい夜の疲れが和らぎ始めたバスキンは、震える指でおもむろにレオニーの手紙をレイクスに渡した。

「しかし、これは郵便で届いたんですよね」と、レイクスは封筒を見ながらぽかんとして言った。

「ええ、そうです」

レイクスは眉を寄せた。「こちらへの最終配達は四時頃ではありませんか？」

バスキンは途方に暮れたように見えた。警視がもどかしさと警告の入り交じった表情をレイクスに向けた。すると、バスキンが口を開いた。

「おそらく」と静かに言う。「彼女は午前中の回収に間に合わなかったと思ったのでしょう。私がこの手紙を自分が死んだ翌朝に受け取るだろうと書いています」

「ええ、それはわかっています」レイクスはイライラして言った。「でもそうではなかった。あなたが受け取ったのは午後です。彼女が死ぬ七時間前に届いたんです。あなたの義務として――」

「私の義務は」バスキンの口調に熱がこもった。「彼女の願いを尊重することでした」そして対照的な穏やかな口調で付け加えた。「コノリー神父が亡くなったのです」

これ以上の説明は必要ないと言わんばかりのきっぱりした態度で目を閉じる。

「先に進みましょう」と、レッキー警視が促した。「あなたと私の権限外の問題です」バスキン牧師は手紙を顎で指し示して頷いた。「そのとおりです」

六

一人ずつ読み終えるとレッキーが言った。「彼女は昨夜これを書いたんですね。匿名の手紙の件でわれわれに咎《とが》められる前に」

「だが」と、レイクスは言った。「ワイルドさんが彼女に接触する前ではなかった。彼女は、もうおしまいだとわかっていたんです」

「アイリスが川から引き揚げられた時点で、彼女にとってはすべてが終わっていたのでしょう」

レイクスは答えなかった。レッキーは再び手紙を手に取った。

牧師様

この手紙があなたに届くとき、私は死んでいます。善良なコノリー神父が今夜死ぬのであなたに書いています。法律のことはわかりません。私は頭が悪いので。でも、法が許してくれるなら、私の愛娘《まなむすめ》フルールの隣の聖域に葬っていただきたいです。お金は銀行と、マイルハウスの私の部屋にあります。今では私と、面倒を見てくれたケインのものです。あなたなら親切なコノリー神父が理解してくださるように、心をわかってくださると思っています。

今夜、十一時にキープセイクでワイルド夫人と会うことになっています。それは警察の罠《わな》です。

彼女は不安そうで上手に隠せません。だからわかります。自分から罠に掛かりに行くことはないと言うかもしれません。彼女に会うだけで殺さなければいい、と。でもそうしなければ、彼らは何度も何度も罠を仕掛けてくるでしょう。彼らは私が犯人だと知っています。それに、私は疲れました。長々と尋問や裁判を受けずにもう死にたいです。

だから約束どおり待ち合わせに行きますが、彼女が来る前に、キッチンの戸棚の小さな缶に残してあるスズメバチ用の毒を飲みます。彼女は私に会って質問したいことを訊くでしょう。でも私は死んでいるのでわかりません。

バーサさんを殺すのは私です。とても単純な殺し方です。私は頭が悪いので。彼女は夜ミネルヴァで、たくさんの人に、それはもうとてもたくさんの人に、お入り、と言います。私のことは絶対に閉め出しません。私がドアの外から、私です、レオニーです、入れてくださいと言えば彼女は入れてくれます。バーサさんはうぬぼれがとても強い人で、レオニーが害を及ぼすなどということは夢にも思いません。レオニーは悩まないし、レオニーは考えることさえしない。だから大丈夫。それで私は夜、ロンググリーティングからレイヴンチャーチまで、彼女が冬に着けるスカーフを持って歩きます。

そのスカーフが間違いです。いつもカフェにいちばんに来るのはマドモアゼル・キングズリーです。ちょうどバーサさんが来るのと重なる日もあります。私が殺す夜の前もそうです。彼女はバーサさんが仕事着に着替えているときに話をします。そのときスカーフはありません。ところが彼女を絞め殺すスカーフを見て、キングズリーさんはバーサさんが寒い日に使っているスカーフだと思い出します。でもその日は違います。それで、自分たちが帰ったあとにそれを持ってこれるのは私だけだと考えます。そう思うのも当然です。だから彼女も殺さなければなりません。彼女はミスター・タイディーが家を閉じたことを知りません。私がグラトリクスさんの家に住んでいることも知りません。彼女は私がグーズベリーを摘んでいるときにキープセイクをノックします。私がそれを聞いて、彼女は庭に回ってきます。彼女がスカーフの話をします。知っていることをほかの人には話していないと言います。私に説明してほしいと頼みます。でも私は話しません。知らないと言います。グーズベリーを摘み続けます。でも彼女は、私が知っていることに気がつきます。彼女が気づいたのが私にもわかります。彼女は、サムがここにいてくれればいいのにと言います。ご主人のことでしょうか？　私は何も言いません。彼女は立ち去ります。私はあとをつけます。石炭小屋から棒を持っていきます。私も林に行きます。彼女はそこに、林の中にいます。手紙を書いています。私は彼女を殺します。宛名しか書いていなかったのでそのままにします。単純な殺し方です。私は頭が悪いので。でも、ジャンダルメ《警察官》は単純なことを捜しません。

　私がバーサさんを殺すのは、邪悪な人だからです。彼女はフルールを殺す何年も前に、幸せになるかもしれない私をまず殺します。彼女は警察が困惑するくらいたくさんの人にひどいことをします。だから、このレオニーが殺すとは思いません。彼女の死を望む人がほかにもっといるからです。ネ・セ・パ《そうでしょう》？　でも私は疲れました。彼女を殺すのは私、レオニーです。私は頭が悪い女です。でもワイルドさんは殺しません。今夜、私も死にます。そのあとのことは知りません。

　牧師様、どうもありがとうございます。

　敬具

レオニー・ブランシャール

警視は便箋を丁寧に折りたたみ、レイクスのほうへ差し出した。

「確かに頭の悪い女性です」とおもむろに口を開いた。「だが、驚くほど正気だ」

「精神異常を主張することもできたんですよ」と、レイクスは言った。「そうしたら無罪になったのではないかと思います」

レッキーがちらっと時計を見た。「もう二時十分です。一日半も仕事をするなんて、冗談じゃない」

二人の目がバスキンに向いた。

「牧師さんは眠ってしまいましたね」と、レイクスは言った。

# エピローグ

やってきた、あるべき姿を照らす蠟燭《ろうそく》が……。

二日後の晩、モート街《ストリート》のワイルド夫妻のアパートで、悔やんでいる者同士がささやかな集まりを開いていた。浮かない顔で最初に現れたのはマリオン・オーツだった。友情に背いた罪の大きさは許されないものに思えて、その足取りは重かった。

「でもね、マリオン」と、サメラが異議を唱えた。「きっと私があなたを疑ったほどじゃなかったと思うわ！　ひどかったって言うんなら、それはお互い様よ。あの夜あなたの恐ろしい顔を見たとき、私――ウェブスターの悲劇から抜け出てきたかと思ったんだから。しかも――」

「でもそれは」と、マリオンが抗議した。「もともとそういう顔なのと、あなたを見て、あの忌々しい場所をあんな遅い時間に嗅ぎまわっている私を見られたと思ったからです」

「たとえそうだったとしても」と、クリスタルが言う。「何の問題もないでしょ。二人ともそのとき、タイディーが殺されたとか、これから殺されるなんて知らなかったんだもの」

「ミセス・ベイツ、ずいぶん的を射たことを言うじゃないか」と、夫のケネスが言った。「だけど、二人は夜の訪問者について気づいていたのに黙ってたんだ。しかもマリオンは、言わば怪しい現場をすでに覗き見していたわけだろう？」

「ええ、そうね」と、サミーが言った。「アイリスや——そのほかのいろいろなことを。そういう心配事を私たちに打ち明けてくれればよかったのよ」

「できなかったんです。みんな私のことを子供だと思ってたから。みんな、とっても——疑り深いから。ジェーンを除いては」

「私はもう、あなたが子供だなんてこれっぽっちも思ってませんからね」クリスタルがもったいぶった口調で断言した。

「そうは言っても」感情があふれ出してマリオンの声が大きくなった。「サミーに疑いをかけて、ずっと怪しいと思っていたなんて考えられない。常軌を逸してるし、みんな私を許してはいけないんです」

両目いっぱいにためた涙がサメラよりもジェーンのためのものだとは、誰も知らなかった。

「なあ」ジョージは不機嫌だった。「自虐的になるのはよせよ、マリオン。君は僕らと同じように大人なんだから今さら説明するつもりはないが、これだけは言っておく。対等な者同士のあいだに許しなんて存在しないんだ」

「許しは権利だぞ」と、ケネスが小ばかにするように言った。

「それは神の話だ。僕らとは関係ない」

この二週間で、いかにお互いに対する理解が深まったかを思い、全員が押し黙った。

クリスタルが言った。「それに、みんなどれだけの人に謝りに行かなくちゃいけないか考えてみて。ケンなんか、ウィーヴァーさんが犯人だって思い込んでたんだから——まあ、あの人ってちょっと気味が悪いでしょう?」

笑いが起きて場が少し和んだ一方で、ケネスはあくまで自分の推理の正当性を主張した。「体力面では問題なく当てはまるだろう?――それに、どこか非人間的だし。クリスタルの言う『気味が悪い』ってやつさ」

マリオンが頷いた。「私にダメ押ししたのはあの人です。あのお店にいたときに、ミネルヴァのスタッフの誰か、若い誰かがドレイクさんの死に関係している、って彼女がビートンさんに言うのを聞いたんです。だから、どうしてもロンググリーティングに確かめに行かずにはいられなくなってしまって。でも、もうこの話はしましたね。ごめんなさい」

「ええ」サメラが言った。「ほんとに、あらゆることが私に不利だったわけね! でも、あ、あなたにはどうにもできなかったと思う」

ジョージがわざと軽口を叩いた。「誰にもどうしようもできなかったさ。可能性はほぼゼロだった。あのタイディーだって、たぶん子供のときには剣突《けんつく》を食ったことなんてなかっただろう」

「それか、ありすぎたかね」サミーも軽い口調を心がけた。「あなたったら、おそろしく古風なことを言うのね」

「もしそうなら」と、ケネスがやり返した。「彼は時流に乗ってるってことだ。近頃は古風なことが最新の流行だからね」

「だったら」サメラがマリオンとクリスタルをうれしそうに抱き寄せて大きな声を上げた。「みんなでヴィクトリア朝の人になって許し合いましょうよ!」

# 二

キイチゴの茂みを通り抜けて、スピードをつけて溝を跳び越え、見えない犬たちに口笛を吹いて合図を送ったケイト・ビートンは、少し開けたところでばったりオーエン・グレートレクスに出会った。

「これはこれは、狩猟と月の女神ディアナじゃないか」グレートレクスは怯むことなく挨拶した。

「彼女、何をしたんだっけ？　月を狩ったんだった？　違うわね、彼女自身が月だったんじゃなかった？　どっちにしても、彼女が自分からそれを強く求めたのよ。私みたいに」ビートンは抜け目のない目つきで値踏みするように彼を見た。「あなた、この恐ろしい場所に本当によく来てるわよね。だから最初、私にある考えが浮かんだの」

「どんな考えかな？」

「それはね――あなたが血で汚《けが》れた殺人犯だってこと！　犯人は犯行現場に戻る、って言うでしょ？　一度は、あなたがバーサと女の子を殺したんだと思ったんだから」

「そうなのか。僕は何て言うべきかな？　この――この……」

「褒め言葉？　それとも非難？　自分で勝手に選べばいいわ。私たち、しがない物書きは、いつだって行動家に憧れてるでしょう？」

「行動家か。殺人犯がその中に含まれるとは言えないと思うがね」

（しがない物書きとはなんだ！　私たちだと？）

「そりゃそうよ」ビートンはおかまいなしに平然と続けた。「このあいだオーツっていう小娘が本屋での会話を立ち聞きしたって言ってうちに来たときに、何もかも合点がいったの。彼女は私がすごく事情に詳しいと思っていたみたいだけど、本当は私、何も知らなかったんだってことがわかったのよ。謙虚になることを教えられた気がしたわ。かわいそうにあの娘《こ》ったら、私の肩をつかんで真実を振り落とさんばかりの勢いだった――でも、いくら振ったって落ちてくるものなんて持っていなかったんだもの」

「君を信じるよ」グレートレクスが熱のこもった口調で言ったので、ビートンは疑わしそうに彼を見つめた。

「思わせぶりな言い方ね」と首を振る。「あなたと私がお互いをちゃんと理解し合える日が来ないかって、いつも思うわ」

「冗談じゃない！」グレートレクスの大声に、さらに熱が入った。

ビートンは大笑いをしながら、膝を叩いてエアデールテリアたちを呼んだ。だが最初に動いたのはグレートレクスだった。できるかぎりの威厳を保ちながら、フロイトの夢の中でもないかぎり少なくとも追っかけに加わるはずのないフェイル夫人のいる〈マイルハウス〉に続く小道を引き返す。あそこなら、男らしい落ち着きを掻き乱されることはない。

結局自分は逃げ続けるしかないのだと、グレートレクスにははっきりわかったのだった……。

## 三

捨て台詞《ぜりふ》めいたものを口にしたのは、ウィーヴァー夫人だった。

「とても喜んでいるんです」と、彼女はレイクスに言った。「タイディーさんの弟さんが、私に譲るとおっしゃってくださって――もちろん値は張りましたけど――カフェに掛けてあった刺繍《ししゅう》の基礎縫いです」

彼がきょとんとした顔をしたように思った。

「ずっと欲しかったんです。でも、それを知ったタイディーさんは私の願いを拒絶することに異常な喜びを感じていました。そうしたらベイツさんが――年寄りにとても親切な方で――このあいだの午後立ち寄って、ミネルヴァの備品が間もなく売りに出されることになって弟さんがあとで店に来るから、前もって彼と話してみてはどうかと助言してくれたんです」

「それでうまくいったんですね」と、レイクスは物珍しそうに言った。エミー・ウィーヴァーにはいつも興味をそそられる。

「ええ、そうなんです」と、彼女は頷いた。「火事のあと、彼は歯ぎしりしながらヨークシャーに帰りました。でも、私はラッキーでした――歯ぎしりを始める前に会ったので。そのときの彼はとても好意的でした。一八四二年に幼いアデレード・バスコムが作った作品に彼は何の価値も見いだしていなくて、それでも法外な値段を言ってきました。そうして、私が買い取ったのです。正真正銘、私のものになったんです。不真面目に作ったに違いない宗教的な基礎縫いはたくさんありますけど、これは全然違うんです」

「ウィーヴァーさん」レイクスはわざと小言を装って言った。「何を言ってるんですか！　信心深いにも程がある。ええ、それなら憶えてますよ。とても不敬な言葉がありました。『いつ払ってくれるんだ』。脅迫の匂いがぷんぷんする歴史的文章です」

何のことかさっぱりわからなかったが、ウィーヴァーは気にしなかった。アデレード・バスコムの鐘は今や自分のものになったのだ。警察官というのは——と彼女は思った——きっと不可解な人になるためにお給料をもらっているんだわ。

# 訳者あとがき

ドロシー・ヴァイオレット・ボワーズは一九〇二年、英国ヘレフォードシャー、レムスターで生まれ、一九四八年に結核のため四十六歳でその生涯を閉じるまでに五作の長編小説を残した。うち四冊はすでに日本でも紹介されており、「論創海外ミステリ」からは『命取りの追伸（*Postscript to Poison*）』（一九三八）、『未来が落とす影（*Shadows Before*）』（一九三九）、『アバドンの水晶（*Fear for Miss Betony*）』（一九四一）の三冊が出版されている。オックスフォード大学を卒業し、教職を経て『命取りの追伸』でデビューしたのが三十六歳のときだったので、作家として活躍した期間は実は十年に満たない。私は『アバドンの水晶』と『未来が落とす影』の翻訳を担当させていただいたが、本作も含め、いずれも人物設定、プロットともに見事な出来栄えの力作で、ドロシー・L・セイヤーズの後継者と目されて高い評価を得ていたのも頷ける。その実力を買われ、セイヤーズやアガサ・クリスティーら名だたる推理作家が所属していた〈ディテクション・クラブ〉への入会を認められたものの、同年、惜しまれつつ他界した。

本書『弔いの鐘は暁に響く』は亡くなる前年の一九四七年に発表された彼女の遺作である。英国では *The Bells at Old Bailey* のタイトルで出版されたが、本書の訳出にあたっては、アメリカの The Rue Morgue Press 社から出版された *The Bells of Old Bailey* を使用した。

これまでの作品と大きく違うのは、捜査を担当するロンドン警視庁《スコットランドヤード》の警部がパードウからレイクスに替わったことだ。パードウ警部は田舎の自然を愛し、文学にも造詣が深い人物で、常に理性的で落ち着いた印象を受ける。一方のレイクス警部は、頭は切れるが容疑者に対しては厳しい一面を持ち、決して感情に流されない。パードウには常にソルト巡査部長という頼れる相棒がいたのに対し、レイクスは単身で捜査に当たっている。地元に愛着を抱き住民とも親しい、地元警察のレッキー警視やブルック巡査部長との意見の対立もありながら、意に介さずマイペースで捜査を進めていく。レイクス警部のシリーズが続いていたなら、彼のバックグラウンドがさらに詳しく描かれてパードウと同じようにその人物像が明らかになったのではないかと思うと、ボワーズの早逝が残念でならない。

*The Bells of Old Bailey* という原題は、本作中に出てくる額縁に入った刺繍の基礎縫いに由来する。帽子店、カフェ、美容室が併設されたバーサ・タイディーの店〈ミネルヴァ〉に飾られていたその額には、マザーグースの有名な一篇「オレンジとレモン」の詩の文面が縫われた布が収まっている。ロンドンの鐘がいくつも登場する子供の遊び唄だ。二人がアーチを作り、その下を子供が列を作ってくぐり抜ける遊びは、英国の子供たちに古くから楽しまれてきた。少々怖い内容の起源については、その昔、斬首刑が公開執行される際に教会の鐘が鳴らされていたことが、借金を返済できずに首を切られるという詩に結びついたという説が有力なようだ。「お前をベッドに案内する蠟燭《ろうそく》が来たぞ。お前の首をちょん切りに首切り役人が来たぞ」という不穏なフレーズで終わるこの詩は、ミステリ小説や映画のモチーフに選ばれることが多い。本作の秀逸な点は、詩の中に出てくる十四の鐘の台詞《セリフ》を各章の冒頭に配し、そのフレーズと章の内容に関連性を持たせていることだ。特に原作のタイトルにもなっている「オールド・ベイリーの鐘」の一節は、作品にとって重要な鍵となっている。

ボワーズは四十六年の人生の中で、第一次世界大戦と第二次世界大戦の両方を経験している。彼女の作品のストーリーにおける戦争の影は薄いものの、『アバドンの水晶』では第二次大戦の灯火管制下であることがわかる記述があり、『未来が落とす影』には「先の戦争」という形で第一次大戦の話が出てくる箇所がある。本作は第二次世界大戦が終戦を迎えた直後の一九四六年が舞台となっており、終戦後もしばらく発行されていた衣料配給券が取り上げられている。第二次大戦中の一九四一年に導入された衣料品の配給制度は、一九四九年頃まで続いたそうだ。登場人物の中には両大戦での体験が尾を引いている人たちもいる。作中で当たり前のようにさりげなく二つの大戦の話に触れているあたりを見ると、彼女がこの作品を執筆した当時、英国の社会がどういう状況にあり、人々がどのような世界観の中で日常生活を送っていたのかがなんとなく想像できる気がする。身近な場所で残忍な事件に遭遇した町の住民たちが不穏な空気に包まれていくのも、戦後すぐという時代背景と無縁ではないようにも思える。

二つの世界大戦を見届けたあと、体調が思わしくないであろうなか、ボワーズはどんな想いでこの遺作を執筆したのだろうか。これが遺作になると予感していたのだろうか。

今回私は、そんなことを考えながら、ボワーズと対話するような気持ちで翻訳に当たらせていただいた。読者の皆様に彼女の最期の作品を堪能していただけたなら、これ以上の幸せはない。五作の作品のうち三作を担当する機会を与えられたことは、翻訳に携わる者として光栄の至りであり、応援してくださった読者の皆様ならびに関係者の方々、そしてボワーズにも心から感謝している。

二〇二五年一月

友田葉子

〔著者〕
**ドロシー・ボワーズ**
ドロシー・ヴァイオレット・ボワーズ。1902年、英国、ヘレフォードシャー州レムスター生まれ。オックスフォード大学卒業後、教職を経て、1938年に「命取りの追伸」で作家デビュー。書評家から「ドロシー・L・セイヤーズの後継者」と称賛され、英国の推理作家協会であるディテクション・クラブへ入会した。1948年死去。

〔訳者〕
**友田葉子**（ともだ・ようこ）
津田塾大学英文学科卒業。非常勤講師として英語教育に携わりながら、2001年より『指先に触れた罪』（DHC）で翻訳者としての活動を始める。文芸書からノンフィクションまで多彩な分野の翻訳を手がけ、『極北×13＋1』（柏艪舎）、『血染めの鍵』、『魔女の不在証明』、『黒き瞳の肖像画』、『アバドンの水晶』（いずれも論創社）、『ショーペンハウアー　大切な教え』（イースト・プレス）など、多数の訳書・共訳書がある。

**弔《とむら》いの鐘《かね》は暁《あかつき》に響《ひび》く**
——論創海外ミステリ　330

2025年3月1日　初版第1刷印刷
2025年3月10日　初版第1刷発行

著　者　ドロシー・ボワーズ
訳　者　友田葉子
装　丁　奥定泰之
発行人　森下紀夫
発行所　論 創 社

〒101-0051 東京都千代田区神田神保町2-23 北井ビル
TEL:03-3264-5254　FAX:03-3264-5232　振替口座 00160-1-155266
WEB:https://www.ronso.co.jp

組版　加藤靖司
印刷・製本　中央精版印刷

ISBN978-4-8460-2433-8